KB274021

일륜
新무협 판타지 소설
보법
步法無敵
무적

보법무적 2
일류 新무협 판타지 소설

초판 1쇄 찍은 날 § 2007년 3월 7일
초판 1쇄 펴낸 날 § 2007년 3월 17일

지은이 § 일류
펴낸이 § 서경석

편집장 § 문혜영
편집책임 § 서지현
편집 § 심재영

펴낸곳 § 도서출판 청어람
등록번호 § 제1081-1-89호
등록일자 § 1999. 5. 31
어람번호 § 제2-1149호

주소 § 경기도 부천시 원미구 심곡1동 350-1 남성B/D 3F (우) 420-011
전화 § 032-656-4452 팩스 § 032-656-4453
http://www.chungeoram.com
E-mail § eoram99@chollian.net

ⓒ 일류, 2007

ISBN 978-89-251-0590-1 04810
ISBN 978-89-251-0588-8 (세트)

[신기막측]

보법무직

FANTASTIC
ORIENTAL HEROES

2

일륜 新무협 판타지 소설

步法無敵

"정말로 제가 안 넘어지고 잘 걸을 수 있나요?" "그럼! 이건 비밀이라 잘 말해주지 않지만, 네게만
특별히 알려주마. 우리 문파의 특기가. 잘 걷기다." "안 넘어지고, 똑바로요?"
"흘흘흘. 당연하지!" "갈게요, 가겠어요!"
십이 세 소년 등천화와 오십 년 만에 세상에 나온 사부의 만남. 그리고 십 년이 흘러 세상에 나온 엉뚱한 청년의 강호 행보!
그의 십보는 무림인들에게 악몽이 되었다! 어느 누구도 붙잡지 못할 거대한 광풍이 되었기에!

도서출판
처럼

목차

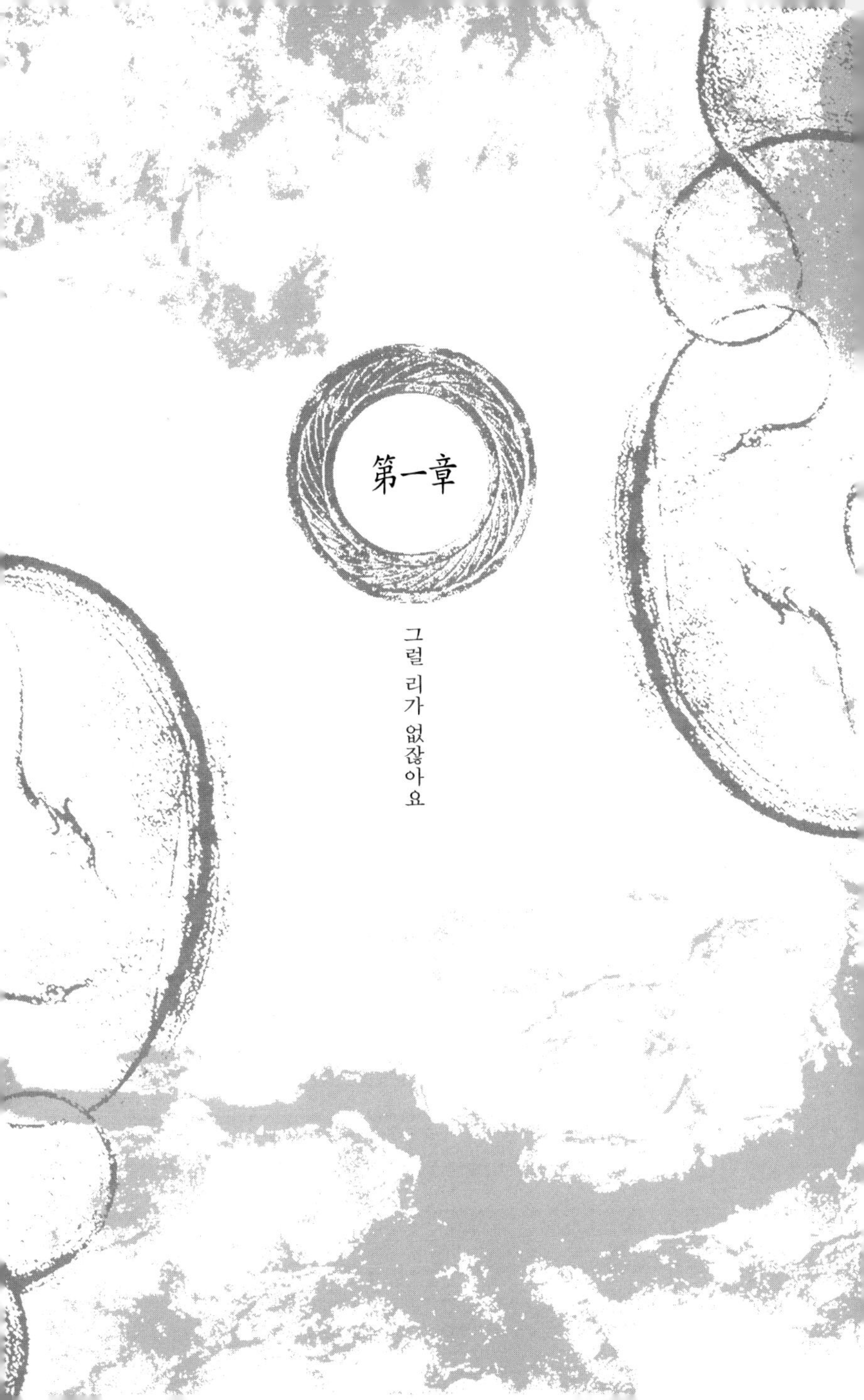
第一章
그럴 리가 없잖아요

步法
無敵

“아미타불. 각 당의 일군들을 둘씩 모아서 안휘성 청양 지부로 보내라는 말을 왜 듣지 않았던 게냐, 휘악아?”

“……!”

신휘악은 급히 고개를 숙이며 눈동자를 불안하게 떨었다.

요료 성승의 노여움이 기파로 변하며 원로원 전체를 감쌌다.

대전 내부가 팽팽한 긴장 상태로 변했다.

진휘악은 요료 성승의 이런 모습은 본 적이 없었다.

일이 크게 틀어진 것을 의미했다.

‘절강성으로 사람을 보내라고 하실 때까지는 별문제가 없었던 거야. 그러니 보내지 않은 걸로 문책하지는 않으셨지.

문제는 그 이후에 일어났다는 건데… 뭐지?

진휘악은 머릿속으로 요료 성승이 화를 내는 이유를 찾으려고 애를 썼으나, 이번 일에 대해서는 그다지 많은 신경을 쓰지 않았기 때문에 도통 감을 잡을 수가 없었다.

이때, 묵묵히 보고만 있던 무당파 최고수인 잠우 진인이 입을 열었다.

"진 당주, 한 가지만 묻겠네."

"마, 말씀하십시오."

"절강성의 철혈문이 멸문당했다고 하더군. 알고 있었나?"

'흡!'

진휘악은 하마터면 헛바람을 삼킬 뻔했다.

요료 성승한테 보고를 올린 내용이 바로 철혈문에서 보내 온 정보였기 때문이다. 불과 며칠 전의 일이었는데 그사이에 철혈문이 멸문된 것이다.

안다고 하기도 뭐하고 모른다고 하기도 뭔한 상황이 되고 말았다. 안다고 하면 단 두 사람만 파견한 것에 대한 문책이 있을 것이고, 모른다고 하면 일을 게을리 했다는 책임을 물을 것이기 때문이다.

진휘악은 침묵으로 일관했다.

"철혈문뿐만이 아니네. 절강성에 있는 지부 두 곳이 며칠 동안 흔적도 없이 사라졌네. 연락이 두절돼서 아직 흉수가 누군지는 밝혀지지 않았다는군."

화산검선 화선호가 말을 덧붙였다.

"헛! 어찌 그런 일이……."

"놀랄 만하지. 일군들을 보냈으면 좀 더 빨리 상황을 알고서 대처했을 텐데……. 흠."

"아아……."

진휘악은 깊이 후회하는 표정을 지었다. 명령을 따르지 않은 것에 대한 후회가 아니라, 그 일을 몰랐다는 것에 대한 후회였다.

'제길, 그런 정보가 있으면 속 시원하게 알려줄 것이지.'

"휘악아, 여러 소리 할 것 없다. 지금 빨리 일건 둘을 모아서 안휘성 청양 지부로 데리고 가거라. 가는 시간이 있을 터이니 서둘러야 할 것이야. 아미타불. 두 분 원로 뵙기가 민망합니다."

"별말씀을 다하십니다, 성승."

"그러게 말입니다. 허허허."

잠우 진인과 화선호의 웃음에 진휘악은 적이 안심이 됐다. 아직 다른 당주들은 모르고 있는 것 같았기 때문이다.

그러나 요료 성승에 대한 섭섭한 마음을 감추기는 쉽지 않았다. 슬쩍 고개를 들어 요료 성승의 다음 지시를 들으려 할 때였다.

요료 성승의 시선은 한 번도 진휘악을 향하지 않았다.

'사, 사부님? 이럴 수가? 사부님이 어찌 나를…….'

진휘악은 자신이 잘못한 건 생각지도 않고 원망스러운 눈빛을 했다. 일단은 일이 우선이기에 애써 표정을 감추었다.

"제 불찰로 최고 원로님들께 심려를 끼쳤습니다. 죄송합니다. 지금 곧 다른 당주들에게 전해 일군들 둘씩 모이라고……."

"아! 자네가 다른 당주들에게 전해줄 필요는 없네, 다른 당주들은 모두 다녀갔으니까. 그리고 당주 중에 나가는 사람은 자네뿐일세."

"……!"

"일군들은 모두 연무장에서 기다리고 있을 걸세."

'크흡!'

진휘악은 눈을 질끈 감았다.

저 두 노망난 늙은이가 사부를 부추겼을 테고, 사부는 체면을 중시하니 자신을 내보내기로 했을 것이다.

＊　　　＊　　　＊

"드디어 나 조민이 천추성에 입성한 것인가?"

조민은 천감당주 담대경을 만나고 나오는 길이었다.

이로써 칠룡삼봉 중 넷이 천추성에 입성하게 됐다.

공동파의 운혁이나 아미파의 능희연 역시 당연히 합격했을 것이다.

조민은 혼잣말을 하면서 사당 중앙 연무장을 향해 천천히 걸어갔다. 이군이 되기 전에는 볼 수도 없던 곳이지만 이젠 어엿한 천감당의 이감이었다.

멀리서 조민을 부르는 소리가 들렸다.

"조 형!"

"조 소협!"

운혁과 능희연이 날 듯이 좌우에서 신법을 펼치며 다가왔다. 두 사람의 표정만 봐도 알 수 있었다. 합격한 것이다.

"후후후. 두 분, 축하드립니다."

"조 형은 어찌 됐소?"

"당연히 붙었죠."

"하하하! 이젠 칠룡삼봉 중 넷이 됐군요. 하하하!"

"앞으론 넷이서 함께 다녀요. 호호호!"

능희연이 한마디 거들었다.

천추성의 이군이란 의미는 가벼운 것이 아니었다.

사당의 일원이 됐다는 것을 의미하며, 그것만으로도 자파의 사형제들과도 엄청난 격차기 벌어지게 뇌기 때문이다.

세 사람이 서로 격려하며 기쁨을 나누고 있을 때, 이들의 주위로 그림자가 하나둘씩 모습을 드러냈다.

슥.

"이군이 된 게 저리도 좋을까?"

"자네들은 안 그랬나? 이군이 됐을 때 더하면 더했지 못하진 않았던 것 같은데? 후후후."

"그래도 저 정도로 기뻐하진 않은 것 같은데?"

"하하하! 객쩍은 소리 그만 하고 새로운 이군들 축하나 해 주자고."

나타난 네 사람은 건곤감리 사당의 일군들이었다.

운혁 등은 이들을 알아보고 인사를 건넸다.

"네 분 일군을 뵙습니다."

"음? 서문 이감도 오기로 했나?"

인사를 받던 천리당의 일리가 고개를 돌리다 의아한 듯 물었다.

"예? 저희가 온 줄도 모르고 계실 텐데요."

운혁은 일리의 시선을 따라 고개를 돌리다가 기함을 하고 말았다.

"저, 저……."

조민과 능희연의 비명과 같은 목소리가 뒤를 이었다.

"저자는?!"

"저놈이 어떻게?"

"거기 안 서!"

화가 잔뜩 난 날 선 여인의 목소리는 돌아보지 않아도 서문 혜라는 걸 알 수 있었다. 우연이었다고 설명을 했지만 말이 통하질 않은 모양이다.

등천화는 잠시 난감한 표정으로 뒤를 돌아봤다.

서문혜의 얼굴에 시퍼렇게 세운 날이 붙어 있는 것 같았다. 여기까지 왔다는 것은 조금 전처럼 앞뒤 안 가리고 손을 쓰겠다는 뜻.

일단 피하고 보는 것이 상책이었다.

그녀와 함께 있던 교육생이 알려준 전각과 그 옆 전각 사이에 난 틈으로 몸을 넣었다.

그 모습을 보고 서문혜가 소리쳤다.

"서! 교육생인 것처럼 속인 것도 모자라 교육생들 앞에서 개망신까지 시켜놓고 도망을 가? 넌 잡히면 무조건 사망이야!"

서문혜는 머리에서 김이 날 정도로 화가 치밀어 올랐다. 정중하게 사과를 한다 해도 용서해 줄까 말까인데 도망을 가? 도저히 용서가 안 되는 자였다.

그녀가 펼치는 유운신법의 특징은 부드러움이다. 하지만 어느새 부드러움은 사라지고 흐름이 뚝뚝 끊기는 이상한 형태의 유운신법이 된 상대로 등전화가 사라진 틈으로 들어갔다.

부드러움을 기반으로 펼치는 신법을 뚝뚝 끊어지게 만들면 어쩌자는 건가. 지금처럼 마음만 바빠서는 결코 좋은 결과가 나올 리 없었다.

아니나 다를까, 중앙 연무장으로 이어진 골목을 빠져나오자마자 그녀의 신형이 뒤뚱거리며 중심을 잃었다.

“어어…….”

그때, 부드럽게 그녀를 받쳐 주는 손이 있었다.

척.

“……?”

“괜찮아요? 그러게 왜 쫓아와서는……!”

등천화는 급히 말을 멈추며 손을 놓고 뒤로 한 걸음 길게 물러섰다.

서문혜의 쌍심지 켠 두 눈에서 광선이라도 나올 것 같았기 때문이다.

“이게 어디다 손을 대!”

그녀의 허리에서 새파란 검광이 번쩍였다.

기회를 잡은 그녀는 가열 찬 공격을 놓치지 않고 퍼부었다. 연속해서 무당파의 태청풍뢰검 전 칠식이 그녀의 손을 통해 쉴 새 없이 빛을 뿜었다.

문제는 정말로 빛만 번쩍인다는 것이다.

등천화가 검에 맞질 않으니 허공이 대신 수모를 겪어야 했다.

등천화는 검에 맞을 것 같으면 허리를 비틀어 방향을 바꿨고, 서문혜와 거리가 좁혀진다 싶으면 주르륵 순식간에 뒤로 물러섰다.

두 사람의 공방으로 인해 중앙 연무장 근처는 어느새 비무장으로 바뀌고 말았다. 자주는 아니지만 종종 있는 일이기에 누구 하나 말리는 사람이 없었다.

운혁은 급히 일군들을 돌아봤다.

"일군들께 여쭙겠습니다. 서문 소저의 공격을 피하는 자를 아십니까?"

도와주고 싶은 마음이야 굴뚝같으나, 일단은 등천화의 정체를 먼저 아는 것이 순서였다.

"흠, 글쎄… 나는 본 적이 없는 얼굴인걸? 자네들은 어떤가?"

나머지 세 명의 일군 역시 고개를 가로저었다.

'됐다. 이분들이 모른다면 적어도 신분이 높은 자는 아니다.'

운혁은 자신만만한 웃음을 짓고는 일군들한테 다시 질문을 던졌다.

"서문 이감을 도와줘선 안 되는 규칙이 있는지요?"

"그런 규칙은 없네만… 없지."

운혁은 곧장 신법을 펼치며 조민과 능희연을 부르는 걸 잊지 않았다.

"같은 이군들끼리 돕고 사는 것이 당연하다고 생각하오만?"

"하하하! 물론입니다, 운 형!"

"저도 함께 가요. 갚을 빚도 있으니 말예요."

세 사람의 신형이 무서운 속도로 등천화와 서문혜를 향해 날아갔다.

뒤에서 지켜보던 일군들은 흥미로운 눈이 됐다.

새로 뽑힌 이군들의 실력도 궁금하지만, 서문혜의 공격을 유유히 피해내는 등천화의 내력이 호기심을 자아냈기 때문이다.

"호! 사람들이 하도 칠룡삼봉, 칠룡삼봉 하기에 궁금했는데 오늘 제대로 볼 수 있게 됐군."

"하하하! 나도 같은 생각이네."

두 사람의 일군이 서로 말을 주고받았을 때, 천리당의 일리 익모수가 고개를 저었다.

"이보게들, 마음에 없는 소리는 하지도 말게. 한데 혹시 저 청년이 세외삼천에서 왔다는 고수 아닐까? 흠, 그렇다면 서문 이감의 공격을 저토록 쉽게 피해내는 것도 이해가 가는데 말이야. 그나저나 상관 일리가 이 광경을 봤으면 난리가 났겠군. 후후후."

"상관 일리? 그 사람… 아! 서문 이감과 정혼을 했다는 그 사람 말인가?"

"맞네. 미녀에다 서문세가란 엄청난 가문의 무남독녀가 아닌가. 복받은 사람이야."

"쩝. 서문세가라면 정말 탐낼 만하지. 나도 이번 출정을 다녀오면 어디 근사한 집안의 여자나 한번 찾아봐?"

"푸하하! 참게. 지금도 충분하잖은가. 이번 출정은 안휘성이라 가깝기는 한데, 일군이 여덟 명이나 나갈 일이 뭐지? 최근에는 거의 없던 일인데 말이야."

"조사를 하라는 걸 보니 꽤 넓은 지역을 다녀야 하는가 보지. 일 대 사라……. 어떻게 될까? 이보게들, 내기 한번 하겠나?"

"일없네. 뻔한 결과… 어?"

서문혜를 도와주러 날아간 운혁 등이 등천화를 덮친 뒤에 일어난 일을 보며 일군들 넷은 너나 할 것 없이 눈을 크게 치떴다.

사방이 검광으로 가득한데 그 사이를 뚫고 흐릿한 인영 하나가 빠르게 그곳에서 튀어나오는 모습을 봤기 때문이다.

그 인영은 놀랍게도 등천화였다.

움직임이 얼마나 빨랐는지 운혁 등의 공격이 아직도 이어지고 있었다.

"호!"

이번 이군들에 대한 소문은 자자했다.

강호에서 칠룡삼봉이라 불리며 구대문파 중 무당, 공동, 아미, 화산의 제자들로 구성된 인재들이었다. 그런 넷의 합공을 저토록 유유히 피하다니.

일군 넷이 등천화의 정체에 대해 의아해하고 있을 때였다. 뒤쪽에서 호탕한 웃음이 그들의 시선을 잡아끌었다.

“하하하! 역시 등 소형제야!”

“등 소형제?”

네 사람의 일군들 뒤에 나타난 사람은 만면에 한껏 웃음을 담은 종명기였다.

일군들은 동시에 물었다.

“저 청년, 종 일건이 아는 사람인가?”

“종 일건, 저 청년은 어느 문파 출신이기에 저런 희한한 보법을 펼치는가?”

“아니, 일단 저 청년이 펼치는 게 보법인가, 신법인가?”

쉴 새 없이 쏟아지는 일군들의 질문에 종명기는 웃은 얼굴로 고개를 가로저었다.

“자네들, 유령신보라고 아나?”

“유령신보… 유령신보? 저번에 자네와 함께 마교 장용 지부를 쓸어버린… 허! 혹시 저 청년이?”

“천추성에 정말 필요한 청년고수일세. 하하하! 저 모습을 보게. 정말 유령 같지 않나? 험, 약간 이상한 유령이긴 해도 말이지. 큭큭.”

종명기는 네 사람의 공격을 유유히 피하는 등천화를 보며 웃음을 참지 못했다.

상체를 허공에 매달은 것처럼 꼿꼿이 세운 채로 하체만으로 움직이는 모습이 좀 우스워 보였기 때문이다.

“저런 우스꽝스러운 자세로 무슨…….”

“무시하지 말게. 겉보기엔 저래도 마교 순찰을 제압한 사람일세.”

“마교 순찰!”

일시에 일군들은 입을 다물었다.

마교 순찰이라면 자신들도 자신있게 상대할 수 없는 고수였기 때문이다.

“어? 세 분이 이곳엔 어쩐 일이세요?”

등천화는 허공에 두 명, 전방에서 달려오는 한 명을 확인하곤 반갑게 인사를 건넸다. 자신이 공격당하고 있다는 사실을 까맣게 잊은 모양이다.

세 사람은 속으로 쾌재를 부르며 등천화를 제압해 갔다. 완벽했다. 허공에는 조민과 능희연이, 땅에는 운혁이 피할 곳을 막았다고 여겼기 때문이다.

그러나 세 사람의 공격은 끝까지 펼쳐지지 못했다.

“헛!”

“이, 이럴 수가!”

“언제……..”

세 사람은 목표를 잃어버리고 서로를 쳐다봤다.

등천화가 갑자기 사라져 버린 것이다.

“지, 지금 저자가 우리의 합공을 피한 건가요?”

꺼벙한 얼굴로 기다릴 수 없어서 먼저 가겠다고 염장을 지르던 등천화의 말이 다시 떠오르며 그녀를 진저리치게 만들었다.

그녀보다 더 황당한 표정을 짓고 있는 사람.

운혁은 뻔히 보는 눈앞에서 등천화를 놓친 것을 어떻게 받아들여야 할지 몰랐다.

"다들 괜찮으세요?"

네 사람을 걱정하는 등천화의 목소리가 들렸다.

능희연은 돌아보지 않고 들고 있던 검을 움켜쥐었다.

"흥! 어디, 이번에도 피할 수 있나 보자."

격한 콧방귀와 함께 그녀의 검이 빙그르르 돌았다.

그때, 운혁이 그녀를 말리며 나섰다.

"능 소저, 잠시만 참으세요. 서문 이감, 저자를 아십니까? 무슨 일로 다투고 있었습니까?"

"길을 찾다가 만났어요. 그렇죠, 소저?"

등천화는 서문혜 대신 대답하며 동의를 구했다.

그 행동이 어찌나 자연스러운지 서문혜는 기가 막혀 말도 제대로 할 수가 없었다.

"기, 길… 을 찾아? 하! 조금 전의 일은 벌써 까먹은 거냐, 이 사기꾼아? 쥐도 너보다는 기억력이 좋겠다! 네가 고의로 내 교육을 방해했잖아!"

"엄… 그건 설명했잖아요. 일부러 그런 게 아니라고요."

"웃기는 소리! 일부러 그런 게 아닌데 왜 도망가?"

"도망이요? 도망가지 않았는데요? 갈 곳이 있다고 말씀드렸잖아요. 아! 내가 도망간 걸로 착각하셨구나. 하하하! 다시 말할게요. 전 도망가지 않았어요. 됐죠?"

등천화 나름대로는 최대한 친절하게 건넨 말이었으나, 상대방이 듣기에는 놀리는 걸로밖에 들리지 않았다.

서문혜는 몰려오는 화를 참기 위해 눈을 지그시 감았다가 뜨며 뻔뻔한 얼굴로 잘도 말하는 등천화를 노려봤다.

"흥! 또 은근슬쩍 넘어가려는 모양인데, 어림없어. 각오해!"

이때, 운혁의 질문이 그녀의 행동을 제지시켜 주었다.

"당신, 천추성에… 있소?"

만약을 대비해서 건넨 일종의 안전 조치였으나 서문혜에겐 가당치도 않은 배려일 뿐이었다.

"흥! 사당의 위치가 어디 있는지도 모르는 자가 무슨! 일단 잡고 나서 묻자구요, 운 소협!"

서문혜의 얼굴이 이전보다 너욱 살벌해졌다.

등천화는 네 사람이 자신의 말을 전혀 믿지 않는 걸 보면서 코를 슥 문질렀다.

"이곳에서 일하는 거 맞는데……."

"일? 이곳에서 일을 한다고?"

운혁이 급히 되물었다.

표현이 이상했다. 천추성에 속한 무인들은 이곳에 몸담고 있다고 하지 등천화처럼 일을 한다는 표현은 쓰지 않는다.

"흥! 난 못 믿어."

서문혜에 이어 능희연까지 콧방귀를 뀌었다.

두 여자의 결정으로 더 이상 운혁도 질문을 할 수가 없었다.

답답한 등천화는 양손을 저었다.

"진짜예요."

"흥!"

"엄… 진짠데……."

난감한 표정으로 네 사람을 설득하려는 노력이 이어지고 있을 때였다.

"어이, 등 소형제! 왔으면 나를 찾아왔어야지!"

뒤쪽에서 호탕한 목소리가 등천화를 불렀다.

"어? 종 대협! 하하하! 여기 계셨어요?"

그곳에는 종명기가 다가오고 있었다.

등천화는 구세주라도 만난 것처럼 표정이 순식간에 밝아졌다.

"사람도. 이제나저제나 기다리느라 목 빠지는 줄 알았잖은가. 왔으면 왔다고 알려줘야 안 기다리지. 아무튼 반가우이. 파하하하!"

종명기는 다가와 등천화의 양쪽 어깨를 잡았다.

상황이 이렇다 보니 서문혜 등 네 명의 이군은 당황한 표정으로 종명기와 등천화를 번갈아 쳐다봤다.

천추성 내부에서는 물론 구대문파까지 대상을 넓혀도 종명기만큼 수많은 싸움을 경험한 사람은 전무했다. 오죽했으면 이군들이 우상처럼 여길까.

그런데 등천화가 그들이 우상처럼 여기는 종명기와 친분이 있다?

서문혜 등은 일제히 상황을 살피는 눈이 됐다.

그런 네 사람을 돌아보던 종명기는 딱하다는 표정으로 고개를 가로저었다.

"무모해. 상대를 봐가며 싸워야지."

"예?"

"가만, 보자. 서문 이감이야 알고 있고, 다른 사람들은 처음 보는데?"

그제야 서문혜를 제외한 세 사람은 급히 고개를 숙이며 각자의 소개를 했다. 마지막에는 자신들이 칠룡삼봉으로 불린다는 말도 빼놓지 않았다.

종명기는 고소를 지으며 고개를 끄덕였다.

"자네들이 칠룡삼봉이었군. 소문이 자자해서 한번 보고 싶기는 했네. 가만, 보자. 모두 넷이니… 여섯이 남은 건가?"

종명기는 다 안다는 듯이 장난스러운 표정을 지으며 말을 이어갔다.

"칠룡삼봉이 모두 모이려면 여섯이 남았다는 말일세. 우진이도 자네들처럼 왔으면 좋았을 것을.”

“곧 올 겁니다. 칠룡삼봉이 모여서 큰 뜻을 세워보자고 제일 먼저 제안한 친구니까요.”

“우진이가?”

“예.”

“현재 칠룡삼봉 중 가장 성취가 뛰어난 진 형이 빠지면 안 되죠.”

운혁의 대답은 단순히 종명기를 기분 좋게 만들려고 하는 소리가 아니었다. 실제 칠룡삼봉이 천추성에서 모두 모이자는 제안을 진우진이 했기 때문이다.

천건당주 진휘악의 아들.

그 이름 하나만으로도 칠룡삼봉의 머리가 되기엔 충분했다.

“저… 한데, 저자를 어떻게 아시는지 여쭤봐도 되겠습니까?”

운혁이었다.

“아, 등 소형제? 하하하! 자네들도 알고 있을지 모르겠군.”

“예?”

“유령신보라고 들어봤나?”

“당연히 들어봤죠. 종 일건님과 가 일곤님께서… 마교 장용… 지부… 지부… 헉! 그, 그럼 저분이 유령신보?”

어느새 호칭이 ‘저자’에서 ‘저분’으로 바뀌어 있었다.

종명기는 흐뭇한 웃음과 함께 고개를 끄덕였다.

서문혜는 어리둥절한 표정으로 능희연의 옆구리를 슬쩍 건드렸다.

"희연아, 무슨 일이야?"

"언니, 유령신보 몰라?"

"그동안 성안에만 있어서 몰라. 누군데?"

"마교 장용 지부를 종 일건님과 가 일곤님이 쑥대밭으로 만든 일은 알지?"

"알지."

"그때 함께 갔던 사람이 두 명 더 있잖아. 사사천림의 동파와 유령신보가 그 두 사람이야."

"뭐야, 결국은 함께 간 것밖에 없잖아."

"그 반대일세, 서문 이감."

종명기는 두 사람의 대화를 듣다가 끼어들었다.

"등 소형제와 함께 간 것뿐인 사람은 나와 가 일곤이네. 마교 순찰을 제압한 사람이 바로 능 소형제거든."

"……!"

그제야 서문혜는 놀란 눈으로 등천화를 쳐다봤다.

겉으로는 얼빵하게만 보이는 자가 실제로는 소문이 자자한 고수였다니. 믿을 수 없는 눈으로 궁금한 듯이 쳐다봤다.

그런 실력을 지니고서 왜 자신에게 쫓겨 다녔지?

여기에 생각이 미치자 묘한 기대감을 확인하고 싶은 충동이 생겼다.

"이봐, 유, 유령신보!"

용기를 내어 이름을 부르자 등천화가 고개를 돌리며 살짝 인상을 찌푸렸다. 아차 싶은 생각이 들었으나 이미 일은 벌어지고 난 후였다.

"등천화. 제 이름이에요."

"흥!"

등천화의 멀뚱한 대답에 능희연은 콧방귀를 뀌었다.

"눈은 있네? 혜 언니가 아름답기는 하지만 어쩌나? 주소를 잘못 찾았으니. 호호호!"

능희연은 허리에 팔까지 얹은 채로 마구 웃었다.

종명기가 손을 쓴 것이 분명하다.

그렇지 않고서야 저런 얼빠진 자식이 무슨 수로 유명해졌겠는가?

마음에 들지 않았다.

남들은 죽을 고생을 해서 올라온 자리를 인맥으로 덜컥 차지한 놈. 저런 놈은 정말 싫었다.

능희연의 당찬 행동에 일건들과 서문혜 등은 입을 딱 벌렸다.

그러나 이어진 등천화의 반응.

"그럴 리가 없잖아요."

전혀 아무렇지도 않게 일말의 여지도 남기지 않는 분명한 대답에 주위로 정적이 흘렀다.

'그, 그럴 리가 없다고?'

서문혜의 미간이 살짝 좁혀졌다.

사실 등천화가 대답을 미적거렸으면 오히려 화를 내려고 준비하고 있었다. 망신을 줄 셈이었던 것이다.

그럴 리가 없다고? 그럴 리가 없다니?

서문혜의 사고는 멍해져서 제 기능을 발휘하지 못했다. 하고 많은 말 중에 어떻게 저런 단어를 선택할 수 있지? 기가 막혔다.

상황이 묘하게 돌아가자 종명기는 헛기침을 하며 급히 등천화를 데리고 돌아섰다.

"험험. 등 소형제, 일단 안으로 들어가세. 아! 자네들, 이군이 된 걸 환영하네. 하하하! 앞으로 천추성에 새로운 바람 좀 일으켜 주게나. 그럼."

말을 마친 종명기는 등천화를 떠밀 듯이 데리고 자신의 거처로 갔다.

그때까지 능희연 등 세 사람은 멍하니 서 있었다.

"서문 언니, 죄송해요. 저는……."

"괜찮아."

서문혜는 아무렇지도 않다는 듯이 대답했으나, 눈빛에 담겨 있는 살기가 장난이 아니었다. 능희연은 조용히 뒤로 물러섰다.

"안 그래도 열불이 나서 죽겠는데 잘됐네. 호호호! 참, 저 자가 하는 일이 뭐라고 했죠?"

"어? 그러고 보니 그걸 묻지 않았네?"

"서문 언니, 그건 걱정할 필요 없어요. 종 일건님을 따라갔으니 천건당의 이건 정도겠죠. 곧 다시 만나면 제가 따끔하게 교육시킬게요. 소문은 항상 과장되기 마련이니까. 유령신보? 흥! 어디서 촌스런 별호를!"

'희연이는 어디서 저런 자신감이 나오지?'

분명 조금 전까지 함께 있지 않았던가?

넷이서 덤벼도 옷자락 하나 건드리지 못한 등천화의 실력을 그녀는 눈이 아닌 다른 곳으로 봤던가? 아니면, 그녀만 엉뚱한 사람을 만나고 있었던가?

서문혜는 능희연의 자신감이 어디서 나오는지 궁금했으나 이내 고개를 젓고 말았다.

조금 전까지 모여 있던 일군들은 어느새 소리도 없이 사라진 후였다.

*　　　　*　　　　*

"그래, 왜 그리 오래 걸렸나?"

"이곳에 온 지는 좀 됐어요. 근무 때문에… 근데, 방이 꽤 넓네요? 이야! 정문도 보이고."

어린아이처럼 신이 난 등천화는 창밖을 내다보며 신기해했다.

이곳에는 공손풍의 소축에 있는 손때 묻은 물건들은 찾아볼 수 없었다. 마치 손님이 묵는 방과 같다고나 할까? 언제 떠날지 모르는 종명기의 상황을 보여주는 듯했다.

등천화의 느낌이었다. 그냥 떠오른 느낌.

'근무?'

종명기는 아무렇게나 놓여진 책을 치우며 의아한 표정을 지었다.

"근무라니? 이곳 천추성에 말인가?"

"예? 예."

씨익.

몇 번 봐서 이제는 익숙해진 등천화의 웃음이 보기 좋았다.

"그럼 내가 모를 리가 없는데?"

"위사가 됐습니다."

"커헙! 쿨럭쿨럭! 지, 지금 뭐라고 했나?"

종명기는 마시던 차를 도로 뱉어냈다.

등천화가 너무 자랑스럽게 말해서 당황한 까닭이다.

"아! 혹시 자네 아버님 때문에? 이것 참, 정말 위사가 될 줄이야……. 하하하!"

더 좋은 자리도 많은데 왜 그랬냐는 말은 차마 하지 못했다. 자신의 기준으로 등천화를 판단해선 안 된다는 걸 어느 정도는 알게 됐기 때문이다.

"한데, 나를 찾아왔다고? 혹시 위사 자리가 싫증났나? 말만 하게. 내 다른 자리를……."

"아니요. 공 대주님 때문에 왔어요."

"공 대주? 아! 외곽 담당이 바뀌었다는 소릴 듣기는 했네. 한데 그가 왜?"

"어제저녁에 쓰러져서 아직까지 일어나지 못하고 있어서요. 어디에 보고를 해야 할지 몰라서 마 선배에게 물어보니 종 대협께 말하면 된다고 하네요."

"그게 무슨 소린가? 느닷없이 혼절은 뭐고, 마 선배는 누구야? 자자, 정리해서 무슨 말인지 알아듣게끔 설명해 주게."

"엄… 공 대주님은 검법을 펼치다 혼절하셨고요, 마 선배는 저보다 먼저 위사가 된 사람이에요."

"끙, 이것 참. 내 말은 공 대주가 왜 혼절을 했는지 자네 생각을 말해달라는 걸세."

"아! 죄송해요. 처음엔 길을 잘 만드시더라구요. 여기… 그러니까 머리에서 시작돼서 아래로 쭉 뻗었어요. 한데 거기서 멈추지 않고 계속 길을 만드시는 거예요. 그래서 저는 방을 나왔죠. 방해하면 안 되잖아요. 예전에 사부님께서도 그런 모습을 보여주신 적이 있거든요. 저와 대화를 나누시다 갑자기 '오호! 그것 참, 신기하구나!' 하시며 며칠 동안 식사도 하지 않으셨어요. 그러고 보니 그때 억지로라도 식사를 챙겨 드릴 걸 그랬어요. 그 뒤로 저보다 더……."

"이, 이보게, 등 소형제. 우린 지금 공 대주에 관해서 얘기를 나누고 있지 않았나?"

"공 대주… 아, 맞다! 하하하! 제가 어디까지… 아! 방에서 나온 것까지 말했죠? 한참 있다가 나오더니 갑자기 검법을 수련하시겠다고 하잖아요. 두 번째까지는 굉장히 자연스러웠는데… 세 번째 검을 펼칠 때는 다리에 굉장히 신경을 쓰더라구요. 안 그랬으면 새로운 길을 만들었을지도 모르는데."

종명기는 등천화의 얘기가 끝나고도 찌푸린 미간 사이를 풀지 못했다.

"자자, 정리를 해보세. 그러니까 자네 말은, 공 대주가 술 한잔하다 뭔가 깨달은 것이 있어서 개벽삼검을 펼쳤다는 거지? 그런데 세 번째 초식을 펼치다가 다리에 신경을 쓰는 바람에 그 벽을 넘지 못했다?"

"예!"

'도대체 무슨 말을 나눴기에……'

종명기는 궁금함이 더 커졌다.

"공 대주한테 무슨 말을 해주었나?"

"해준 말은 없는데요?"

"아니, 두 사람이 무슨 대화를 주고받았느냐는 말일세."

"아, 별 얘기 안 했어요. 어떻게 보법을 십 년 동안 익히게 됐냐고… 제가 십 년 동안 보법만 익혔다고 얘기했어요. 그래도 부족한 것이 십보거든요."

'십보? 등 소형제가 익히고 있는 보법의 이름인가? 아니면 열 개의 보법을 익혔다? 어느 쪽이든 특이하기는 하군.'

누가 봐도 평범해 보이는 등천화가 종명기의 눈에는 전부 신기하게만 보였다. 특이한 일이 아닐 수 없었다. 하지만 그렇기에 더욱 관심이 가는 듯했다.

등천화는 '십보'라는 말을 하면서 한껏 고무돼서 홍조까지 띠었다.

"…서두르면 작은 것에 완벽해지지 못하고, 작은 것에 완벽하지 못하면 큰 것은 반드시 무너진다. 사부님께서 해주신 말씀이세요. 아마도 사부님에 대한 얘기를 하다가 나왔을 거예요. 그때부터 공 대주님이 말이 없어졌어요."

"작은 것?"

종명기는 화들짝 놀라서 등천화를 뚫어지게 쳐다봤다. 등천화는 자신이 한 말이 어떤 의미인지를 알고나 있는 것일까?

오래전에 종명기가 사문인 소림사 장경각에서 무공을 익히다 불경에 심취한 적이 있었다. 그 책은 부처님의 설법에 대한 주해서였는데, 큰 것에 욕심을 내다가는 정작 더 큰 것에는 다다르지 못한다는 내용이었다.

그것이 큰 무리(武理)였다는 걸 나중에 깨닫게 됐다. 물론 그것을 지금까지도 실천하지 못하고 있었다. 그만큼 깨달음이란 중요한 것이다.

"작은 것에 완벽해진다라……. 하하하! 자네도 자네지만 공 대주도 대단하군. 자신보다 어린 사람의 말을 인정하고 받아들이기란 정말 쉽지 않은데 말이야. 공 대주에게 말을 해준 건가?"

"대화를 나눴다니까요."

"아니, 그것 말고, 자네가 유령신보란 것을 말일세."

"아니요."

등천화의 대답에 종명기의 안색이 굳었다.

"그, 그럼 자네가 유령신보란 것을 모르는 상태에서 그리 됐다는 말인가?"

"예."

"하하, 하하하! 자네가 대단한 건가, 공 대주가 대단한 건가? 참, 자네도 혹시 공 대주를 모르는 거 아닌가?"

"알죠. 제가 위사 시험을 볼 수 있게 해준 분인데요."

"아니, 이곳에서 말고 나와 교일을 만났던 싸움터에서."

"……?"

"그곳에 공 대주도 있었네."

"예? 그곳에요?"

종명기의 말에 등천화는 고개를 갸웃거리다 갑자기 탄성을 터뜨렸다.

"아, 그러고 보니 철각을 언뜻 본 기억이 나네요."

등천화의 아무렇지도 않다는 대답에 종명기는 허탈하게

웃고 말았다.

"하하, 하하하!"

현 강호에서 이름을 얻는 것은 쉽지 않다. 정도와 사도의 대립이 한풀 꺾인 상황이라 특별히 누군가가 부각될 기회가 거의 사라졌기 때문이다.

그러나 그 자리에 있던 인원이 한 사람씩만 붙잡고 말해도 그 수는 금방 불어난다. 비록 그 싸움이 마교의 일개 지부장과 천추성의 삼십이천명대주 중 한 명과의 싸움이 됐지만 유명해질 조건은 충분했다.

누가 뭐라고 해도 그 싸움을 멈춘 장본인은 유령신보였으니 말이다. 말하기 좋아하는 호사가들 때문에 유령신보가 마음만 먹었으면 그 자리에 살아남은 자는 한 명도 없었을 거란 말까지 나돌고 있었다. 단지 당사자만이 그 사실을 모르고 있을 뿐이었다. 지금처럼.

"저는 이만 가봐야겠어요."

"자네."

"예?"

"언제까지 위사를 할 생각인가?"

"모르겠는데요. 아버님께서 하신 말씀도 있고요."

"뭐라고 하셨는데?"

"위사는 한 문파의 얼굴이라고 하셨어요. 일단 하기로 했으니 천추성의 얼굴이 될 때까지는 해야죠."

씨익.

등천화는 예의 순진한 웃음을 지으며 돌아섰다.

저 웃음은 중독성이 있는 모양이다.

"하하하! 자네다운 말일세. 일단 함께 가보세. 공 대주가 얼마나 다쳤는지도 궁금하니까."

종명기는 자신도 모르게 등천화의 웃음을 따라 해보며 자리에서 일어났다.

'공 대주가 외곽 수비를 맡게 돼서 마음이 안 좋았던 모양이군. 하긴, 항상 싸움터에만 있던 사람이 가만히 있으려니 힘들겠지.'

등천화의 말대로라면 완성되지 않은 초식을 무리하게 펼쳐서 일순간 몸 안의 진기가 소진된 현상일 것이다.

소축 안으로 들어가는데 의원 한 명이 걸어나왔다.

"의원, 공 대주는 괜찮은가?"

"아, 종 일건님. 공 대주는 괜찮습니다. 잠시 기력이 탈진한 것뿐입니다."

역시 종명기의 예상이 옳았다.

종명기는 알았다고 가볍게 대꾸한 후 품속에서 환단 한 알을 꺼내 들었다.

"어? 그게 뭐예요?"

등천화는 신기한 듯 물었다.

“소환단일세. 공 대주한테 도움이 될 걸세.”

“아, 잘됐네요.”

소환단이 어떤 영약인지 모르는 등천화이기에 가능한 대답이었다. 하지만 소환단은 그렇게 아무렇지도 않게 대할 물건이 아니었다. 나가려던 의원이 뒤돌아서서 멍하니 바라보고 있었다.

“호, 혹시 지금 소환단이라고 하셨습니까?”

의원은 진땀을 흘리며 간신히 물었다.

종명기 정도 되는 무인한테 감히 질문을 한 것이다.

다른 의원들이 봤다면 혀를 내둘렀으리라.

“맞네. 왜 그러나?”

“아, 아닙니다. 그런 귀한 약을 너무 쉽게 건네시기에…….”

“공 대주는 그만한 가치가 있는 사람이야.”

종명기의 한마디가 가지는 의미는 무척 컸다.

구대문파 출신이 아니면 출세를 할 수 없는 곳이 천추성이었지만, 그것은 비단 무인들에 국한된 현상은 아니었다. 의약전 역시 사천당가 출신이 아니면 꿈도 꿀 수 없기 때문이다.

의원은 자신의 일처럼 기뻐하며 돌아섰다.

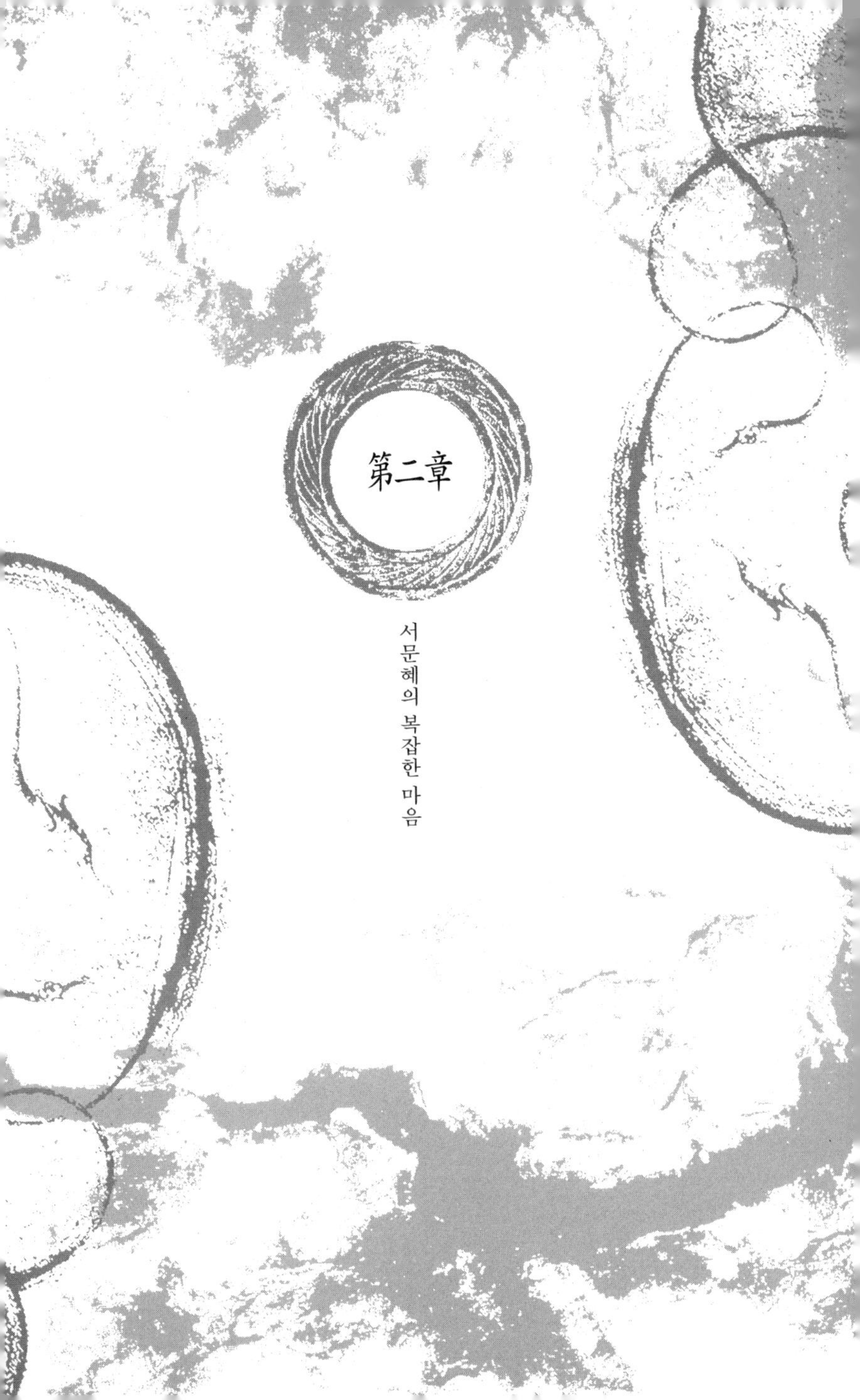

第二章

서문혜의 복잡한 마음

步法
無敵

공손풍이 깨어난 것은 저녁때가 다 되어서였다.

"음……."

"일어났나, 공 대주?"

"종 일건님, 이곳까지 어쩐 일이십니까?"

공손풍은 급히 일어나려 했으나 종명기가 어깨를 가볍게 누르자 어쩔 수 없이 도로 눕고 말았다.

"안정이 최고일세. 빨리 일어나도록 하게. 안 그러면 매일 오게 생겼으니까."

"예?"

"나보고 자네가 일어날 때까지 있으라고 했거든."

“누가……?”

“등 소형제… 아니지. 지금은 등 위사라고 해야겠군. 하하하!”

“등 위사를 아십니까?”

“조금 전까지 함께 있다가 근무 서러 갔네. 내게 신신당부를 하더군. 덕분에 아무 데도 못 가고 이렇게 있게 됐네. 뭐, 딱히 갈 곳도 없긴 하지만 말일세. 하하하!”

“시, 신신당부……!”

공손풍은 잠시 자신의 귀를 의심했다.

‘지, 지금 등 위사가 종 일건님에게 명령을 내렸다고 한… 건가?’

힐끔.

마윤은 눈동자만 돌려 등천화를 쳐다봤다.

가교일과 잘 아는 사이란 것만으로도 충분히 놀랄 일인데 종명기까지 공손풍의 거처로 데려왔다. 기가 막힐 노릇이 아닐 수 없었다.

그러나 그 정도는 아무것도 아니었다.

근무 때문에 공손풍의 소축을 나오던 등천화가 종명기한테 황당한 말을 건넸다.

“공 대주님이 일어날 때까지 계셔줄 거죠? 저는 종 일건님만 믿고 근무 서러 가겠습니다."

"이보게, 나도 바쁜 사람일세."

"두 시진 정돈데도 안 돼요?"

"…알겠네."

세상에!

마윤은 종명기의 입에서 체념 어린 말이 나올 줄은 상상도 하지 못했다. 그 상황에서 어떻게 정문까지 걸어왔는지 기억도 나지 않았다.

근무 교대를 마친 지금도 등천화만 보면 심장이 벌렁거렸다. 이런 상태로 두 시진을 버틴 것이다.

교대해 준 고참 위사가 등천화를 부르는 음성이 아니었으면 멍한 표정으로 숙소까지 갔으리라.

"이봐, 자네가 반 일건님이 타고 계신 마차를 세운 녀석인가? 간도 크군."

'흭!'

마윤은 놀라면서도 은근히 등천화의 반응이 궁금해졌다. 동시에 시비를 거는 고참이 참으로 불쌍한 사람이란 생각도 들었다.

슥.

'어?'

등천화는 고참 위사가 자신에게 말을 건넸다는 것도 모르고 걸어갔다. 이미 생각이 공손풍의 소축에 닿아 있는데 주위의 말소리가 들릴 리 없었다.

하지만 그런 사실을 알 리 없는 고참 위사는 근무 중이란 것도 잊고 불같이 화를 냈다.

"어쭈? 유명하신 분이라 내 말이 고깝게 들리냐? 어? 저 새끼가 아주 뒈지려고 환장을 했네? 야, 띨빡! 야! 야, 이 새끼야! 안 돌아봐? 셋, 센다? 하나, 둘……."

고참의 입에서 '셋'이란 소리는 나오지 못했다.

뒤쪽에서 말발굽 소리가 들려왔기 때문이다.

두두두두—

"어? 저렇게 급히 달리면 안 되지 않나?"

등천화가 생각에서 깨어난 것까지는 좋았으나, 옆에서 불안한 눈으로 지켜보던 마윤은 속이 탔다. 괜히 저 말을 세우기라도 하면 이상한 일에 휘말리게 되기 때문이다.

"하하하! 등 위사님, 우리 근무는 끝났으니 숙소로 돌아가시죠. 고참들이 알아서 할 겁니다."

마윤의 목소리가 평상시보다 커졌다.

"엥? 드, 등 위사님? 푸하!"

고참 위사는 기가 막힌다는 듯이 웃다가 갑자기 콧소리를 냈다.

"꼴값들 하고 자빠졌네. 야, 마윤!"

고참 위사의 부름에 마윤이 막 돌아보려는 찰나, 등천화가 의아한 듯 고개를 갸웃거리며 물었다.

"마 선배, 근무 시간에 다른 사람과 얘기하면 안 되잖아요. 저분, 아직 모르는 모양이네요. 가서 알려주고 와야겠어요."

"컵."

마윤은 눈을 휘둥그렇게 뜨며 기겁을 하고 말렸다.

"아, 아니요. 괜찮습니다, 등 위사님. 저분, 규칙 다 알아요. 장난하는 거예요."

"장난… 저 정도는 괜찮은가 보죠?"

"그, 그럼요. 하하, 하! 자, 장난이니까요."

식은땀이 마윤의 귀밑머리를 타고 내려왔다.

어느새 말이 두 사람이 있는 곳까지 다가왔다.

모두 세 마리.

멀리서도 말 갈퀴의 정돈 상태와 고삐가 번쩍이는 걸로 보아 말을 탄 사람들의 신분이 예사롭지 않다는 것을 알 수 있었다. 적어도 사당에 속한 신분이리라.

마윤은 감히 말에 탄 사람들을 똑바로 쳐다보지 못하고 몸을 옆으로 틀며 슬쩍 쳐다봤다.

"야, 이리 안 와? 야, 야!"

아직도 뒤쪽에서는 고참 위사가 술도 안 마시고 꽥꽥거리고 있었다.

"마윤, 죽고 싶으냐? 빨리 안 튀어와!"

마윤은 이대로 있으면 등천화가 반드시 고참 위사에게 가서 경고할 것이란 희한한 예상을 할 수 있었다.

그는 고참 위사를 향해 몸을 돌렸다.

"그만 좀 하세요! 지금 공 대주님 거처로 가는데, 가서 말해 줘요, 교대해 준 고참이 근무는 서지 않고 괴롭힌다고?"

"뭐? 고, 공 대주님의 거처로 간다고? 거긴 왜?"

"종 일건님께서 여기 등 위사님을 기다리세요."

"……!"

고참 위사는 눈을 동그랗게 뜨고는 아무 말도 하지 못했다. 마윤의 당당한 태도로 봐서 농담은 아닌 것 같았다.

"돼, 됐다. 하하하! 장난 좀 친 것 같고 그럴 필요 뭐 있겠냐. 수고했다, 마윤."

두두두—

말들이 등천화를 지나쳐 정문까지 가볍게 통과했다.

정문을 벗어났던 말 중 한 마리가 되돌아온 것은 얼마 지나지 않아서였다. 고참 위사는 다가오는 말을 보며 바짝 긴장된 표정을 지었다.

말에 타고 있는 사람은 능희연이었다.

"무, 무슨 일이십니까?"

"우리가 나올 때 안으로 들어가던 위사들 어디 있어?"

"예? 근무 교대를 했으니 숙소로 갔을 겁니다. 무슨……?"

"그자들 이름이 뭐야?"

"마, 마윤과… 등 위사라고……."

"이름이 위사야?"

"위사가 된 지 얼마 안 된 자라 이름을 잘……."

'등 위사? 어째 그 이상한 놈하고 성이 똑같잖아? 설마 그 자가 일을 한다는 것이 위사? 호호호! 그럴 리가 없지. 그 자식 때문에 나도 점점 이상해지는군. 그런 실력을 가진 자가 뭐 하러 위사를 하겠어. 아니지, 아니야.'

말이 안 되는 상상이었다.

능희연은 고개를 젓고는 다시 기다리고 있는 사람들에게 말머리를 돌렸다.

정문을 지나며 스치듯 본 위사의 얼굴.

종명기가 그토록 극찬하는 자가 겨우 위사 따위를 할 리가 없었다. 절레절레 고개까지 흔들었다.

'얼빵한 자에게 놀림을 받았다는 것 때문에 신경 쓴 탓이겠지.'

다시 생각해도 말이 안 되는 소리였다.

"무슨 일이오, 능 소저?"

"별일 아니에요."

능희연은 다가오는 운혁과 조민을 보며 미안해하는 표정으로 웃음을 지었다. 평소 그녀를 흠모하는 조민은 그 웃음에 얼굴이 붉어졌다.

"제가 사람을 잘못 봤어요. 위사를 보고 그자를 떠올렸지 뭐예요."

“그자?”

“엄청 얍삽하고 재수없는 놈 있잖아요.”

그녀에게 저런 인상을 남겨준 사람은 오직 한 사람, 등천화 뿐이었다.

“그래서요? 그자가 맞나요?”

“잘못 봤나 봐요. 그런 자가 위사를 할 리가 없잖아요? 호호호!”

“하긴…….”

운혁은 자신이 생각해도 말이 안 된다고 여기고 낮게 웃었다.

능희연이 화제를 돌렸다.

“우리가 마중 나가는 사람이 대단한가요?”

세 사람에게 주어진 첫 번째 임무는 빙백수 옥서시를 천추성까지 안전하게 데려오라는 것이었다.

*   *   *

“혜 매, 여기에 있었군.”

서문혜는 뒤를 돌아보려다 목소리의 주인이 누군지 알면서도 모른 척 발걸음을 재촉했다. 뒤쪽에서 다급한 음성이 다시 들려왔다.

“혜 매, 그건 오해라니까!”

다급한 음성의 주인이 서문혜의 어깨를 잡았다.

"건드리지 마!"

서문혜는 징그러운 벌레를 떼어내듯이 몸을 떨며 서른 정도로 보이는 남자의 손을 떼어냈다.

"미안하다고 몇 번을 말해야 용서하겠소, 혜 매."

"용서? 그따위 짓을 해놓고 용서란 말이 나와?"

며칠 전의 일이었다.

그녀와 정혼한 천리당의 일리 상관악이 웬 여자를 만나고 있는 모습을 목격했다. 처음에는 그저 아는 여자를 만나는 것이라 여기고 일부러 놀려주기 위해 천천히 다가갔다.

그러나 곧 다가가는 것을 멈춰야 했다.

상관악의 손이 여자의 어깨에서 앞섶으로 들어갔기 때문이다, 그것도 아주 익숙한 동작으로.

그때의 상황이 떠오르자 서문혜는 불쾌함을 감추지 못하고 얼굴을 벌겋게 물들였다. 그 여자는 천리당의 이리 교미미였다.

등천화에게 그토록 악착같이 덤볐던 것도 상관악의 일과 무관하지만은 않았다. 어디에든 화를 풀지 않고는 참을 수가 없었기에.

그렇다고 그녀가 상관악을 정말로 좋아했느냐 하면 그건 또 아니었다. 집안에서 결정한 일이기에 용인한 것뿐인지, 이성 간의 감정은 전혀 없었다. 이런 감정이다 보니 상관악의 잦은 실수에도 웃어줄 수 있었던 그녀였다.

이번에도 상관악은 용서를 받을 줄 알았던 모양이다.

서문혜가 약간 토라진 정도라고 여기고 풀어주려 온 것을 보면 말이다.

그는 평소처럼 그녀의 양쪽 어깨를 잡아 돌렸다.

"혜 매, 내가 잘못… 헛!"

번쩍!

날카로운 검광이 다가오는 걸 조금만 늦게 알았어도 그의 준수한 외모에 흠집이 남을 뻔했다.

"이, 이게 무슨 짓이오?!"

"무슨 짓은요, 더러운 것이 옷에 묻어서 터는 중이지요. 상관 일리님, 세가로 돌아가는 즉시 파혼 통보를 보낼 테니 미리 알아두세요."

"교 이리와는 단순한 관계라고 몇 번이나 말해야 믿어주겠소?"

"호호! 단순한 관계인데 교 이리의 몸을 떡 주무르듯이 해요? 아아, 됐고. 이젠 당신이 누구와 무슨 짓을 하든 상관없으니까 알아서 하세요."

서문혜의 차가운 눈.

감정이 전혀 실리지 않아 더욱 섬뜩했다.

상관악은 자신이 저지른 잘못은 생각지도 않고 잘못했으면 다칠 뻔했다는 생각에 오히려 화를 버럭 냈다.

“정말 도도하군. 남자가 이 정도 사과를 하면 모른 척 받아주는 것이 여자의 도리거늘.”

“도리? 지금 내게 가르침을 내릴 처지가 아니실 텐데?”

“뭐라고? 미모 하나만 믿고 천지 분간을 못하는구나. 좋다, 가서 가주께 말해봐라, 다치는 건 내가 아니고 너일 테니까. 후후후.”

상관악은 입꼬리를 씰룩이며 돌아섰다.

잡을 줄 알았던가?

몇 발자국 움직이지 않고 팔짱을 끼며 멈춰 섰으나, 뒤에서 아무런 소리도 들리지 않았다.

'계집, 집안끼리 맺은 혼사가 그리 호락호락하게 깨질 것 같으냐?'

이미 수 차례 여자를 울려본 경험이 있는 그다. 이런 상황에 어떻게 행동해야 하는지 상관악은 잘 알고 있었다.

약한 모습을 보이면 안 된다.

이 정도 시간을 줬으면 됐다고 여긴 그는 뉘우치는 음성과 함께 뒤로 돌았다.

“아아… 미안하오, 혜 매. 내가 잠시…….”

돌아선 그는 멍한 눈으로 서문혜가 서 있던 자리를 바라봤다.

사라졌다.

서문혜가 소리도 없이 사라져 버린 것이다.

‘일 났다!’

“혁련 형, 잠깐…….”

상관악의 다급한 음성에 돌아보는 자는 무척 잘생긴 사내
였다. 이십대 후반의 나이에 천곤당 일곤이 돼서 서른 중반인
지금까지 자리를 지키고 있는 혁련궁이었다.

그는 친근한 표정으로 상관악에게 다가왔다.

“무슨 일인가, 상관 아우.”

“큰일 났습니다. 저, 파혼당하게 생겼어요.”

“파혼?”

“혜 매가 갑자기 파혼을 선언했지 뭡니까.”

“……!”

혁련궁은 무슨 날벼락 같은 소리냐는 표정으로 상관악을
달랬다.

“자자, 서두르지 말고 차분히 말하게. 여인의 마음은 갈대
와 같잖은가? 쉬 토라지거나 작은 일에도 속상해한다네. 그
러니 너무 성급한 판단은 내리지 말고…….”

“교 이리와 만나는 걸 들켰습니다.”

“어쩌다가!”

혁련궁의 안색이 일변했다.

같은 당에 속한 이군을 건드리는 방법을 알려준 사람이 그
였다.

‘이런 멍청한 놈. 거저 준 것도 챙겨 먹지 못해서 걸리고. 쯧쯧.’

안 봐도 상관악이 어떻게 행동했을지 알 것 같았다.

상관악이 갑자기 교미미를 만나러 나간다고 할 때부터 알아봤어야 했다. 정혼자를 곁에 두고 즐기는 것이 더 짜릿하다나 뭐라나.

파혼 정도로 그친 것을 다행으로 여겨야 했다.

“험. 이 우형은 뭐라고 해줄 말이 없네. 이제부터는 모든 걸 자네 혼자서 결정해야 할 것 같군.”

혁련궁은 위로 대신 냉정하게 대했다.

“예? 하지만…….”

“자네 가문과 엮인 일만 아니면 어떻게든 도움을 주고 싶네만, 괜스레 나도 연관이 되면 안 되지 않겠는가? 그동안 즐거웠네.”

“큭!”

상관악은 놀아서는 혁련궁을 쳐다만 봐야 했다.

혁련궁은 끝까지 돌아보지 않았다.

“요즘 밤공기가 제법이야. 흐읍… 아무튼 잘 해결됐으면 하네, 상관 아우.”

상관악은 속으로 ‘개새끼’란 말을 몇 번이나 외쳤는지 모른다. 속을 다 빼줄 것처럼 굴더니 상황이 묘하게 돌아가니까 돌변한 것이다.

‘상관악과 서문혜의 파혼이라……. 잘됐군. 사실 그녀가 네게 과분하기는 했어. 후후후.’

현명하고 장래가 촉망되는 남자는 모든 여자들이 원한다. 특히 외적인 조건을 중시 여기는 여자일수록 더.

혁련궁은 나이만 제외하면 모든 조건을 갖추었다고 할 수 있었다.

무엇보다 자상함을 이용해 여인을 다룰 줄 알았다.

정혼자의 외도로 충격받고 있을 여인에겐 정혼자와 전혀 다른 남자의 한마디가 큰 위로가 되리라. 실제로 그렇게 해서 건진 여자가 한둘이 아니었다.

며칠 후.

서문혜는 식사를 하러 가는 길에 능희연을 만났다.

그녀의 얼굴에는 심통이 가득해서 한눈에 봐도 기분 나쁜 일을 겪었다는 걸 알 수 있었다.

“희연아, 무슨 일 있었어?”

“어? 언니.”

능희연은 대답하기가 무섭게 서문혜의 팔짱을 끼고 한쪽으로 데려갔다.

“아우, 재수없어! 무공만 강하면 다야? 흥이다, 흥!”

“무슨 일이야, 뜬금없이?”

“언니 말고, 옥서시 말이야. 그 도도한 꼴을 언니도 봤어야

해. 공주가 따로 없다니까. 정말 어이가 없어서…….”

“희연아, 자세히. 응? 자세히.”

“며칠 전에 운 이곤, 조 이감과 함께 빙백수 옥서시를 마중하러 갔거든요.”

“잠깐, 옥서시가 누구야?

“어? 옥서시 몰라요? 세외삼천 중 빙궁에서 보낸 여자라고 하던데?’

“빙궁?”

서문혜는 어리둥절한 표정을 지었다.

세외삼천에 대한 정보가 전무한 그녀로서는 당연한 반응이었다. 하지만 하고 싶은 말이 목까지 찬 능희연은 그런 서문혜의 반응을 무시했다.

“그런 곳이 있어요. 한데, 그 여자가 어떻게 했는지 알아요? 자신이 중원에 발을 들여놓았다는 것을 알리기 위해 대감도 고대만을 얼음 조각으로 만들고, 강북오조의 혈조를 얼음 가루로 만늘었어요.”

“무공이 상당히 강한가 보네?”

“강하죠. 뭐, 거기까지는 좋아요. 한데 제 질문에 한 번도 대꾸를 안 하는 거 있죠? 어이가 없어서!”

“그, 그게 화낼 일이야? 낯을 가릴 수도 있잖아.”

“물론 그럴 수 있어요. 아유!”

능희연은 아직도 할 얘기가 남았는지 분을 참지 못하겠다는 표정을 지으며 양손을 바르르 떨었다.

"성까지 얼마 남지 않았을 때였어요. 이 얼음인간이 갑자기 신법을 펼치기 시작하는 거예요. 우리도 정신없이 쫓아갔죠. 알고 보니 길도 알고 있더라구요. 정문에 도착한 후 그 얼음인간이 한 말이 뭔지 알아요?"

"나야 모르지. 뭐라고 했는데?"

"아, 이겼다!"

"응?"

"개운한 표정으로 우리들을 신법으로 이겼다고 자랑하는 거예요. 아무래도 정신이 이상한 여자예요. 성에 들어와서는 뭘 했는지 알아요? 이 건물은 어떻다느니, 저 연못은 없애는 게 낫다느니, 이곳이 빙궁이었으면 이걸 만든 자들을 잡아다 전부 목을 치겠대요. 허! 천빈원에 데려다 주는 동안 귀를 몇 번이나 떼어버리고 싶었는지 몰라요. 아우, 속상해!"

능희연은 그때의 상황이 다시 떠오르는지 진저리를 치며 고개를 저었다.

"……."

서문혜는 상관악 때문에 며칠 동안 우울해져서 밖으로 나가지도 않았다. 그러다 능희연 등이 돌아왔다는 소식을 듣고 나온 것이다.

그러나 차라리 그녀를 만나지 않는 것이 나을 뻔했다.

몇 마디 나눈 것만으로도 머리가 지끈거렸다.

능희연은 더 얘기를 하고 싶은 눈치였으나, 도저히 참기 힘들어 대충 위로해 주고 자리를 벗어났다.

'속에서 열불이 뻗치는데 풀 데는 없고. 하아……'

교육생들이나 붙잡고 화풀이를 해야 할 것 같았다.

막 마음의 결정을 내렸을 때였다.

"서문 이감, 어딜 그리 급히 가시오?"

"……?"

느끼한 음성에 뒤를 돌아보자, 상관악 때문에 몇 번 얘기를 나눴던 혁련궁이 다가오고 있었다.

"혁련 일곤님을 뵙습니다."

"한두 번 보는 사이도 아니고 새삼스레 인사치레는 무슨. 앞으로는 눈인사만 하기로 하죠? 후후후."

"……."

느끼한 농담에 뭐라고 반응을 하고 싶었지만 귀찮아졌다. 다른 반응을 기대했던가? 혁련궁은 그녀의 표정에 머쓱해져서 어색하게 웃고 말았다.

"이런, 농담이 안 통하는군요. 하하하! 참, 요즘 상관 아우가 통 보이질 않던데 두 사람, 무슨 일이 있는 것 아니오?"

'그 사람이 혹시 말을 했나?'

서문혜는 자신과의 관계를 떠벌리는 상관악의 얼굴을 떠올리자 짜증이 일었다. 남녀 관계의 일은 아무리 호형호제하는 사이라도 말해서는 안 되는 부분이 있다.

“서문 이감?”

“드릴 말씀이 없습니다. 개인적인 일입니다.”

“흠, 두 사람, 싸웠소?”

“……”

“후후후, 좋을 때는 싸우기도 많이 하는 거라오. 그럼 먼저 가겠소.”

“혁련 일곤님.”

‘그럼 그렇지. 후후후.’

화를 억누르는 서문혜의 모습을 혁련궁은 설움이 복받친 모습이라 오해를 했다. 그의 입장에서는 완벽한 미끼를 던졌다고 여겼기 때문이다.

더구나 며칠 동안 서문혜의 동정을 살피다 접근한 것이다. 당연히 복잡한 심사를 털어놓지 않고는 배기지 못하리라.

“말씀하시오, 서문 이감. 내 자랑은 아니지만, 얘기를 듣는 건 누구보다 잘할 자신이……”

“앞으로 제게 상관 일리님의 얘기는 하지 말아주셨으면 합니다.”

“무슨… 아니, 두 사람… 서문 이감, 조금 전에 뭐라고 했소?”

“부탁드립니다.”

“이런이런, 정말 크게 싸운 모양이구려. 하하하! 말씀해 보시오. 혹시 내가 도움이……”

"그럼 앞으로 그리해 주실 거라 믿고 가겠습니다."

"그……."

혁련궁이 뭐라고 대답하기도 전에 서문혜는 서둘러 기분 나쁜 표정으로 돌아섰다.

'흠, 아직은 성급했나?'

혁련궁은 애써 웃으며 멀어지는 서문혜를 지켜봤다.

뒷모습의 윤곽이 좀 더 선명히 드러나는 옷을 입었으면 좋았으련만 아쉽게도 그녀는 무복을 입고 있었다.

"응?"

거처인 천감당으로 돌아갈 것처럼 굴던 그녀가 갑자기 방향을 바꾸었다.

누군가를 발견했는지 급히 신형을 날렸다.

혁련궁은 호기심에 그녀의 뒤를 따랐다.

그러나 쫓아가던 것도 잠시, 그녀가 쫓아가는 사람의 정체를 알고서 허탈해지는 혁련궁이었다.

종명기와 어리버리한 청년 한 명.

둘 중 서문혜의 관심을 끌 수 있는 사람이라면 당연히 종명기였다. 하지만 나이 차이가 너무 났다.

사십을 바라보는 종명기를 그녀가?

그는 독특한 상상을 하며 일정한 거리를 두고 뒤따랐다.

서문혜는 거처로 돌아가려는 순간, 두 사람을 발견했다. 바로 종명기와 등천화였다. 그녀는 곧장 두 사람에게 다가갔다.

"종 일건님."

언제 우울했냐는 듯이 그녀의 목소리는 밝아져 있었다. 등천화를 보면서 스스로도 느끼지 못하는 사이에 변화된 것이다.

종명기와 등천화가 뒤를 돌아보자 그제야 놀리듯이 등천화에게 한마디 쏘아주었다.

"오호, 이게 누구서? 유령신보께서도 함께 계신 줄 몰랐어요. 어쩐지 뒤에서 보니까 엉성한 걸음이 눈에 익는다고 했어."

장난스럽게 쏘는 그녀의 말을 들은 등천화는 갑자기 난감한 표정을 지어야 했다.

"엄… 그런가요? 엉성… 음… 어쩌죠?"

정말로 걱정스럽다는 듯이 대꾸하는 등천화를 보고 서문혜는 깔깔거리며 웃었다.

"깔깔깔! 뭘 어째요. 곧이곧대로 다 믿기는. 하여간 엉성해."

"푸하하! 그만 놀리게, 서문 이감."

종명기도 기어코 웃음을 터뜨리고 말았다.

악의가 없다는 것을 알기에 굳이 나무라진 않았다.

"아, 종 일건님, 어딜 가시는 길이세요?"

"연무대회를 구경하러 가는 길일세. 같이 가겠나? 공 대주가 삼십이천명대 제일대주 자리를 신청했다고 하더군."

"예? 제일대주 자리요?"

"의외지? 무슨 변화가 있었기에 그런 과감한 결정을 내렸는지 궁금해."

종명기는 말을 하면서 슬며시 등천화를 돌아봤다.

서문혜는 그의 표정이 무엇을 뜻하는지 몰라 시선을 따라갔다. 하지만 등천화는 자신도 궁금하다는 표정으로 두 사람을 번갈아 쳐다봤다.

"저도 같이 가도 되나요?"

"그럼! 유령신보도 꼼짝 못하는 서문 이감이 간다는데 누가 말리겠나? 하하하! 그렇지 않나, 등 소형제?"

등천화는 예의 순진한 웃음을 지었다.

"저는 상관없어요."

"들었지? 상관없다네. 같이 가세. 나도 공 대주에게 들었는데, 대회라고는 하지만 자체적으로 정하는 서열이니까 누가 참관을 해도 상관없다고 하네."

"예에. 윗분들이 삼십이천명대까지 챙길 여력이 없으시죠."

서문혜는 살짝 비꼬듯이 말하고는 재빨리 종명기와 등천화의 가운데를 파고들어 나란히 섰다.

"근데요… 종 일건님, 동행 여부를 왜 이 사람에게 물으시는 거예요?"

“그건 공 대주가 꼭 오라고 당부한 사람은 내가 아니고 등 소형제거든.”

“예?”

“공 대주가 등 소형제에게 신세를 졌대.”

“예? 이상하네. 공 대주는 실전 경험도 풍부하고 사람 보는 눈도 굉장히 날카롭다고 소문이 자자한데, 이 사람에게 신세를 질 일이 뭐가 있죠? 호호호.”

“큭. 등 소형제를 너무 놀리지 말게. 풉.”

“……?”

등천화는 두 사람이 왜 저렇게 웃는지 알 수가 없었다. 하지만 더 이상 궁금해하지 않고 함께 웃었다.

씨익.

그 순진한 웃음에 두 사람은 배까지 잡고 말았다.

“푸하하하!”

“호호호호!”

혁련궁은 서문혜가 활짝 웃는 모습을 보면서 기분이 나빠졌다. 자신에게 저렇게 웃어주면 얼마나 좋은가 말이다.

괘씸한 생각은 곧장 상관악을 찾아가서 자신이 본 그대로를 알려주게 했다.

상관악은 혁련궁의 방문에 뛸 듯이 기뻤다.

서문혜와 며칠 동안 대화를 시도해 보려 했으나 번번이 실패하고 만 까닭에 기회만 기다리고 있었기 때문이다.

혁련궁에게 고맙다는 인사를 하고는 곧장 연무대회가 열리는 곳으로 달려갔다.

'혜 매가 삼십이천명대주를 뽑는 대회에 왜 왔지? 이런 곳에 뭘 볼 게 있다고. 응? 저자는 종 일건? 이번 출정에도 나가지 않았다고 하더니 사실인가 보군.'

상관악은 다가가던 발걸음을 잠시 멈칫거렸다.

괜히 두 사람의 일을 종명기가 알아봐야 좋을 건 없었다. 하지만 곤란한 것은 자신뿐만이 아니었다. 오히려 지금이 기회일 수도 있다고 생각했다.

"혜 매, 이런 곳에서 뭘 하고 있소?"

서문혜는 상관악을 돌아본 것보다 더 빠르게 외면했다.

전방에서는 이미 비무가 시작되었다.

공손풍의 철각과 땅이 부딪치는 소리가 빨라졌다.

깍. 깍. 깍.

듣기 싫은 음향이 신셩 쓰이는지 현재 삼십이천명대주 중 제일대주에 올라 있는 구진오의 얼굴빛이 가히 좋지 않았다.

'저기서 일등을 해봐야 무슨 차이가 있다고. 쯧.'

상관악의 눈에는 공손풍이나 구진오 두 사람 모두 미련해 보이기만 했다.

"혜 매, 저런 한심한 싸움은 나중에 보고, 우리 일에 대해 대화 좀 나눕시다. 내, 모두 설명하겠소."

“…….”

“혜……..”

“상관 일리님, 지금 이분들과 함께 있는 것이 보이지 않으세요? 한심한 싸움이라니, 너무 무례한 언사라고 생각하지 않으세요?”

서문혜의 목소리에 찬바람이 쌩쌩 불었다.

‘미치겠군.’

속이 끓어올랐으나 행여 종명기에게 들킬세라 웃음으로 애타는 마음을 숨겼다.

“상관 일리, 오랜만에 보는 것 같은데, 인사 좀 하면 어디가 덧나나?”

“종… 일건? 하도 오랜만에 보는지라 알아보지 못했소. 미안하오.”

상관악은 존칭을 사용하지 않았다. 규칙상 같은 일군끼리는 나이 차이가 나도 존칭을 사용할 수 없도록 되어 있기 때문이다.

종명기는 가볍게 인사를 받고는 시선을 돌리려 했다.

“누가 이길 것 같아요, 유령신보?”

‘응?’

서문혜의 나긋한 목소리가 종명기의 시선을 붙잡았다. 지금까지와는, 아니, 조금 전까지의 그녀는 어느새 사라지고 전혀 다른 서문혜가 그 자리에 있었다.

"제 이름은 유령신보가 아닌데요. 이름이 있는데… 다시 한 번 말할게요. 내 이름은 등…….."

"호호호! 알았어요, 등 소협."

"……?"

등천화는 서문혜의 낯선 태도에 어리둥절한 표정을 지었다. 종명기 역시 닭살이 돋는다는 표정으로 그녀를 빤히 쳐다봤다.

그러나 그녀의 태도에 가장 놀란 사람은 상관악이었다. 그녀에게 저런 상냥한 대접을 받을 수 있는 사람이 있으리라고는 생각지도 못했던 그이기에 그 놀라움은 더욱 컸다.

"드, 등 소협?"

그의 눈에서 불똥이 튀었다.

떨리는 손을 진정시키지 못하고 등천화를 가리키며 버럭 소리를 질렀다.

"이따위 애송이에게 소협은 무슨 소협! 넌 어디 소속이냐? 어디 소속인데 이곳에서 히히덕거리고 있어? 일없어? 아니다! 소속이 어디야? 너 같은 놈은 당장 잘라 버려야 해! 어느 소속이냐고?!"

상관악은 이미 이성을 잃고 있었다.

눈이 뒤집히기 일보 직전인 상태로 주위를 살필 겨를이 있을 리 없었다.

어느새 사람들은 공손풍과 구진오의 싸움에서 눈을 돌려

등천화와 상관악을 쳐다보고 있었다.

"이것 참……."

등천화는 금방 대답을 못하고 상관악을 신기한 듯이 쳐다봤다. 처음 보는 사람이 저렇게까지 화를 내는 이유를 알 수 없기 때문이다.

하지만 질문을 받았으니 대답을 해주는 것이 도리.

막 입을 열려 할 때였다.

"됐네, 등 소형제. 대답하란다고 다 할 필요 없네. 이봐, 상관 일리. 나와 함께 있는 거 보이지 않나? 너무 무례하지 않는 것이 좋겠군. 그리고 서문 이감."

종명기는 불쾌한 표정으로 상관악을 나무라고는 시선을 서문혜에게 돌렸다.

"예?"

"두 사람이 풀어야 할 문제가 있어 보이는데, 다른 곳에 가서 풀면 안 될까? 여긴 보다시피 삼십이천명대 제일대주를 결정하는 자리야."

"상관 일리님 혼자서 난리 치는 거예요. 저는 풀 문제가 전혀 없습니다."

종명기는 슬쩍 상관악을 쳐다봤다.

상관악은 모욕이라도 받은 사람처럼 얼굴이 빨갛게 변해 있었다. 서문혜의 시선이 말을 끝내고도 등천화에게 머물러 있는 것을 본 까닭이다.

그는 이전보다 더욱 매섭게 등천화를 노려봤다.

"너는 혜 매와 무슨 사이냐?"

대답 여하에 따라 당장 손을 쓸 기세였다.

그의 전신에서 변화가 일어났다. 처음엔 양손에 집중하는 것 같더니 서서히 중심이 이동되며 복부와 하체로 기운이 쏠리고 있었다.

"대답 안 해? 흐흐흐, 감히 내 질문을 무시하겠다는 거냐?"

번쩍.

상관악의 손에서 푸른빛이 일렁이는가 싶더니, 등천화의 공간을 모두 잡아채 갔다.

촤악!

푸른빛은 바로 채찍이었다.

상관세가의 독문 무공인 천잠구편 일초 잠사비요란 초식으로, 상대의 움직임에 따라 변화를 일으키는 편법이었다.

한순간에 모든 방위를 점해 버리기에 다수의 적을 상대할 때 자주 사용하곤 했다.

그러나 상관악의 그런 생각을 읽기라도 했던가?

등천화는 채찍이 다가오면 물러서고, 또 물러서길 반복했다.

처음에는 긴장했던 서문혜의 안색이 차분해졌다.

"상관 일리님, 정말 치사하네요. 등 소협은 싸우고 싶지 않다고 하잖아요. 창피당하기 전에 그만두세요."

왜 이런 말을 했는지 말을 한 서문혜도 알 수 없었다. 처음부터 두 사람이 싸우도록 하겠다는 의도는 없었다. 이 자리에 종명기가 없었다면 장난도 치지 않았을 것이다.

그러나 이미 질투에 눈이 먼 상관악은 여러 가지를 따질 상황이 아니었다.

"창피? 닥쳐! 남편 될 사람이 잠시 다른 여자에게 한눈을 팔았다고 똑같이 그러겠다는 심보야, 뭐야?! 부정한 여자 같으니!"

"뭐라고요? 남편? 부정? 말조심하세요!"

"……!"

차갑게 식은 서문혜의 반응에 상관악은 공격을 멈추며 급히 사과를 했다.

"미, 미안하오, 혜 매. 내 잠시 화를 참지 못하고 헛소리를 한 모양이오. 하지만… 틀린 말은 아니잖소."

"흥! 혜 매란 소리 그만 해요! 나는 더 이상 당신의 정혼녀가 아니라고 했잖아요. 이후로 다시 한 번 혜 매라고 하면… 그땐 나도 가만히 있지 않겠어요. 그리고 지금 당장 손을 멈추세요."

상관악은 치미는 질투 때문에 마음과 달리 목소리에 빈정이 실렸다.

"흥! 이 애송이를 반드시 살리고 싶은 모양이군. 그새 정이라도 통했어, 두 사람?"

질투심에 사로잡혀 아무것도 보이지 않는 사람의 눈이 있다면 지금 서문혜의 앞에 있는 상관악의 눈빛이 그랬다.

"이, 이… 비열한!"

서문혜의 눈빛이 이글거리며 분노가 피어났다.

상관악은 아무리 열이 받았어도 해도 해서는 안 될 말을 하고 만 것이다.

그러나 후회하기엔 이미 늦은 후였다.

그가 뭐라고 변명하기 전에 단호한 음성이 이어졌다.

"내가 당신인 줄 알아?!"

"뭐라고?! 교 이리는 적어도 너처럼 뒤로 호박씨는 안 까! 어디서 저런 애송이하고 눈이 맞아서 정혼자를 창피하게 만들어!"

"말조심해!"

휙.

서문혜의 손이 상관악의 뺨을 향해 날아갔다.

상관악은 조금의 고민도 없이 피했다. 그에게 있어 그 자신보다 소중한 것은 없었다. 아무리 그녀라고 해도 자신의 몸에 손을 대는 행위는 용납할 수 없는 것이다.

서문혜는 첫 번째 공격이 실패하자 이를 갈며 재차 공격을 가했다. 그를 때릴 수 있다는 생각보다는 이렇게라도 하지 않으면 참을 수가 없었기 때문이다.

살기를 담고서 비호각을 칠성까지 끌어올린 공격.

큐웃, 큐웃!

빠르고 정확하게 송곳 같은 발끝이 날아갔으나, 상관악은 조금 전과 마찬가지로 여유롭게 그녀의 발을 피했다.

서문혜는 분해서 어쩔 줄 몰라 발을 거두는 것도 잊었다. 그때, 누군가가 그녀의 허리를 밀었다.

툭.

‘응?’

누군가가 허리를 미는 바람에 발은 쭉 뻗어나갔고, 그녀의 상체는 뒤로 확 쏠렸다.

잠깐의 계획되지 않은 엉뚱한 동작으로 인해 모자라던 그녀의 발이 늘어난 것처럼 상관악의 안면에 발 도장을 찍었다.

퍽!

그녀의 발끝에 무언가가 닿는 느낌이 들었다. 그와 동시에 앞쪽에서 기묘한 비명이 터졌다.

“억!”

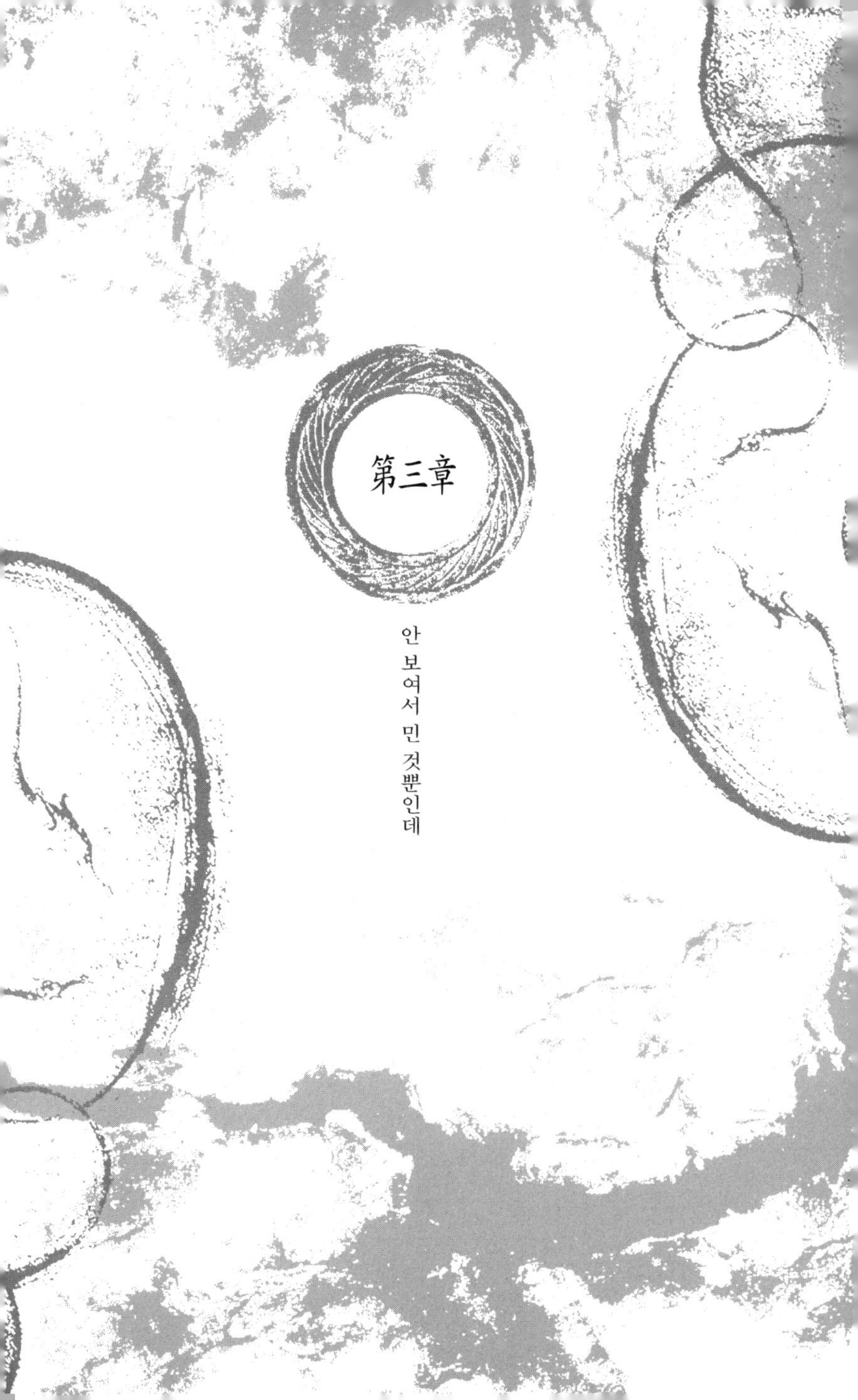

第三章

안 보여서 믿긴 것뿐인데

步法
無敵

“억!”

상관악의 다급한 비명.

“……!”

서문혜는 사신의 발끝을 쳐다봤다.

믿을 수 없게도 그의 얼굴에 발이 닿아 있었다.

기분 좋은 느낌에 그녀는 자신도 모르게 웃었다.

그때,

“괜찮나요, 서문 소저?”

뒤를 돌아보자 등천화가 등을 받치고 있었다.

등천화의 목소리가 이렇게 좋았던가?

지금 이 순간, 서문혜의 귀에는 구세주와 같은 음성이었다.

"그럼요!"

서문혜는 활짝 웃으며 고개를 끄덕였다.

자세를 갖추고 상관악을 돌아보자, 뺨을 쓰다듬으며 살기를 피워 올리는 모습이 눈에 들어왔다.

"풋."

분명히 긴장 충만한 모습이건만 왜 웃음이 터져 나오는지. 보기 좋게 한 방 먹인 것으로 지금까지 그에게 썼던 신경을 훌훌 털어버린 탓이리라.

그녀의 웃음에 상관악의 눈빛이 험악해진 것은 당연지사. 그녀를 가로막고 있는 공간이라도 베어버릴 셈인지 날카로운 눈빛을 마구 쏟아냈다.

"서문혜, 감히 남편 될 사람을 발로 차? 정말 정혼이고 뭐고 다 때려치우자는 말이냐?"

상관악의 한마디는 완전히 정나미가 떨어지게 했다. 다친 것도 아니고 발에 한 방 맞은 것뿐이면서 엄살을 떨고 있는 것이다.

"호호호. 상관 일리님, 이제야 본색을 드러내시는군요. 진작 그렇게 나오셨어야지요. 그래야 상관 일리님답죠."

저런 자식을 남편으로 추천한 부모님이 다 원망스러울 지경이었다. 만약 '혼사라도 치렀다면' 이란 생각이 들자 오한까지 들었다.

그럴 일이야 없겠지만, 만약이라도 집안에서 저자와의 혼사를 강행하려고 한다면 혀 깨물고 죽어버릴 것이다.

그녀는 상관악이 또 뭐라고 하기 전에 말을 이었다.

"아무튼 다행이네요."

"그건 또 무슨 소리지?"

"당신… 아니지. 상관 일리님이 지금 한 말, 잘 새겨듣지요. 파혼을 결정해 주서서 감사해요."

"내가 언제……?"

"여기 있는 사람들이라면 충분할 것 같은데요? 좀 더 필요하다면 당주님을 모셔오도록 하고요."

"……!"

흥분해서 아무것도 보이지 않던 상관악의 시야가 점점 넓어지며 주위가 눈에 들어왔다.

삼십이천명대주들과 부하들, 그리고 위사들까지.

모두 두 사람을 쳐다보고 있었다.

서문혜는 난처해하는 상관악에게서 눈을 떼고 뒤를 돌아봤다. 등천화와 종명기가 돌아보고 있었다.

"종 일건님, 참아주서서 감사해요. 등 소협, 전혀 의외였어요. 도와줘서 너무 고마워요."

서문혜는 배시시 쑥스러운 웃음까지 지었다.

그러나 등천화는 그녀의 인사를 받아줄 기분이 아니었다. 사실 뒤쪽에서 무슨 일이 벌어졌는지 전혀 인지하지 못하고 있는 그기 때문이다.

공손풍과 구진오의 대결이 막바지로 치달을 때, 누군가가 다가오는 걸 느끼고 손을 뻗어 밀었을 뿐이기 때문이다. 그것을 그녀가 오해한 것이다.

"뭐가… 요?"

"호호호, 겸손하시긴. 조금 전에 도움을 주셨잖아요."

"엄… 그런 적 없는데요?"

"아까 날 밀었잖아!"

잘 나가다 삐딱선을 타는 등천화에게 조용히, 하지만 인상 쓰는 걸 잊지 않고서 으름장을 놓았다.

그러자 등천화는 알겠다는 듯이 순진하게 웃었다.

"아! 조금 전에 저를 민 사람이 서문 소저였어요? 공 대주님의 대결이 안 보여서 나도 모르게 민 것뿐인데……."

"……!"

이게 무슨 날벼락 같은 소리인가!

서문혜의 안색이 완전히 구겨졌다.

등천화의 대답으로 조금 전의 상황을 완벽하게 이해했기 때문이다.

'그, 그럼 조금 전에 날 도와준 것이 아니라… 우연히… 으으……!'

서문혜는 입술을 깨물며 화를 참았다.

상관악에게 이 모습을 들킬 수는 없었다.

최대한 눈을 가늘게 뜨며 손을 들어올려 가볍게 말아 쥐고
는 은근한 협박이 담긴 말을 건넸다.

"호호호, 다 알아요. 저는 등 소협만 믿고 있을게요."

"…뭘요?"

찌릿!

서문혜는 등천화를 노려보며 조용히 하라는 신호를 보냈
다.

"등 소협은 너무 겸손하세요. 우리 사이에 이젠 안 그러서
도 돼요."

"우리… 사이… 무슨… 사이……?"

등천화는 서문혜가 왜 저런 소리를 하는지 몰랐으나, 고개
를 끄덕여야 한다는 걸 본능이 먼저 알아챘다.

"예, 안 그럴게요."

뒤쪽에서 두 사람의 대화를 듣고 있던 상관악의 얼굴이 흙
빛으로 변했다.

'우, 우리 사이? 저, 저런 죽일 연놈들!'

당장 등천화를 찢어 죽이고 싶었지만 그전에 드는 생각이
있었다. 바로 두 사람의 진도가 얼마만큼 나갔는가에 대한 의
심이었다.

'혹시 이것들이 벌써?'

정혼자가 빤히 지켜보고 있는 장소에서 저런 말을 나눈다
면 보통 사이는 아니란 증거이다.

더 이상 둘이 노는 꼴을 지켜볼 수 없었다.

"내가 잠시 소홀한 틈을 타서 잘도 혜 매에게 수작을 부렸구나. 이대로 넘어가길 바라지는 않겠지? 어디, 네 사랑이 얼마나 대단한지 보기로 할까? 천리당 일리도 안중에 두지 않는 네 실력 좀 보자. 삼 초, 삼 초면 충분하다. 각오해."

삼 초 안에 등천화를 죽여 버리겠다는 심사였다.

종명기가 나선다 해도 물러설 생각이 없다는 걸 보여주기 위해 일부러 먼저 말을 꺼냈다.

"누구든 저 녀석을 도와줄 생각이면 지금 말해라. 나 상관악의 이름을 걸고 반드시 죽여줄 테니까."

주위를 죽 훑어본 그는 마지막으로 시선을 종명기한테 멈추었다. '너도 나설 생각 하지 마라'는 경고의 시선이었다. 하지만 종명기의 입장에서는 나서지 않을 수 없었다.

"상관 일리, 삼 초는 너무해."

"큭, 편을 드시겠다? 그럼 이 초로 하겠소."

그럴 줄 알았다는 듯이 상관악은 비꼬는 투로 곧장 대답했다. 하지만 돌아온 종명기의 대답은 전혀 엉뚱한 말이었다.

"내 말을 잘못 받아들였군. 내 말은 그 반대를 말하는 것일세. 한 십 초쯤 하면 어떻겠나? 아니지. 그래봐야 결과는 마찬가지일 텐데… 차라리 대결을 그만두는 게 낫겠네."

"……!"

상관악은 욕이 목구멍까지 치솟았으나, 종명기가 일부러

격장지계를 쓰는 것이라고 여겨 참았다.

"후후후, 겨우 천건당의 이건 따위가 내 삼 초를 받을 수 있다고 생각하시오? 천건당에 속해 있다고 너무 과신하고 있군."

상관악은 등천화가 종명기와 함께 있다는 말을 기억하고 있었다. 그 말대로라면 등천화는 종명기의 부하란 소리였다.

"이건? 누가 등 소형제를 이건이라고 했지?"

"너무 유치하군. 그런다고 저 자식을 살릴 수 있을 거라 생각하시오, 종 일건?"

"이것 참, 상관 일리. 나중에 후회하지 말고 지금이라도 취소하게. 자네 때문에 공 대주와 구 대주의 비무가 영망이 됐잖은가."

"흥! 그따위 비무, 어떻게 되든 나와 무슨 상관이지?"

상관악의 대답에 주위가 웅성거렸다.

삼십이천명대를 무시하는 언사였기 때문이다.

그러나 상관악의 눈은 이미 뒤집힌 상태라 그런 주위의 웅성거림이 전혀 들리지 않았다. 오로지 등천화의 대답에만 신경을 곤두세우고 있었다.

이런 상관악의 심정을 알기나 하는지 등천화는 서문혜를 빤히 쳐다보다가 입을 열었다.

"궁금해서 그러는데요, 삼 초? 그걸 피하면 서문 소저를 이제 안 괴롭힐 건가요?"

“큭, 삼 초를 피하면? 푸하하하! 피할 겨를이 없을걸? 막거나 피하거나 할 수 있는 건 다해라. 내가 삼 초를 펼친 후에도 네가 살아 있으면 혜 매가 원하는 대로 다해주마.”

“그럼 좋아요.”

“좋아? 보자 보자 하니까!”

스슷.

상관악의 몸 주위로 푸른빛이 일렁였다.

상관세가의 독문 심공인 청오칠백결을 천잠구편에 사용하려는 것이다.

오성까지는 푸른색, 칠성부터는 백색의 기운을 일으키는 내공으로, 칠성 이후는 그 자신 외에는 아무도 어느 정도의 경지에 올랐는지 알지 못한다는 무공.

상관악의 현재 상태는 오성 근처였다.

등천화는 상관악의 손을 감고 있는 천잠편을 보기만 했다.

쉬악!

푸른빛이 뱀처럼 휘며 공간을 갈랐다. 그러자 사방을 찢어발기는 듯한 음향과 함께 푸른 망이 등천화의 주위를 덮었다.

그것도 미덥지 못했는지, 추가로 등천화의 정면을 향해 공격을 가했다.

상관악은 내심 곧 갈기갈기 찢겨진 시체를 보게 될 것이란 생각을 했다.

위에서 내려오는 망과 앞에서 다가오는 망.

채찍으로 만든 총 칠십이 개의 빛.

자보를 펼쳐 뒤로 물러서면 그만이었다.

하지만 묘한 생각이 등천화의 발을 잡았다. 바로 망들 사이를 걸어가면 어떨까 하는 생각이 든 것이다.

'해볼까?'

일단 위에서 내려오는 망의 구멍을 찾아 그곳에 몸을 세웠다. 어깨까지 내려온 망에 갑자기 변화가 일었다. 하지만 이미 어깨 위로는 자유로운 상태였다.

등천화는 재빨리 정면으로 다가오는 망의 구멍을 찾았다. 맹독성 뱀이 머리를 치켜들고 달려드는 모습처럼 보이는 망. 등천화는 자보를 펼쳐 상체를 그 속으로 집어넣었다. 그러자 뒤이어 하체가 따라오며 두 개의 망을 지나쳤다.

"헛!"

헛바람 빠지는 소리.

상관악은 등천화의 너무도 간단한 동작에 혀를 내둘렀다.

그러나 그보다 더욱 놀란 사람은 서문혜였다.

자신이 그토록 공격할 때는 보이지 않던 등천화의 신기막측한 움직임이 다 보였기 때문이다. 그것도 겨우 일부분에 불과하긴 했지만.

"저, 저럴 수가……!"

"하하하. 상관 일리는 등 소형제의 옷깃도 못 건드릴 걸? 서문 이감도 경험해서 잘 알지 않나? 그렇기 때문에 이런 상황을 만들었다고 생각했는데, 아니었나?"

"아, 아니… 휴, 죄송해요."

"죄송? 내게 죄송할 건 없네. 등 소형제가 엉뚱한 일에 휘말리지만 않는다면 말이지. 그러고 보니 나도 동조한 셈인가? 후후후."

이렇게 상관악의 일 초가 지났다.

"아……!"

공손풍은 지금껏 수많은 고수들의 싸움을 봐왔다.

대부분은 격렬하고 치열했으나, 기억에 남는 싸움은 한순간에 결말이 나는 것들이었다.

일 수, 일 검, 일 도 등등.

한 번의 손짓으로 상대를 제압하는 신위를 지닌 무인. 그렇게 기억되고 싶었다. 하지만 등천화와 상관악의 싸움을 지켜보는 지금, 자신의 생각이 얼마나 단순했는지 깨달아야 했다.

"유령신보… 저런 보법을 가졌으니 싸움터를 유유히 걸어 다닐 수 있었겠지. 후후후."

"삼십이천명대의 제일대주를 결정하는 자리야 저분들에겐 별로 중요하지 않은가 보군. 아무리 자체적으로 정해지는 서열이라고는 하지만 씁쓸하네. 후후후."

구진오의 입에서 낮은 탄식이 흘러나왔다.

등천화만 아니었으면 공손풍 역시 마찬가지의 심정을 가

졌으리라.

"구 대주, 오늘 일은 없던 일로 합시다. 다음에 기회가 닿으면 다시 도전하겠소."

"아니오. 이미 공 대주는 나와 동수요. 다음에 또 겨룰 힘이 있으면 마교와의 싸움에서 쓰시오."

"개벽삼검이 아직 완벽하진 않지만 진짜 위력을 보여 드리진 못했소. 다시 도전하리다."

"후후후, 어차피 우리 안에서의 서열은 의미가 없잖소. 나도 이제 슬슬 고향으로 내려가야 할 것 같고."

구진오의 시선이 등천화와 상관악을 가리켰다.

공손풍은 그의 입에 걸리는 씁쓸함을 읽었다.

삼십이천명대주 중 단연 최고의 실력을 자랑하는 그였으나, 상관악의 안하무인으로 인해 상처를 받은 탓이리라.

"저 젊은 친구는 충분히 인정할 만한 사람이오."

"대단해 보이긴 하는구려."

"나와 안면이 있는 친구요."

"……?"

" 저 친구 덕분에 내가 구 대주에게 도전한 것이라면 믿겠소?"

"친구?"

"그렇게 부르는 것도 어쩌면 과한 것일지도 모르오."

"허!"

"구 대주, 이곳은 우리의 청춘이 깃들어 있는 곳이오. 괜히 다른 사람 때문에 소중함을 버릴 생각은 하지 마시오. 빠른 시일 내에 자리를 마련하겠소."

"……!"

공손풍의 질책에 구진오는 은근히 몸이 달아올랐다.

더 강력하고 더 화려한 싸움이 근처에서 벌어지고 있음에도 이젠 소리조차 들리지 않는 것 같았다.

"청춘? 나는 지금도 청춘이오만?"

"……?"

"다시 시작합시다. 몸이 뜨거워져서 풀지 않으면 쉬지도 못할 것 같소."

"지금… 말이오?"

"공 대주가 저 싸움을 개의치 않는다면 말이오."

"나야 언제든!"

공손풍은 검을 번쩍 치켜들었다.

구진오 역시 제일대주답게 자신의 애병인 천척도를 들어 올렸다.

진짜 대결이 이곳에서도 시작됐다.

콰!

힐끔.

등천화는 상관악의 이 초를 피하며 공손풍이 있는 곳을 쳐다봤다.

거칠게 일어나는 길들.

그것은 기였으나 등천화에겐 길일 뿐이었다.

그 길들이 공손풍이 싸우는 장소에서 일어나고 있었다.

'공 대주님이 다시 싸우는구나! 개벽삼검… 새로운 길을 만드셨네? 하하하!'

등천화는 눈앞의 상관악보다 공손풍의 개벽삼검에 더욱 신경을 쓰고 있었다. 그의 몸에서 일어나는 길들이 많이 달라져 있었다.

그가 가지고 있는 본연의 길을 찾은 것이다.

기분이 좋아졌다. 하지만 상관악은 공손풍의 싸움을 계속 보고 있도록 허락하지 않았다.

쉬악—

무시무시한 이빨을 드러내며 천잠편이 전신을 꿰뚫을 것처럼 다가왔다.

'응?'

상관악의 공격이 잠시 주춤했다.

분명 방금 전까지 보였던 등천화가 자리에서 사라졌기 때문이다.

천잠편이 목표를 잃으며 중앙 연무장에 박혔다.

쿠콰— 콰쾅—!

"공 대주님이 다시 비무를 시작했네요. 우리도 이제 그만

하면 어떨까요?"

등천화의 얄미운 목소리가 어느새 십여 장이나 벗어난 곳에서 들려왔다.

"뭐?"

상관악의 표정이 일그러질 대로 일그러졌다.

겨우 삼십이천명대주 때문에 대결을 멈추겠다고?

마지막 남은 일 초로 반드시 숨통을 끊어주리라!

"죽어서는 네 마음대로 할 수 있을 거다. 죽어서는 말이지. 후후후."

천잠편에 좀 더 많은 양의 진기를 주입하자 푸른빛이 옅어졌다. 오히려 성취가 올라갈수록 백색에 가깝게 되는 청오칠백결 구성의 단계였다.

"그럼 빨리 공격하세요."

"……!"

이젠 상관악에겐 다른 어떤 이유도 필요없었다.

반드시 죽여 버릴 이유는 저 한마디로 충분했다.

으드득!

"죽어!"

쉬악―

옅은 푸른빛이 순식간에 쭉 늘어나며 연무장과 평행을 이루며 등천화의 허리를 잘라갔다.

지켜보던 서문혜는 고개를 갸웃거렸다.

"상관 일리가 왜 저런 바보 같은 수법을……. 종 일건님, 위로 피하면 그만인 공격 아닌가요?"

서문혜의 질문에 종명기는 심각한 표정으로 고개를 저었다.

"아니, 상관 일리… 무공만으로 따지면 저 나이에는 상대할 사람이 몇 안 될 정도로 훌륭해. 나도 저 공격을 깨뜨리려면 일단 백보신권을 다섯 번 연속으로 펼쳐서 속도를 저지해야 할 것일세. 그리고 나서야 허공으로 뛸 수 있겠지. 너무 옅어서 자네 눈을 속이고 있지만 저건 상어 이빨이야. 함부로 움직일 수도 없지."

"예?"

"짙은 푸른빛에 숨겨놓은 하얀색 이빨이라고 하면 이해가 가겠나? 지금까지 실력을 숨기고 있다가 안 되겠으니 한꺼번에 드러냈어."

"아!"

그제야 종명기이 말을 그녀는 이해할 수 있었다.

중앙 연무장과 나란히 날아가는 채찍에 또 다른 힘이 숨겨져 있다는 뜻이었다.

'어떻게 피할 거지?'

서문혜는 눈을 빛내며 등천화를 유심히 관찰했다.

"엥?"

갑자기 서문혜의 입에서 허무한 목소리가 나왔다.

등천화의 기가 막힌 행동 때문이었다.

상관악의 공격이 다가올 때까지 기다렸다가 갑자기 몸을 돌려 연무장 뒤쪽을 향해 움직였다. 놀라운 것은 정확히 상관악의 공격을 피할 정도의 속도로 움직인 것이다.

설명은 좋지만 결국은 도망을 친 것이다.

등천화를 쫓아가던 천잠편의 길이가 더 이상 늘어나지 않을 즈음, 상관악은 몸을 움직여 등천화를 따라갔다. 하나 전력으로 쏟아낸 공격이 유지되는 것은 내공이 받쳐 줄 때나 가능한 일이다.

단전 바닥의 내공까지 긁어모은 상태에서 움직인다는 것은 평형을 깨는 것이나 마찬가지였다. 저런 행동을 할 사람이 아니었으나 조급한 마음이 기를 흩뜨리고 말았다.

"컥!"

잡힐 듯 말 듯 도망치는 등천화를 무리하게 쫓아간 탓에 상관악은 기어이 각혈을 하고 말았다. 아니, 분노가 폭발하고 만 것이다.

그제야 등천화의 움직임이 멈췄다.

삼 초 대결은 이렇게 허무하게 끝이 났다.

끝까지 지켜본 종명기는 너털웃음을 터뜨렸다.

"허허허, 끝났군. 등 소형제가 이겼어. 예상은 했지만."

"정말 황당한 보법이에요."

서문혜는 멍한 눈이 됐다.

"삼 초를 다 피했으니 상관 일리만 안됐군."

"그러게요. 하지만… 저 사람은 당해도 싸요."

종명기는 상관악이 집으로 돌아간다는 데 전 재산을 걸라고 해도 걸 수 있었다.

천추성의 일군이 일개 정문위사에게 지고서도 남아 있을 리가 없기 때문이다.

'말릴 걸 그랬나? 끙……'

종명기가 고개를 저으며 등천화를 부르려 할 때였다.

뒤쪽에서 폭음과 함께 사람들의 함성이 터졌다.

"와아아아아!"

"……?"

"……?"

종명기와 서문혜가 뒤를 돌아보자, 숨을 몰아쉬는 공손풍의 모습과 바닥에 누워 마찬가지로 숨을 몰아쉬는 구진오가 보였다.

공손풍이 입을 열었다.

"어떻소, 구 대주. 아직도 청춘이라고 우기시려오?"

"크하… 하하……! 지, 지금… 공 대주에게 다시 도전하고 싶은 생각이 들고 있소. 같은 연배끼리 청춘이니 아니니 가리지 맙시다."

"푸하하!"

"파하하!"

이윽고 공손풍도 바닥에 누우며 흐드러지게 웃었다.

그의 머리 위로 그림자가 드리워졌다.

"공 대주님, 축하드려요."

등천화였다.

공손풍은 등천화가 건넨 손을 잡고서 일어났다.

"이젠 철각은 신경 쓰지 않게 되셨나 봐요?"

"자네 덕분이지."

"종 일건님이 고생하지 않게 돼서 다행이네요."

등천화는 웃으며 공손풍을 일으켜 세웠다.

그때,

"왜 날 파는가, 등 소형제?"

종명기가 서문혜와 함께 다가왔다.

"예? 종 일건님이 무슨 물건인가요, 팔게?"

"아니야. 됐어. 자자, 두 사람 모두 고생 많았네. 가세. 오늘은 내 한잔 사도록 하지. 공 대주가 삼십이천명대 제일대주가 된 기념으로 말일세. 하하하! 서문 이감도 함께 가세나."

"저도 그 자리에 껴도 돼요?"

"안 될 이유가 뭔가."

"호호호! 다음에 데려가 주세요."

서문혜는 대답을 하고는 뒤를 돌아봤다.

상관악은 그 자리에 주저앉은 채 아직 일어나지 않고 있었다. 어쩌면 앞으로 한동안 일어나지 못할지도 몰랐다.

마교와의 싸움에서 진 것이 아니라 사람들이 다 보는 앞에서 자신보다 어린 사람에게 졌다는 사실이 큰 충격이리라.

어느 누구도 일으켜 줄 생각을 하지 않았다.

삼십이천명대를 깔아뭉개는 발언을 한 사람에게 도움을 줄 정도로 멍청한 사람이 있을 리 없었다.

서문혜는 인심을 잃는다는 것이 얼마나 무서운 일인지 절감했다. 하지만 상관악이 불쌍하다는 생각은 조금도 들지 않았다.

*　　　*　　　*

"뭐? 상관 일리가 졌다고!"

혁련궁은 보고를 듣자마자 버럭 소리를 질렀다.

서문혜가 믿는 구석이 있었던 것이다.

"종명기, 너도 사내란 말이냐?"

"저… 종 일건이 나선 것이 아닙니다. 웬 젊은 녀석이었습니다."

보고를 올리는 자는 진땀을 흘렸다.

"웬 젊은… 혹시?"

혁련궁은 불현듯 얼빵한 얼굴의 등천화가 떠올랐다.

"아니겠지. 그들은 지금 어디 있느냐?"

"종 일건이 삼십이천명대주 둘과 한 청년을 데리고 내성으로 들어갔습니다."

"내성? 왜?"

"한잔하자는 분위기로 봐서 천홍루로 가는 것 같습니다."

"천홍루?"

"종 일건이 데리고 갔답니다."

"그곳으로 가겠다."

＊　　　＊　　　＊

천추성의 유일한 주루인 천홍루.

이곳은 내성에 위치하고 있어서 사당에 속한 무인들보다 지위가 높지 않으면 출입이 쉽지 않은 곳이었다.

종명기를 따라 안으로 들어서던 공손풍과 구진오는 긴장한 얼굴인 반면, 등천화는 태평한 얼굴로 자연스럽게 행동했다.

네 사람이 주루에 들어서자마자 따가운 눈초리가 사방에서 그들을 에워쌌다. 특히 공손풍과 구진오는 자신들이 있을 곳이 아니란 생각 때문인지 유난히 신경 쓰는 표정이었다.

탁.

일층 한쪽에 있던 탁자에서 소리가 났다.

청년은 조각 같은 외모가 지나쳐서 돌조각처럼 표정이 없는 것처럼 보이는 예명이었다. 그는 등천화를 발견하곤 술잔을 내려놓았다.

'저자… 낯익은 느낌이다. 냄새가 익숙해. 어디서 봤지?'

예명이 살아온 대막의 환경은 한번 맡은 냄새를 잊지 않게 했다. 그의 예민한 후각이 등천화를 어디선가 봤다고 알려주고 있는 것이다.

중원에 들어온 지 얼마 되지도 않았다.

그러나 그의 직감은 자리에서 일어나게 만들었다.

이층에는 빈 탁자가 하나밖에 없었다.

점심때가 지나서 사람이 별로 없을 줄 알았던 종명기는 심드렁한 표정이 됐다.

"사람이 많군. 일단 앉자구."

자리에 앉는 것을 확인한 점소이는 다가와 주문을 받으려다 깜짝 놀란 표정을 지었다.

"엇!"

"주문이나 받지 뭘 놀래."

"그, 그게 아니라……."

"그게 아니긴. 배고프니까 적당히 음식 좀 내와라."

종명기의 주문에도 점소이는 대답을 주저했다.

이때, 종명기가 앉은 탁자 옆에서 빈정거리는 소리가 들렸다.

"오호, 이게 누구야? 삼십이천명대의 대주들? 저자들이 언제부터 이곳에 출입했지?"

"그러게 말일세. 이러다가 위사들도 술 마시러 오는 거 아니야?"

"술맛 다 떨어졌군."

"가세. 더 앉아 있기 창피하군."

모욕적인 말을 건넨 세 사람은 고까운 시선으로 종명기 등을 흘기고는 자리에서 일어났다.

종명기가 이런 상황에서 참을 사람이 아니었다.

"요즘은 낮부터 술을 마시는 사람이 있네? 예전에는 생각할 수도 없는 일인데 말이야. 하여간 뭐든 제대로 배워야지, 안 그러면 개나 소나 지들이 뭘 잘못했는지 모른다니까. 안 그런가?"

"……!"

공손풍과 구진오의 안색이 창백해졌다.

빈정거린 자들의 정체를 알고 있기 때문이다.

아니나 다를까.

그들 중 한 명이 다가왔다.

"지금 뭐라고 했나?"

고까운 목소리의 주인은 표종후란 자로, 나후전의 무장이었다. 눈을 내리깔며 쏘아보는 자세가 제법 위엄이 있었다.

그의 가슴에 '나후' 란 글씨가 빛났다.

"근무 중에는 술을 못 마시게 되어 있다고 했소만?"

종명기는 상대의 신분을 알면서도 당당하게 대꾸했다. 그것이 더 표종후를 기분 나쁘게 만들었다.

"우리는 나후무장들이다."

"이다? 풉! 가슴에 그렇다고 써 있네. 그런데?"

이전이고 뭐고 인간이 덜 된 자들에게 대우를 해주고 싶은 생각은 조금도 없었다.

"뭐?"

"낮부터 술이 과해서 못 들었나? 당신들이 나후무장이란 걸 알고 있다고. 그런데, 뭐?"

"……!"

나후전의 무인들은 종명기의 당당함에 잠시 말을 잃고 말았다. 자신들의 신분은 종명기가 감히 쳐다볼 수도 없을 만큼 높았다.

그런 것을 알면서도 저런 식의 태도를 보인다?

믿을 수가 없었다.

"천건당의 종명기 일건!"

"왜? 왜 불러?!"

종명기는 표종후 등을 똑바로 쳐다보면서 소리쳤다.

일군과 나후무장의 신분 차이는 하늘과 땅 차이라고 해도 과언이 아니었다.

표종후는 어이가 없어 웃음만 흘렸다.

"하! 말이 다 안 나오는군. 우리가 나후무장인 걸 알면서도 그따위 태도란 말이지? 진 당주를 한번 찾아가야겠군."

"진 당주님을 찾아간다면 내가 겁먹을 줄 알았나? 킁! 그런 생각을 했다면 날 한참 잘못 봤어. 웃기는 소리하지 말고 사과해. 아무리 이전이 사당보다 지위가 높다고 하지만 초면부터 반말해도 된다는 규정은 없다. 아니, 있다 해도 그런 자들을 대우해 줄 생각은 조금도 없지만."

종명기는 망설임없이 쏘아붙였다.

상황이 이렇게 되자 표종후와 기주단, 금윤성은 말문이 탁 막혔다.

지금 손을 쓰면 죽이는 건 문제될 것이 없었다.

문제는 명분이었다.

나후무장 셋이서 일건 한 명을 몰아세웠다는 소문을 듣기엔 그동안 뿌려놓은 것들이 너무나 많았다.

"후후후? 이봐, 충고 하나 할까? 모난 돌이 정 맞는 법이야."

"난 무식해서 그런 거 모르오."

"아주 잘났군. 언제까지 그럴 수 있을까? 하여간 종명기란 이름은 기억해 두지. 기 무장, 금 무장, 가세."

세 사람은 심상찮은 눈빛을 하고는 일부러 종명기를 한 번도 돌아보지 않고 아랫층으로 향했다.

공손풍이 그제야 조용히 말을 건넸다.

"종 일건님, 괜찮으십니까?"

"아니, 괜찮지 않아. 킁. 진 당주님한테 또 한소리 듣게 생겼군."

종명기는 시선을 천장에 두고 복잡한 표정을 지었다.

그러나 조금 전의 행동을 후회한다거나 하는 표정은 아니었다.

그때, 갑자기 생뚱맞은 목소리가 들려왔다.

계단 쪽 난간에 한 명의 청년이 기대고 있다가 다가왔다.

"너, 나 알지? 그렇지?"

종명기는 갑작스레 들려온 건방진 말투에 다시 짜증이 일었다. 나후무장들이 되돌아왔다고 여기고 뒤를 휙 돌아봤다.

그곳에는 젊은 청년이 등천화를 직시하며 서 있었다.

놀라운 것은 내려가던 나후무장들과 가볍게 목례만 하고 특별한 행동을 취하지 않았다는 것이다.

종명기가 의아한 표정으로 고개를 갸웃거릴 때, 공손풍이 조심스럽게 다시 말을 건넸다.

"종 일건님, 나후무장들과 서로 아는 사이 같습니다."

"봤네. 이상하군. 저자는 그들과 옷이 다른데."

종명기는 예명을 뚫어지게 쳐다봤다.

예명은 나후무장들이 내려가면서 뭐라고 지껄였는지 기억도 하지 못했다. 묘한 자를 발견한 상황이라 그들이 눈에 들어오지 않은 까닭이다.

등천화의 눈.

나후무장을 바라보는 그의 눈에는 두려움 따위는 없었다. 오히려 신기한 듯이 쳐다봤다. 그럴 수 있다고 생각했다. 적어도 등천화의 시선이 자신에게 돌려질 때까지는 말이다.

'안다. 나를 알고 있는 눈빛이야.'

아주 잠깐이지만 등천화의 눈은 예명을 알고 있다고 말하고 있었다. 어디서 봤는지 기억은 못하지만 그거야 곧 알게 될 것이다.

예명을 뚫어지게 쳐다보던 등천화는 갑자기 크게 소리쳤다.

"명극섬!"

'명극섬?'

"창 소저를 괴롭히던 분과 함께 있었죠?"

'창 소저?'

예명은 등천화의 알 수 없는 말에 원래 딱딱한 얼굴을 더욱 딱딱하게 만들었다.

"아아, 그쪽이 아니라 이곳이었구나. 하하하! 오해를 해버렸네. 미안해서 어쩌죠? 하지만 그때는 오해할 만했어요. 적인 줄 알고서 경황이 없어서 날려 버린 거, 미안해요."

'나, 날려? 헙!'

예명은 그제야 정확한 기억을 해냈다.

빌어먹을 폭풍을 날렸던 자식이었다.

“다, 닥쳐!”

예명은 다급하게 소리쳤다.

그리고는 주위를 빠르게 훑어보는 것도 잊지 않았다.

이층에 있는 대부분의 사람들이 등천화가 앉아 있던 탁자를 주시하고 있었다.

조금 전에 등천화가 했던 말을 사람들이 들었다면 창피도 그런 창피가 없을 것이다.

“다치신 곳은 없나요?”

“다, 당연히 있을 리가 없지!”

“네에, 다행이네요. 하하하!”

등천화와 함께 자리한 종명기 등에게 얘길 했을까?

예명은 더 이상 대화를 해서는 안 된다는 판단을 내렸다.

“잠시 나와라.”

“지금요?”

“지금.”

“음식 나오는데…….”

“잠깐이면 된다.”

예명은 눈을 감았다가 뜨며 무게를 잡았다.

그러나 대화를 듣고 있던 종명기가 걱정스런 얼굴로 나섰다.

“등 소형제, 누군가?”

“예… 그게… 그러니까… 명극섬이란 사람이 창 소저를 공격했을 때, 아, 종 일건님과 헤어지고 집으로 가는 도중의 일이었어요. 급해서 저분이 우리와 한편이란 것도 모르고 날려……."

"누가 날아가?!"

예명은 고함으로 등천화의 말을 끊었다.

"어? 날아가지 않으셨어요? 이상하다, 분명히 길이 부서지는 걸 느꼈는데……?"

"길?"

"아니라면 더욱 다행이네요. 조금만 미안해해도 되잖아요. 아! 이럴 게 아니라 일단 밥부터 먹고 난 후에 얘기를 나누기로 해요."

등천화의 표정에는 조금의 사심도 없어 보였다.

예명은 순진하게 당시의 얘기를 꺼내는 등천화의 의도를 전혀 읽을 수가 없었다. 축융단의 후계자로서 수치스러운 기억이거늘 등천화는 아무렇지도 않게 말하고 있다.

"안 먹어."

당장 멱살을 잡아 일으키고 싶은 충동을 억지로 참았다.

"좋게 말할 때 따라와. 할 얘기가 있으니까."

"전 배고픈……."

"지금 당장!"

"……!"

표정 변화는 없는데 절박함이 그대로 드러나는 고함 소리에 등천화는 도저히 모른 척할 수가 없었다.

"엄, 할 수 없죠. 종 일건님, 금방 나갔다 오겠습니다."

종명기가 미덥지 못한 표정으로 등천화를 쳐다봤다.

괜찮겠냐는 질문을 하고 싶은 것이다.

씨익.

등천화는 예의 순진한 웃음을 짓고는 일어섰다.

천홍루에 와 있다는 사실도 부담스럽기만 한 공손풍은 나후무장에 이어 범상치 않은 기운을 풍기는 예명까지 나타나자 입 안이 바싹 말랐다.

예명과 등천화가 밖으로 나가자, 옆 탁자에서 말소리가 들려왔다.

"자네, 저자가 누군지 아는가?"

"누군데?"

"세외삼천 중 축융단에서 왔다는 예명이잖아."

'예명!'

종명기는 삼싹 놀랐다. 규칙의 가슴을 으깬 장본인이 저토록 젊은 사람일 줄이야. 재빨리 고개를 돌려 옆 탁자를 돌아봤다.

그곳에는 나이가 제법 되어 보이는 사람들이 술을 마시고 있었다.

"세외삼천이 뭐 그리 대수라고?"

"백 년 동안 많은 발전이 있었던 모양이야. 저 예명이란 녀석도 무공이 제법인 것 같고."

"그래봐야 세외지."

"그렇게 되나? 참, 그건 그렇고, 예명이 아는 척을 하는 저 청년은 누군가?"

"모르겠네. 처음 보는 얼굴이던데?"

옆 탁자의 대화는 여기서 다른 쪽으로 넘어갔다.

그들의 신분은 알 수 없었지만, 풍기는 기도로 봐서는 나후 무장들에 비해 큰 차이가 없는 듯했다.

'성에 자주 있지를 않아놓으니 얼굴을 알아볼 수가 있어야지. 쩝.'

종명기는 속이 탔다.

예명을 따라 나간 등천화에 대한 걱정 때문이었다.

이럴 때 가교일이라도 있었으면 속 시원하게 얘기해 줄 텐데 출정한 이후 지금까지 소식이 전혀 없었다.

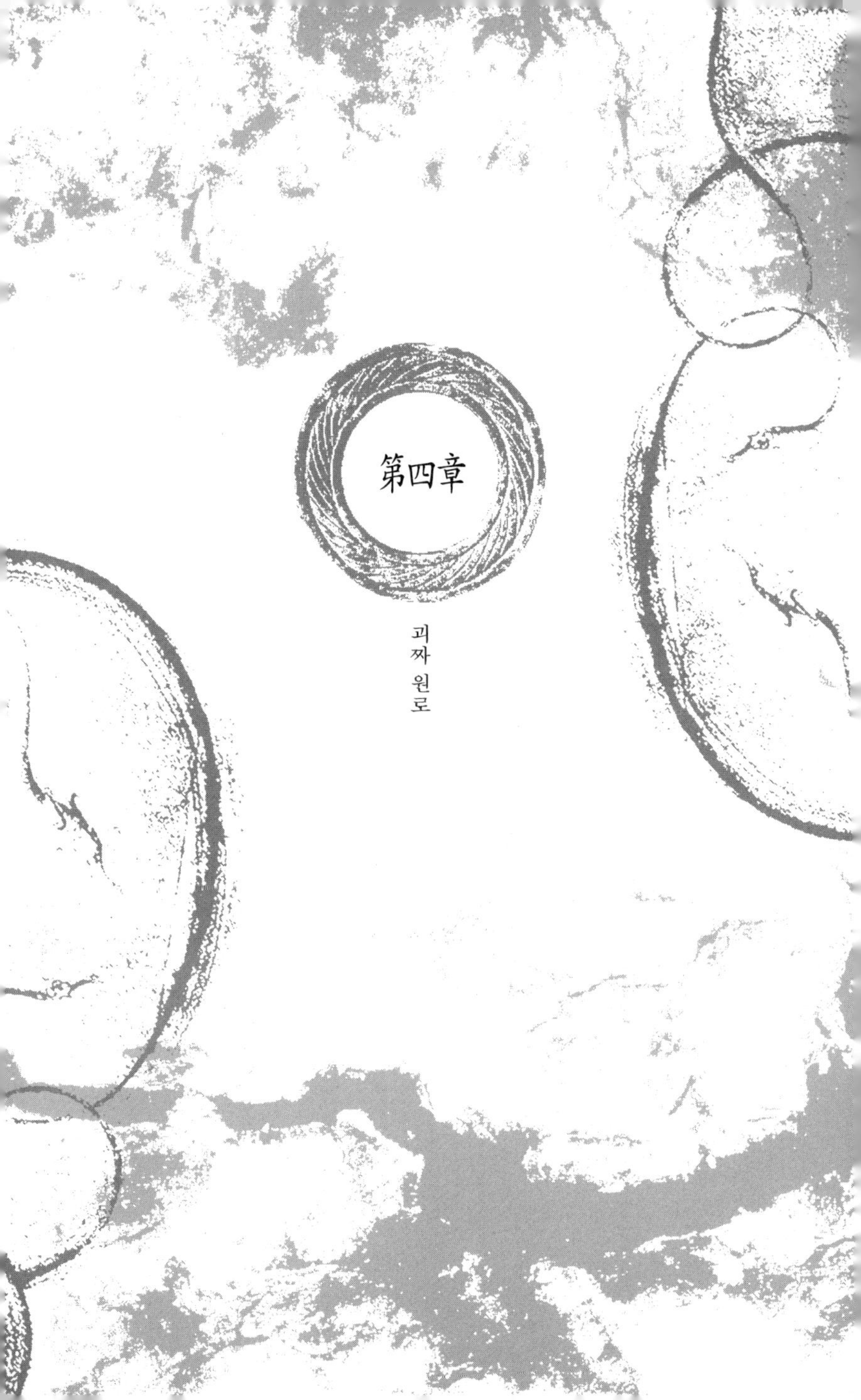

第四章

괴짜 원로

"엄… 날려 버린 일이요?"

등천화의 반문에 예명은 잠시 대답을 주저했으나, 이내 묵직하게 고개를 끄덕였다.

"아, 알고 있는 사람이 몇이나 되지?"

차갑고 냉정한 목소리.

"날려 버린……."

"아, 그만! 그래, 그거!"

예명은 주위를 돌아보며 어금니를 꽉 물었다.

혹시라도 누군가 그 일을 알고 있다면 큰일이 아닐 수 없었다. 규칙의 가슴을 으깬 일만 보고된 상황에서 등천화와의 일이 알려지기라도 하는 날엔 축융단의 체면이 말이 아니기 때문이다.

"아무한테도 말하지 않았는데요."

"그래?"

예명의 얼굴에 처음으로 표정이란 것이 생겼다.

조각처럼 각진 그의 코와 미간 사이에 희미한 줄이 생긴 것이다.

"정말 아무에게도 말하지 않았지?"

"예."

'됐다.'

예명은 안심이 됐다. 손 한번 제대로 쓰지도 못하고 날아가 처박힌 일은 그의 기억에서도 지워야 했다.

"그 일에 대해 말하지 않은 것은 잘한 일이다."

"그 일을 다른 사람이 알면 안 되나요?"

"네가 내 입장이라면 어떨 것 같으냐?"

"엄… 생각해 본 적 없는데… 저 같으면……."

대답을 하던 등천화의 눈동자가 위로 올라가는 것이 정말로 생각에 잠기려는 듯이 보였다.

'이놈, 뭐냐?'

예명의 심장 뛰는 속도가 빨라졌다.

주먹을 뻗을까, 말까?

저 천연덕스러운 얼굴을 주먹 한 방이면 피떡으로 만들 수

있다. 하지만 등천화가 피하면? 소란이 일어날 것은 자명했
다.

"내, 특별히 비밀 한 가지를 알려주마. 네게만 알려주는 것
이니 잘 들어라. 사실 나는 중요한 임무를 맡고 천추성에서
초청된 고수다. 한데 너에게 그런… 음… 일을 당했다고 소문
이 나봐라. 내 체면이 뭐가 되겠느냐?"

"어? 그럼 날아간 거였어요?"

흠칫.

예명은 잠시 등천화의 반격에 대응하지 못했다.

"축융단의 이름을 걸고 맹세하마. 난 날아가지 않았다."

"……."

예명의 눈빛이 어찌나 살벌한지 말 한마디 잘못하면 정말
로 죽일 것 같았다.

예명은 등천화가 대답을 못하자, 그제야 성난 기를 누그러
뜨리며 조용히 천홍루 뒷문 쪽으로 사라졌다.

그 모습을 끝끼지 지켜본 능천화는 그제야 숨을 내쉬었
다.

천추성에 온 뒤 싸우지 않고 말로 잘 해결된 경우가 처음이
라 나름대로 의미있는 안도의 한숨을 내쉰 것이다.

"이젠 밥 먹으러 가야지."

막 천홍루 안으로 들어가려 할 때였다.

"비켜라!"

"……?"

뒤쪽에서 바쁜 들려온 목소리가 들려왔다.

막 돌아보려는데, 두 사람은 무서운 속도로 천홍루 안으로 들어가 버렸다.

"많이 바쁜 모양이네."

천추성에서 만난 모든 사람들은 바빴다.

몇 차례 경험을 하다 보니 안으로 들어간 사람들이 사과를 하지 않을 거란 걸 이제는 잘 알고 있었다.

안으로 들어가자 종명기가 있는 이층에서 또다시 큰 소리가 들렸다.

정말 싸우길 좋아하는 사람들이었다.

어떻게 가는 곳마다 싸우고, 싸우고, 또 싸우고.

이층에는 등천화보다 먼저 들어온 두 사람이 있었다.

상관악을 부추겨 등천화와 싸우도록 만든 혁련궁과 그의 부하 한 명이었다.

등천화가 탁자로 다가가지 않고 계단 옆의 난간에 엉덩이를 기대려 할 때였다.

"혁련궁이 이곳엔 웬일이지?"

웬 노인이 인기척도 없이 나타나더니 등천화와 나란히 난간에 엉덩이를 댔다.

"엄……."

뭐라고 인사말이라도 건네고 싶었으나 귀밑머리가 희끗한 초로의 노인은 쉽지 않은 인상을 지니고 있었다. 하지만 노인이 자신에게 물어온 것 같은데 대답하지 않는 것도 마음이 불편했다.

"노인장께선 저분을 아세요?"

"노인장? 클클클, 재미있는 표현이군. 자네, 생각보다 유명하더군. 묻고 싶은 게 있어서 상관 일리와 싸운 건 모른 척해 주기로 한 거야. 안 그랬으면 아래층으로 떨어져서 머리가 꽤나 아팠을걸? 클클."

"아래층이요?"

등천화는 노인의 시선을 따라서 일층 바닥을 쳐다봤다. 왜 저곳으로 떨어져야 하는가? 이해 불가능한 말이었다.

예명과 헤어진 지 불과 일각도 지나지 않아 이상한 노인을 만났다. 그렇다고 짜증이 난다거나 하는 감정은 아니었다. 그냥 궁금했다.

"그전에 피해도 되나요?"

씨익.

등천화는 노인의 말을 농담으로 받아들이기로 했다.

"뭐? 클클클. 내가 마음을 먹었는데 그게 가능할 것 같은가?"

노인의 눈빛은 진심이었다.

"농담이 아니었네? 농담이면 좋은데…… 엄… 그래도 피할래요."

아래층 바닥으로 떨어지면 정말 아플 것 같았다.

'이놈, 은근히 고집 있네? 정말로 확 떨어뜨려 버려?'

노인은 시험해 보고 싶은 마음이 가득했으나, 지금은 그런 장난을 할 상황이 아니었다.

"긴장하지 마라, 그러려고 마음먹었으면 벌써 했을 테니까. 클클클."

"휴, 다행이네요. 저도 안 할게요."

"……."

노인은 등천화의 대답을 듣지 못한 것처럼 고개를 돌렸다.

"……."

"……."

노인은 다시 등천화를 돌아봤다.

방금 전 등천화가 한 말이 자꾸만 머릿속에서 덩치를 불려 가고 있었다.

'저도 안 할게요'로 시작된 말의 앞쪽을 상상한다.

'노인장이 손을 쓰면 나도 생각이 있소'라든지, '내가 손을 쓰지 않은 걸 고마워해야 하오'라는 뜻으로 한 말일까?

노인의 눈동자가 점점 확장됐다.

뭘 안 하겠다는 말인가?

그러나 등천화의 순진하게만 보이는 눈도 노인을 마주 본 채로 피하지 않고 있었다. 한동안 두 사람은 그런 상태로 아무 말도 하지 않았다.

삐질.

노인의 눈에 점점 힘이 들어갔다.

하고 안 하고를 결정하는 사람은 노인이었다.

저 순진한 웃음으로 노인을 속이려는 것이다.

노인은 등천화의 설명을 촉구하는 눈이 됐다.

그러나 둘 사이의 침묵은 길게 이어졌다.

시간이 흘러도 등천화는 입을 다문 채 어떠한 말도 꺼내지 않았다.

이젠 노인의 눈꼬리가 떨리고 있었다.

기분이 나빠지려 한다.

자신을 봐줄 수 있는 상대는 천추성에 오직 천추성주 외에는 없었다. 감히 눈앞의 저 건방진 애송이 따위가 자신을 봐줬다고 하는 것이다.

울화가 치밀고 궁금증이 폭발할 것 같았다.

급기야 노인의 입을 뚫고 버럭 고함이 터졌다.

"뭘 안 해?! 너, 뭘 안 해?! 빨리 말 안 해?!"

"엄……."

"나를 상관 일리 정도로 생각하면 큰코다친다. 난 그 이상, 아니, 그 이상에 이상에 이상을 합쳐도 넘치는 사람이야! 뭘 안 해?! 빨리 말해! 어서!"

씩씩거리는 노인의 입에서 침이 마구 튀었다.

등천화는 눈을 감은 채 옷소매로 얼굴을 닦았다.

"상관 일리를 데리고 놀 때 알아봤어야 했어. 얼굴만 순진한 척하는 놈."

"예? 전 상관 일리를 데리고 논 적 없는데요?"

"다 봤어."

"그럼 아시겠네요."

노인의 눈이 갑자기 번뜩였다.

'오호, 너도 당해봐라.'

노인은 웃음을 지으며 능글스럽게 입을 열었다.

"클클클, 알고말고. 잘도 데리고 놀더구나."

"예? 아신다면서요? 저는 데리고 놀지 않았어요."

"그럼 뭐 했는데?"

"그 사람은 공격하고 전 피했죠."

"그게 바로 데리고 노는 거야!"

노인은 등천화가 아니라고 강력하게 우길 수 있도록 충분한 말을 해줬다고 여기며 뿌듯한 표정을 지었다.

"알았어요. 제가 데리고 놀았네요. 다음에는 그러지 말아야겠다."

"……."

노인의 표정이 일순 멍해지고 말았다.

노인은 고개를 돌리려는 등천화의 시선을 붙잡았다.

"자, 잠깐."

“예?”

“그렇게 포기가 빠르면 사내가 아니지. 아닐… 수도 있잖느냐? 그냥… 그래, 놀이! 놀이일 수도 있잖느냐. 응?”

“됐어요. 제가 고의로 데리고 논 것도 아니고, 그만 하셔도 돼요. 전 상관 일리를 데리고 논 거예요.”

‘큭!’

노인은 이를 악물고 눈꺼풀을 바르르 떨었다.

혁련궁의 고함 소리가 엔간하지 않았으면 이곳에 온 이유조차 잊어버렸을지도 몰랐다.

“종 일건, 얘기 다 들었다! 같은 일군인 상관 일리가 당하는 것을 보면서도 구경만 했다고?!”

“이번엔 혁련 일곤인가?”

“오다가 나후무장들을 만났다. 그들은 이전 소속의 무장이야. 당신 때문에 일군이 같은 취급을 받아야겠어?”

혁련궁은 오다가 나후무장들을 만난 것이 몹시 흡족했다. 종냉기를 놀아세울 명분이 저절로 만들어졌기 때문이다.

반면 종명기는 혁련궁의 건방진 태도에 짜증이 일었다. 왜 혁련궁 따위에게 이런 말을 들어야 하는가? 도저히 부아가 치밀어 참을 수가 없었다.

“이봐, 혁련 일곤. 내가 한 행동은 언제든 내가 책임진다. 자네가 상관할 일이 아니야. 그럴 시간 있으면 무공이나 수련을 해, 가문만 믿고 날뛰는 건 이제 그만 하고.”

"큭, 뭐라고? 가문만 믿고 날뛴다고? 당신 때문에 상관 아우가 일리를 그만두고 집으로 내려간다는데 왜 내가 상관할 일이 아니지?"

"그래서? 그래서 어쩌겠다고?"

종명기는 당당한 자세로 혁련궁을 직시했다.

둘 사이에 팽팽한 긴장감이 흘렀다.

지켜보던 노인이 등천화를 툭 건드렸다.

"이봐, 자네는 종 일건과 무슨 사인가?"

"잘 아는 사이요."

"……."

이번까지 해서 세 번.

대화를 단절시키는 방법과 사람 복장을 긁는 방법만 연구한 녀석도 아니고서야 어떻게 이런 대화를 할 수 있는지 이젠 신기하기까지 했다. 하지만 때가 때인 만큼 참아야 했다.

노인은 슬쩍 눈을 돌려 자신을 알아보는 사람이 있는지부터 살폈다. 다행히 알아볼 만한 사람은 없었다.

"클… 오다가 보니까 혁련 일곤이 나후무장들과 만나서 뭐라고 얘기를 나누고 있더군. 아마 종 일건 얘기를 한 모양이지? 하긴 급하게도 됐지."

"뭐가요?"

"혁련 일곤의 입장에선 그들과 잘 지내야 하거든."

"……?"

등천화는 노인이 뭔가 할 말이 있는 것 같으면서 시간을 끌
자 이내 시선을 종명기에게 돌렸다.

"더 듣고 싶지 않냐?"

"위험하지도 않은데요, 뭐. 노인장께서 싸움을 말리지 않
을 생각인 걸 보면 아무 일 없을 거예요."

등천화의 칭찬에 노인은 금방 헤벌쭉한 표정이 됐다.

"클클클, 녀석. 그래도 눈은 제대로 달렸구나. 그렇다. 노
부가 나서면 모든 게 해결되지. 생각보다 괜찮은 구석은 있
구……."

노인은 활짝 웃으면서 대답을 하다가 말끝을 흐렸다.

'가만, 뭔가 당한 것 같은데?

어찌 보면 바보 같기도 하지만, 어찌 보면 영악하기 이를
데 없는 묘한 녀석이었다.

이때, 노인의 머릿속에 번뜩 떠오르는 생각이 있었다.

노인은 자신이 순간적으로 떠올린 방법이 무척이나 마음
에 드는지 한쪽 입술을 말아 올리며 누런 이빨을 드러냈다.

겉으로 보기에는 초로인 것 같은데 이빨은 이상하리만큼
희고 고르게 나 있었다.

노인이 방금 떠오른 생각을 실천하려 할 때, 혁련궁이 주루
가 떠나갈 것처럼 큰 소리를 냈다.

"이후로 일어날 일에 대해서는 모든 책임을 종 일건이 져
야 할 거요!"

“그러든지.”

혁련궁은 종명기의 대답에 차갑게 미소를 지었다.

“후회하게 될 거요.”

종명기는 인상만 쓸 뿐 어떠한 대답도, 행동도 하지 않았다.

화를 내는 사람한테 지금과 같은 상황은 짜증 백만 배였다. 뭐라고 반응을 보여야 다루기 쉬울 텐데 꼼짝도 하지 않기 때문이다.

“노인장… 어?”

등천화는 자리를 뜨는 혁련궁을 알아보고서 노인한테 질문을 하려 했으나 노인은 귀신같이 사라진 후였다.

고개를 돌린 등천화의 곁으로 혁련궁이 지나갔다.

등천화가 다시 고개를 돌렸을 때는 이미 혁련궁의 모습은 아래층에 있었다.

“클클클, 내 덕분인 줄 알아.”

“어?”

노인은 언제 사라졌었느냐는 듯이 난간에 등을 기대고 있었다.

“어디 가셨었어요?”

슥.

노인은 손을 들어 천장을 가리켰다.

“아하, 그런 방법이 있었구나.”

"예끼, 이 순진한 사람아. 그 말을 곧이곧대로 믿으면 어떡하나?"

"아니에요?"

"클클클, 이름이 뭔가?"

"등천화라고 합니다."

"알았네. 난 계창수라는 노인일세. 클클클, 나중에 다시 만났을 때도 지금처럼 즐겁게 해줘야 하는 거 잊지 말게나. 알았나?"

"어디 가시게요?"

"자넨 종 일건이나 위로해 줘. 나도 위로해 줄 사람을 찾아가야지. 클, 다음에 내 따로 연락함세."

연락을 하든 말든 등천화에서 중요한 까닭이 없었다.

"엄… 알겠습니다."

*　　　*　　　*

등천화가 천추성의 환경에 적응해 가고 있을 때, 전혀 다른 환경에 적응하려는 사람이 한 명 있었다.

변화는 아주 작은 것에서부터 시작된다.

항상 보는 것, 먹는 것, 입는 옷 등등.

장주극은 등천화와 만난 뒤로 모든 것이 새로웠다.

마교 총단을 떠날 때까지만 해도 항상 똑같은 모습들에 질러서 짜증만 늘던 그다.

그러나 지금은 완전히 달랐다.

까마득히 치솟은 봉우리들의 기운이 제각기 다른 색을 띠고 있었고, 정상에는 아직 녹지 않은 눈이 사물을 하얗게 만들었고, 중턱들에는 새롭게 피어나려는 녹색 생명들이 꿈틀거리고 있었다.

처음으로 그 모든 것들이 눈에 들어온 것이다.

"저 수많은 봉우리 중에 왜 우리는 한곳만 사용하는 거지, 금환마제?"

"도련님, 모르셨습니까?"

"수라대주."

"아! 죄, 죄송합니다, 수라대주님. 저 봉우리에는 모두 마교의 전사들이 있습니다."

"그래? 후후후. 확실히 달라지긴 했군. 저런 것들에 대해서도 관심을 갖고 말이야. 암흑삼제, 오는 동안 아무것도 묻지 않은 건 잘한 일이다."

"……?"

"어릴 땐 정말 강해지고 싶었다. 아버님처럼 모든 사람들이 두려워하는 사람이 되고 싶었다. 하나 점점 강해질 이유를 찾기가 힘들어졌어. 원하는 것이 있으면 말해라. 큭큭, 그 말이 얼마나 우스운 말인지 알아? 나이는 어려도 그 말이 지닌 의미를 잘 알아. 나는 언제나 원하는 쪽이고, 아버님은 언제

나 주는 쪽이란 뜻이지. 웃기지 않아? 왜 나는 언제나 받는 쪽
이어야 하는데? 강해질 것이다, 암흑삼제.”

장주극의 갑작스런 변화에 금환마제는 조심스럽게 말을
건넸다.

“지금도 충분히 강하십니다, 수라대주님!”

“강하다고? 금환마제, 나를 놀리나? 겨우 지금 정도로 강하
다고? 크하하하! 난 강하지 않아!”

‘헛!’

금환마제는 갑작스런 장주극의 태도에 할 말을 잃고 말았
다.

장주극의 모든 신경은 등천화에게 가 있었다.

얼마나 강해져야 등천화가 피할 겨를도 없이 죽일 수 있을
까? 차라리 등천화보다 더 빠른 보법을 익혀서 목을 잡아 비
틀어 죽일까? 과연 그런 보법이 마교에 있기나 할까?

장주극은 무언가에 홀린 사람처럼 중얼거렸다.

“교에서 열 손가락 안에 들면 강한 건가?”

“……!”

금환마제는 입을 쩍 벌렸다.

마교 서열 십위!

그 열 명의 무위가 어느 정도인지 모르기에 할 수 있는 질
문이었다.

“킥, 곤란한가 보군. 좋아, 다시 물어보지. 수라진경과 역

천의혈경을 대성하면 어느 정도의 서열이 될 수 있지?"

"서, 서열이라 하시면… 각 대주님들과 비교하여 말씀하시는 겁니까?"

"아니, 전체."

"……!"

금환마제는 이번에도 역시나 대답을 하지 못했다.

역천의혈경에 대해서는 전혀 알지 못하지만, 수라진경은 어느 정도 알고 있었다. 대성을 한다 해도 마교 전체 서열과는 무관했다.

"일단… 제가 아는 대로만 말씀드리겠습니다. 먼저, 오마제와 칠천마님, 그리고 교주님의 비밀 호위대까지… 약 이십여 명이 계십니다. 그분들은 이미 서열이란 것에서 제외되셨지요. 백마전에 각 대주님들까지 꼽으면 잘은 모르지만 역천의혈경을 대성하셔도……."

"빠진 사람들이 있잖아?"

"예?"

금환마제는 목숨을 걸고 한 말이기에 진땀을 흘리며 어리둥절한 표정을 지었다.

반대로 장주극의 표정은 담담하기만 했다.

"전마단은 왜 빼? 그들 외에도 더 있을 테고, 결국 나는 순위 밖에서 허덕이는 개구쟁이였군. 큭, 푸하하하!"

"주, 죽여주십시오!"

"아니야. 재미있어. 드디어 나 장주극도 목표가 생겼거든. 도저히 올려다볼 수 없던 목표 때문에 뭘 해도 흥미를 느끼지 못하던 내게 목표가 생겼단 말이야. 앞으로 백 일! 그 안에 순위권 진입을 목표로 한다. 그리고… 그리고……."

머릿속으로만 결정하는 것이 얼마나 어리석은 일인지 등천화와 싸우며 충분히 깨달았다. 이후로는 말을 아낄 것이다.

오를 수 있을 때까지 오를 것이다.

금환마제는 청환마제와 적환마제를 돌아봤다.

두 사람의 시선에 은근한 웃음이 감돌았다.

"나도 전염이 됐나? 목표라……."

"흐흐흐. 형님, 좋은데요?"

"이제야 수라대가 진짜 모습을 찾게 됐습니다. 크크크."

장주극의 상념을 깨지 않을 정도의 웃음이 세 사람의 입에서 흘러나왔다.

와장창!

장주극은 방으로 들어서자마자 집기들을 모두 부쉈다. 밖에 있던 비녀들은 장주극의 눈에 띌까 무서워 오돌오돌 떨면서 방 밖에 서 있었다.

"들어와."

"예? 예."

비녀 셋은 안으로 들어가자마자 기함을 했다.

멀쩡한 물건이 하나도 없었던 것이다.

비녀들은 최고가 아니면 들여놓질 않는 장주극의 성격이 재발한 것이라 여겼다. 세상에 나갔다 들어오자마자 때려부순다는 것은 방 안의 것보다 더 좋은 것을 들여놓기 위함일 테니까.

"이, 이번에는… 어, 어떻게… 죄, 죄송… 흑흑… 저희를 죽여주십시오."

비녀 한 명이 갑자기 무릎을 꿇었다.

그러자 장주극은 다른 비녀들을 쳐다봤다.

"저, 저희도 죽여주십시오!"

"도련님, 죽을죄를 지었습니다!"

이전의 자신의 모습을 생각한 장주극은 피식 웃었다.

겨우 이런 하잘것없는 비녀들을 겁이나 주며 지냈던 것인가?

과거를 생각하자 절로 한심해졌다.

"됐다. 모두 일어나. 이 시간 이후로 내 방에 아무런 물건도 들여놓지 마라, 침상 하나 외에는. 가봐."

"예?"

"암흑삼제."

쉭.

장주극의 말이 끝나자마자 세 개의 그림자가 비녀들 앞에 나타났다.

명령이 따로 필요하지 않은 세 사람이었다.

비녀들은 세 사람의 눈짓에 의해 알아서 어디론가 뛰어갔다.

"누구도 방해하지 못하게 하도록 해라."

"알겠습니다, 대주님!"

암흑삼제는 강렬하게 눈을 빛냈다.

'다른 대주들께 소식이 전해지는 건 시간문제다. 과연 어떤 변화가 일어날까? 도련님은 모르고 계시지만 다른 대주들은 도련님을 항상 무시해 왔다. 그들의 눈을 피해 폭풍이 되실지, 아니면 묻히실지는 모두 도련님께 달려 있다.'

금환마제는 앞으로 일어나게 될 마교 내의 변화가 기대가 되기도 했지만, 그렇지 못할 경우도 우려할 수밖에 없었다.

"도련님께서 돌아오셨습니다."

허리를 반으로 접으며 보고하는 자는 진땀을 흘리고 있었다. 보고를 받는 사람이 마교 내에서 몇 손가락에 꼽히는 무시운 사람이었기 때문이다.

"훅……."

먼지 하나 없는 깨끗한 탁자임에도 불구하고 입김을 불어 확인한 후에야 일어서는 깔끔함은 결벽증에 가까워 보였다. 하지만 그런 모습과는 전혀 어울리지 않는, 이십대 후반이라고는 믿기지 않을 정도의 깊은 주름이 이마를 점령하고 있는 청년이었다.

혈마대주 구조백.

구대문파가 정도 최고의 명문이라 꼽힌다면, 마제육가는 마교의 명문이라 할 수 있었다. 마제육가는 모두 여섯 개의 가문을 뜻했다.

그러나 그들이 마교에서 차지하는 비중은 대단했다.

그중 여섯 번째 가문이 바로 구조백의 가문이었다.

마제일가부터 마제육가까지 차례로 불리지만 실제로는 그 순서에 의미는 없었다.

마교 서열 백위 안에 누가 먼저 두 번을 들었느냐는 순서이기 때문이다.

"일전에 흥미로운 보고가 있더구나. 의결이가 세외삼천을 건드렸다고?"

구조백의 엉뚱한 질문에 마제육가의 총관 조신이 급히 대답했다. 여러 소리 할 것 없이 단도직입적으로 보고하는 것이 현명한 처사였다.

"예. 그들은 현재 안휘성에 있습니다. 시키지 않은 일을 하는 바람에 백안마군께서 그쪽으로 향하고 있다는 보고입니다."

"시키지 않은 짓?"

"절강성에서 마음껏 휘저어보라는 명령을 어기고 안휘성까지 건드린 모양입니다. 자신들의 실력을 보이고 싶어 안달이 났던 듯합니다."

"실력… 실력이라……. 지금 실력이라고 했느냐, 조 총관?
실력… 실력!"

쩌저적—!

구조백의 기세에 먼지 하나 없던 탁자에 균열이 일어났다.
어마어마한 기세가 아닐 수 없었다. 하지만 조신은 전혀 놀라
지 않았다. 그 기세가 자신에게만 향하지 않으면 상관없기 때
문이다.

"그, 그들의 시, 실력은 별거없습니다. 세외삼천의 무공이
야 이미 백 년 전에 깨진 터라 그들이 아무리 발악을 해
도……."

"처리는 어찌하기로 했느냐?"

"예? 당연히 죽이는 것으로 결정이 났습니다."

"백안마군이 직접 손을 쓰게 하다니, 쩝. 의걸이에게 전해
라, 자기가 시작한 일은 알아서 흔적없이 마무리하라고."

"그리 전하도록 하겠습니다. 그리고 아까 말씀드린 도련님
께서 돌아오셨……."

"갈! 어쩌라고! 그 녀석이 올 때마다 인사하는 것도 아주
지겹다!"

"한데 이번에는 가실 필요 없을 것 같습니다."

"뭐?"

"돌아오자마자 방 안의 집기를 모두 부수고, 앞으로 자신
을 부를 때는 '수라대주'라고 부르라 명령을 내렸다고 합

니다.”

“뭐라고?!”

구조백의 입에서 거친 음성이 터져 나왔다.

그의 이마에 그려진 내 천 자가 더욱 진해지며 기이한 형태로 일그러지기 시작했다.

“그 자식이 자신을 수라대주라고 부르라고 했다고? 왜 이제 와서 변하기라도 하겠다는 거냐?”

“호부(虎父) 밑에 견자(犬子) 없다는 말이 맞는… 커헉!”

와당탕!

조신은 말을 끝까지 마치지 못하고 그대로 구석으로 날아가 처박히고 말았다. 구조백의 몸에서 뿜어져 나온 기운으로 인해 일어난 일이었다.

“그럼 나는 언제까지 견자로 살라는 말이냐? 호부 밑에 견자 없으면, 그렇게 만들면 될 거 아냐! 지가 얼마나 쓸모없는 인간인지를 알려주면 알아서 견자가 되겠지. 나 구조백의 목표는 오로지 그분 외에는 있을 수가 없다. 과거에도! 앞으로도!”

이를 악문 구조백은 자신을 미치게 만드는 강함을 지닌 사람, 주군이라 불러야 하는 사람인 현 마교주를 떠올리며 몸을 떨었다.

*　　　*　　　*

천추성의 원로원.

일군 여덟과 진휘악을 보낸 안휘성 청양 지부에서 난감한 소식이 전해졌기 때문이다.

서찰을 받아 든 원로들은 내용을 보고서 경악했다.

당연히 진압했다는 보고라 여겼으나 사태가 그들이 생각하는 것보다 더욱 급박하게 돌아가고 있었기 때문이다.

원로원의 자리 배치가 기이했다.

앉은 순서대로 삼상(三上), 삼중(三中), 삼명(三明)이라 해서, 구대문파 출신의 고수들만이 이곳에 속할 수 있었다.

삼상은 소림사, 무당파, 화산파 세 곳을 가리키고, 삼중은 종남, 곤륜, 아미파를 지칭하며, 가장 실력이 뒤지는 공동, 점창, 청성파를 가리켜 삼명이라 한다.

실력의 고하라고 해봐야 얼마나 차이가 나겠느냐고 할지 몰라도 그 조금의 차이가 생과 사를 가늠하는 곳에서는 엄청난 것이었다.

가장 상석에 앉은 삼상의 대표들과 좌우로 삼중과 삼명의 대표들이 나란히 앉아 있었다.

“이번에 파견할 사람은 최소한 당주급 이상에서 나와야 하오. 진 당주 혼자만 보내는 것이 아니었던 모양이오. 의견이 있으면 말씀들을 해보시지요. 아미타불.”

요료 성승의 목소리에 침울함이 섞여 있었다.

제자가 사경을 헤매고 있기에 당장 달려가 구해내고 싶었지만, 최고 원로라는 위치는 함부로 움직이지 못하게 했다.

"요료 성승, 저번과 똑같은 실수가 있어서는 안 되니 신중에 신중을 기해야 한다고 생각됩니다. 적은 우리를 기다렸음이 분명합니다. 안휘성 청양 지부에 보낸 일군의 숫자가 넷으로 줄었습니다. 준비가 되어 있지 않고서는 있을 수 없는 일이지요. 클, 모두들 성의 조직 개편에서 자파의 이익만 신경쓸 때가 아니란 말입니다."

공동파의 수석 장로 계창수는 원로들에게 일침을 가한 후 조용히 자리에 앉았다.

모두들 정곡을 찔린 듯 나서는 사람이 없었다.

"계 원로께선 대책이 선 모양이구려. 그 대책을 한번 들어봅시다."

무당파의 잠우 진인이 불쾌한 빛을 드러냈다.

계창수는 기다렸다는 듯이 다시 자리에서 일어났다.

"종 일건과 가 일곤을 마교 장용 지부에 보낸 일을 혹시 다들… 기억하고 계시는군요. 한데 조사하라고 보냈더니 장용 지부를 아예 박살을 냈더군요. 당연히 두 사람의 실력으로는 그런 일이 불가능하다는 것을 잘 알고 계실 겁니다. 조사를 해보신 원로께서도 두세 분 보이시는군요. 아니면 말구요. 클클, 그때 종 일건과 가 일곤에게 도움을 준 사람이 누구냐! 요즘 강호에 소문이 자자하더군요. 유령신보라고 들어보셨습니까?"

"유령신보?"

"그렇습니다. 유령신보. 놀랍게도 스물을 갓 넘긴 청년에 불과한 자입니다. 얼핏 보면 너무 평범해서 그냥 지나칠 소지가 다분한 자지요. 아무튼 좀 맹해 보이기는 하지만 판단이 빠르고 이상한 능력을 가진 건 틀림없습니다."

"흠, 유령신보라 불린다는 것을 보니 보법이 제법인 모양이구려. 하지만 보법만 잘한다고 해서 외부의 인물에게 일을 맡긴다는 것은……."

잠우 진인이 부정적인 눈으로 고개를 저었다.

계창수는 그럴 줄 알았다는 듯이 재빨리 대답했다.

"외부의 인물이 아닙니다, 잠우 진인."

"외부의 인물이 아니다?"

"왜 마교에서 갑자기 그런 미친 짓을 하는지 잘은 모르지만, 일단은 진 당주와 일군들을 데리고 와야지요."

"잠깐!"

요료 성승이 급히 계창수의 말문을 막았다.

"아미타불. 지금 계 원로께서는 마교에서 일부러 싸움을 걸고 있다는 말씀입니까?"

"당연하죠. 그게 아니면 놈들이 미쳤다고 멀쩡한 천추성의 지부를 건드리겠습니까?"

계창수는 확신에 차서 자신있게 대답했다.

“그것은 불가하오!”

잠우 진인이 수염을 쓸어내리며 고개를 저었다. 완고함이 그의 입가를 따라 주름에 걸려 있었다.

“우리도 과거의 우리가 아니지만 마교 역시 온전한 상태가 아니오. 약조를 파기할 정도로 어리석을 리가 없소. 이유는 따로 있을 겁니다. 지부 간의 우발적인 싸움도 있고, 개인의 돌발적인 행동일 수도 있겠지요.”

잠우 진인의 확신은 꺾이지 않을 것 같았다.

‘저놈의 고집은 세월이 흘러도 꺾이지 않는구면.’

계창수는 답답했으나 다시 한 번 설득하기로 마음먹고서 목청을 가다듬었다.

“잠우 진인께선 절강성의 지부 두 곳이 무너진 것을 알고 계실 겁니다. 사실 지부야 다시 세우면 됩니다. 물론 정확히 사건이 일어난 배경을 알면 말이지요. 하나, 한 달도 지나지 않아 안휘성에서도 똑같은 일이 벌어졌다는 건 이유와 상관없이 묘한 일이 아닐 수 없습니다. 만약… 이건 만약입니다만, 그들이 간이 커질 대로 커져서 호북이나 산동으로까지 간다면 어떨까요? 아니, 그것도 그럴 수 있다고 치죠. 하지만 그들을 시작으로 천하 곳곳에서 똑같은 일이 일어난다면 어떨까요? 결론적으로 말하면, 그들의 정체가 무엇이든 지금 일부러 자신을 드러내고 있다는 겁니다. 시선을 집중시켜서 뭘 하려는 걸까요? 마치 우리한테 경고를 하는 것 같지 않습니까?”

“겨, 경고라니?!”

“허! 당치도 않은 소리요!”

모두들 웅성거렸다.

자신들의 시야 밖에서 일어날 수 있는 중요한 일이란 있을 수 없다는 태도들이었다.

계창수는 자신이 속한 원로원이란 곳을 냉정하게 쳐다봤다. 원로라는 사람들이 어느새 보고 받는 것에만 익숙한 돼지들처럼 살찐 눈들을 갖고 있었다.

자신들의 생각에 맞추려고만 하지 일어나는 사건들을 넓은 눈으로 보려고는 하지 않고 있는 것이었다.

모든 결정을 문서로 보고 말로 결정하는 것에 익숙해졌으니 어쩌면 당연한 것인지도.

계창수는 쐐기를 박듯이 소리쳤다.

“정확히 그들의 상태를 알아보는 것이 중요합니다! 발이 빠르고, 언제든 그들의 손에서 빠져나올 수 있는 자를 추천하고자 합니다!”

“아미타불, 계 원로께서 생각하고 계시는 인물이라도 있으십니까?”

“제가 말씀드린 조건에 딱 맞는 사람이 있기는 합니다만… 반드시 그를 보내자는 말씀은 아닙니다. 하나, 이 일에 있어서만큼은 가장 적합하다고 자부합니다. 유령신보를 추천합니다.”

“아미타불. 아까부터 유령신보에 대한 말씀을 계속하시는데, 그 유령신보란 청년의 소속은 어디입니까? 일단 데리고 와보시지요.”

“큼, 소속이 뭐가 그리 중요하겠습니까, 그런 능력을 가졌다는 것이 중요하지요. 이번 일을 마치는 대로 원로원으로 부르겠습니다.”

‘공동파의 제자가 아니다?’

요료 성승은 계창수의 말에 의아함을 감추지 못했다.

그의 자파인 공동파의 인물이 아니라는 뜻이기 때문이다.

“어떻습니까? 그를 한번 믿어보기로 할까요?”

계창수는 잠시 침묵이 흐르자 다시 한 번 소리쳤다.

“말도 안 되는 소리요!”

“불순함이 있는 것 같습니다, 요료 성승! 형평성을 잃으시면 안 됩니다!”

원로들이 반대하는 데에는 이유가 있었다.

사당에만 해도 자시들의 제자가 무수히 많았다. 한데 그런 제자들을 두고 엉뚱한 자에게 기회를 주자고 하니 당연히 반대를 할 수밖에 없었다.

계창수는 원로들의 반대를 듣기나 했는지 아무렇지도 않게 말을 이어갔다.

“그렇게 다른 사람을 추천하고 싶으면 하세요. 하지만 직접 원로들의 눈으로 본 자를 추천해야 합니다. 자파의 제자를 갑자기 데려오거나 하는 것이 아니라, 이 안, 천추성 내에 있는 사람을 말입니다. 필요할 때만 등용해서 자파의 인원을 늘리려는 건 이제 그만 하자구요. 이젠 천추성의 변화에 맞춰 우리들도 변해야 하는 거 아닙니까? 상황을 글로 읽는 것이 아니라 눈으로 보고 행동으로 판단하자는… 뭐, 그런 겁니다.”

“그, 그런 사람이라면 우리 문파에도 얼마든지 있소.”

“나만 해도 추천할 사람이 열은 넘소!”

또다시 시끄러워졌다.

“아미타불, 모두 조용히 해주시오.”

요료 성승의 고심하는 눈과 잠우 진인의 담담함이 묘한 침묵을 강요했다. 하지만 한번 들끓은 대전 안은 쉽사리 조용해지지 않았다.

탕탕!

요료 성승은 소란을 참지 못하고 손바닥으로 대리석 탁자를 내려쳤다.

꾸웅―

대리석에 그의 손바닥 자국이 선명하게 찍혔다.

무서운 내공.

원로들의 입이 곧바로 함구됐다.

“갑자기 그 같은 제안을 하는 이유를 묻겠습니다, 계 원로.”

“요는, 천추성의 변화는 기껍지만, 사람이 변하지 않으면 그 모든 건 말짱 꽝입니다. 우령신보는 충분히 그 시작을 열어줄 사람이란 말입니다. 그게 답니다.”

요료 성승은 삼상의 대표 둘과 눈빛을 교환했다.

조심스러운 결정을 해야 할 상황이었다.

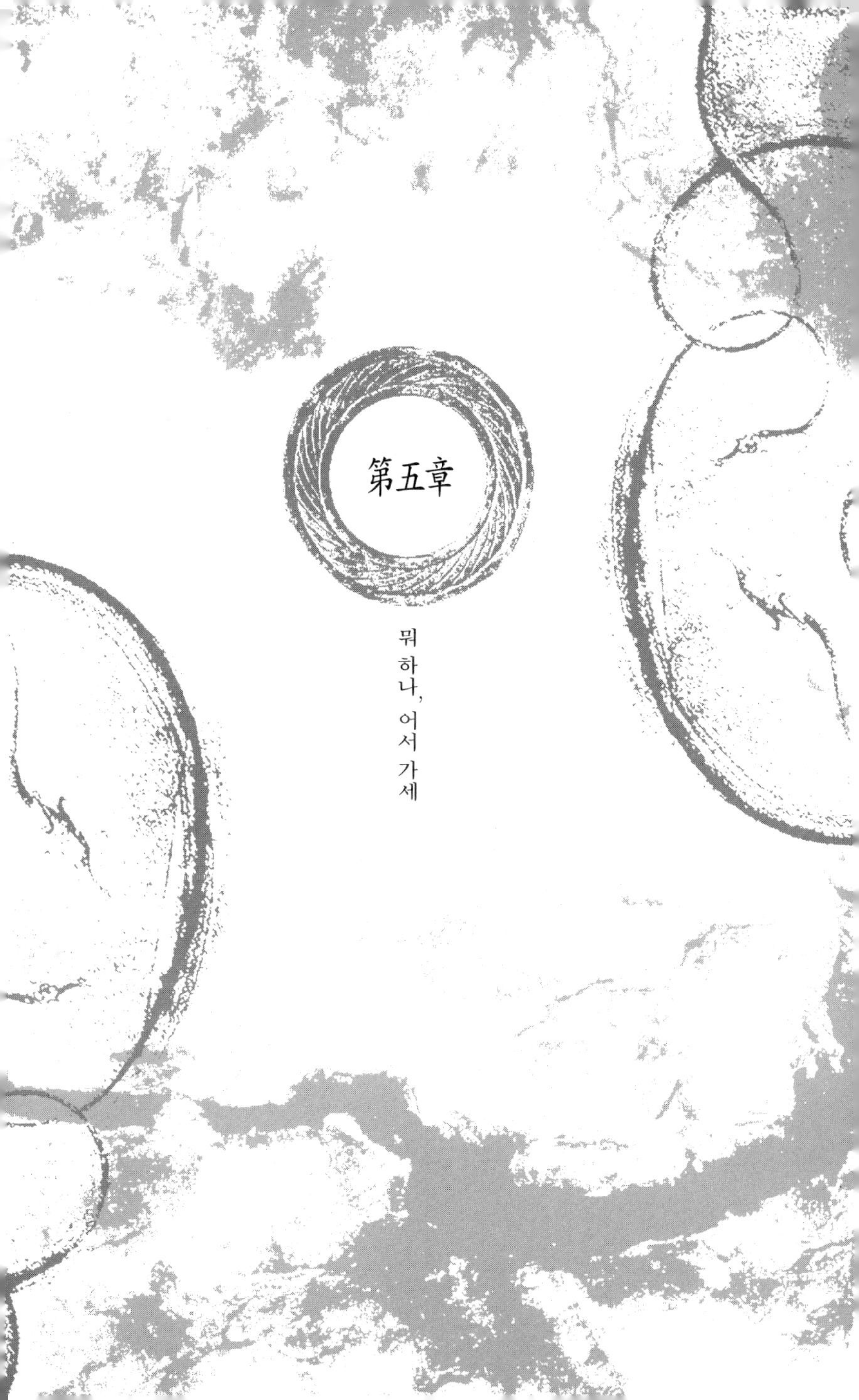

第五章

뭐
하나,
어서
가세

步法
無敵

두두두두—

거친 말발굽 소리가 먼지와 함께 다가오고 있었다.

"엄… 저렇게 달리면 안 되는데……."

능천화는 무섭게 달려오는 말 무리를 보며 곤란한 표정을 지었다.

"드, 등 위사님, 또 잡으실 생각은 아니겠죠? 헤헤헤."

"왜 아니에요. 행선지도 말하지 않고 갈 모양인데."

'우엥, 내가 못살아!'

마윤은 울상이 되어 그 자리에서 십 년은 늙어버린 모습이 됐다. 하지만 마윤을 살려주려고 했는지 달려오던 말들이 일제히 부리를 들어올리며 울었다.

막상 다가온 것을 보니 겨우 두 마리였다.

히이이잉—

등천화는 정문 밖을 주시하며 마윤에게 눈짓을 했다.

마윤은 어쩔 수 없이 한숨을 푹 내쉬고는 창에 질질 끌리듯이 멈춰 선 말로 다가왔다.

"죄, 죄송합니다. 제가 이러려고 하는 것이 아니라… 규, 규칙이 있어서… 물론 저보다 훨씬 잘 아시리라는 것은 천재지변이 일어나도 잘 알고 있습니다. 하지만 저보다는……."

"됐다."

마윤은 이리저리 변명을 늘어놓다가 자상한 목소리가 들려오자 고개를 들어 말 위에 있는 사람을 쳐다봤다.

"엇!"

"쉿."

종명기는 한쪽 눈을 찡긋거리고는 등천화의 옆으로 천천히 이동했다. 역시나 위사의 역할에 충실한 등천화였다. 꿈쩍도 하지 않았다.

"뭐 하나? 어서 가세."

"예? 어, 종 일건님?"

"다 해결해 놨으니까 말에 오르게."

"말… 이요?"

등천화는 신기한 동물 보듯이 말을 쳐다봤다.

“혹시 말을 못 타나?”

“예!”

씨익.

등천화 특유의 지칠 줄 모르는 순진한 웃음이 종명기를 한숨짓게 했다.

“아아… 그럼 한 마리면 되겠군. 내 뒤에 올라타게.”

“엄… 근데 정말로 가도 되나요?”

“공 대주가 알아서 근무를 교대해 준다고… 마침 저기 오는군. 위사는 모름지기 명령에 충실해야 한다는 건 잊지 않았겠지?”

“당연하죠!”

“등 위사, 말에 타라!”

“예!”

당차게 대답을 한 등천화는 곧장 종명기의 뒷자리에 올라탔다.

“출발!”

두두두두―

한 필의 말이 요란한 소리를 내고 사라질 때, 뒤에서는 마윤이 울고 있었다.

“하늘이시여! 제발 저 괴물 같은 후배를 다시 오지 않게 멀리 데려가 주세요! 네? 으아아!”

딱!

"아윽!"

"등 위사 대신 근무할 신참이다."

공손풍이 마윤을 보며 장난스런 웃음을 지었다.

그러자 마윤은 눈빛을 희번덕거리고는 재빨리 눈물을 닦았다.

"알겠습니다! 동작 봐라! 고참과 근무를 서는데 아직도 꼼지락거리고 있나! 창 내리고 비스듬히! 전방에서 눈을 떼면 아주 죽는다아!"

공손풍은 위용을 마음껏 드러내는 마윤의 모습에 너털웃음을 지었다.

'들어온 지 얼마나 됐다고 벌써 이리저리 불려 다니고……. 앞으로 유령신보란 이름이 강호를 떠들썩하게 만들겠는걸? 허허허.'

종명기와 그 뒤에 매달려 함께 천추성 정문을 나서는 걸 지켜보는 시선은 멀리 보이는 뾰족한 전각 처마 끝에도 있었다.

계창수는 처마에 엉덩이 붙이고 앉아서 웃고 있었다.

"저 녀석이 사람을 궁금하게 만드네? 내가 직접 데리고 다니고 싶지만 참아야지. 클클클, 상관 일리가 옷자락도 건드리지 못한 놈이 기껏 위사나 하고 있다니. 참나, 위사가 뭐야, 위사가. 특이한 놈이라니까. 그나저나 그동안 마교가 용케도 참는다 했더니 움직이기 시작한 건가? 악마대능력이라도 익힌 놈이 나온 건가? 십 년 동안 불지 않던 바람이 갑자기 불기 시작하면 광풍이 되지. 미친 바람이 말이야. 성주님께서 잘 알아서 하시겠지만… 난 희한하게 걱정이 된단 말이야. 쩝, 나라도 약간의 준비를 해볼까?"

*　　　　*　　　　*

"종 일건, 이건 진짜 좋은 기회야. 그동안 수많은 싸움으로 인해 이젠 마교가 아니라 마교 할아버지가 와도 천추성을 무너뜨릴 수는 없어. 하지만 고수들끼리의 싸움이라면 얘기는 달라지네. 한 명이라도 절정고수를 더 보유한 곳이 당연히 유리하잖은가. 마교에 백마(佰魔)가 있다면 우리에겐 원로원과 이전이 있네. 아니지. 더 있을 수도 있지. 나도 모르는 비밀이 천추성에는 널려 있으니까. 아무튼 이번에 성의 조직이 바뀌면서 성주님의 제자들이 전면으로 나설 생각인가 보네. 즉, 새로운 고수들이 필요한 시점이라 이 말이지. 곧 지금까지 마교와 싸운 것보다 훨씬 강력한 싸움이 있을 걸세. 그 싸움의 전면에 서고 싶은 사람 중 한 명이 되고 싶지 않나?"

"가, 감사합니다만 저는 그런 실력이 안 됩니다. 차라리 다른 사람을……."

"충분해. 자네 정도면 충분해. 더구나 자네의 강점이 있잖은가. 이미 길들여져서 뭔가를 새롭게 깨뜨릴 의욕이 있는 사람, 그게 자네잖아. 버티는 것이야 누구나 하지만 깨뜨릴 사람은 그리 많지 않아. 클클클.”

계창수의 눈빛에는 종명기에 대한 신뢰가 담겨 있었다. 무엇을 보고 저런 믿음을 안겨주는지 모르지만, 저런 눈빛을 보고서 거절할 용기가 종명기에겐 없었다.

“쩝. 일단 다녀오겠습니다.”

“크핫! 잘 생각했네. 참, 유령신보는?”

“가다가 데려가면 됩니다.”

“가다가?”

“현재 천추성의 얼굴로 근무하고 있거든요.”

“얼굴로 근무?”

“정문에서 위사를 하고 있습니다.”

“컵!”

계창수의 일그러지는 얼굴이 떠오르자 종명기는 도저히 참을 수가 없었다.

“푸하하하!”

계창수와 나눈 대화만 떠올리면 어김없이 웃음이 터지고 말았다. 뒷자리에 앉은 등천화가 이상한 눈으로 보는 것을 알면서도 어쩔 수가 없었다.

한참을 웃다가 억지로 안정을 취한 후 슬쩍 뒤를 돌아봤다. 역시나 등천화가 어리둥절한 표정으로 종명기를 빤히 보고 있었다.

“험험. 등 소형제가 위사를 고집한 것은… 큼, 참으로 바람직한 일이었네. 큭큭, 험험. 자네가 위사란 것을 아는 사람이 늘어날수록 즐거운 일이 하나씩 생기니까 말이야. 푸하하!”

이번엔 배까지 움켜쥐며 파안대소를 터뜨렸다.

종명기는 자신의 모습이 얼마나 우스꽝스럽게 보일지 잘 알고 있으나, 등천화의 얼굴 옆으로 계창수의 얼굴이 함께 놓이는 상상을 하자 웃음을 그칠 수가 없었다.

“풉풉, 큭큭큭.”

“뭐가 그렇게 재미있으세요?”

“아, 아닐세. 푸핫, 파하하!”

“예에…….”

등천화는 눈물까지 흘리며 실성한 사람처럼 웃는 종명기를 보면서도 전혀 신기해하지 않았다. 갑자기 불려 나온 사람답지 않게 아주 태평했다.

“아아… 등 소형제, 지금 우리가 어디를 가는지 궁금하지 않나?”

“궁금해요.”

“그럼 진작에 물어보지.”

“알려주지 않으신 데에는 이유가 있겠죠. 종 일건님이 설마 길도 모르면서 저를 데려가겠어요?”

씨익.

등천화는 주위를 둘러보다 종명기를 보며 웃었다.

“…….”

종명기는 풀썩 웃음이 나왔다.

조금 전처럼 우스워서 웃는 웃음이 아니라 등천화의 눈 때문이었다.

한마디를 해도 참으로 정감이 가게 했다.

이런 사람에게 정을 붙이지 못하면 세상에 정 붙일 사람은 아마 한 명도 찾을 수 없을 것이다.

“험. 계 원로님… 먼저 원로원부터… 아니다. 자네, 원로원에 대해 모르지? 그렇지. 알 리가 없지. 아무튼 계 원로님이란 분이 계시는데, 그분이 직접 자네와 함께 안휘성 청양 지부로 가라고 하셨네.”

“저를 데리고요?”

“그게 나도 이상하기는 하지만, 계 원로께선 자네를 알고 계시더군. 유령신보가 자네란 것을 먼저 말씀하신 걸로 봐서 다른 계획이 있으신 모양이야. 가보고 싶기도 하고.”

“청양 지부요?”

“음, 그곳으로 간 일군 여덟 명이 아직까지 감감무소식이거든.”

“가 일곤님이 아직 돌아오시지 않는 이유와 관련이 있나 보네요. 걱정이 많이 되시겠어요.”

“……!”

“첫 근무 날 뵈었어요. 청양 지부에 간다고 하셨거든요.”

첫 근무라면 벌써 한참 전의 일일 텐데 모두 기억하는 것도 신기했지만, 순간적으로 가교일에게 무슨 일이 생긴 건 아닌지 걱정이 앞섰다.

"그래… 걱정돼."

이전에도 이런 적이 한 번 있었다, 공손풍을 싸움터에서 단 한 번 보고서 곧바로 기억해 낸 적이.

특이한 능력이었다.

"험험, 어쨌든 지금까지 수많은 싸움에서 살아남은 가 일곤일세. 지금까지 돌아오지 못하는 경우는 두 가지 경우야. 하나는 가 일곤이 다쳤을 경우, 다른 하나는 가 일곤이 자리를 떠날 수 없을 정도로 심각한 일이 생겼을 경우. 나는 후자를 간절히 원하네만, 직접 내 눈으로 확인하기 전까지는 결론을 내릴 수 없네."

종명기는 애써 태연한 척했으나, 상황의 심각함은 그의 어색함에서 고스란히 전해졌다.

"엄… 송 일건님과 저만 가나요?"

"왜, 걱정되나?"

"데려올 사람이 많다면서요? 둘만 가도 되는가 싶어서요."

엉뚱한 등천화의 대답에 종명기는 너털웃음을 터뜨렸다. 마치 널려 있는 빨래라도 가져오는 것처럼 말을 했기 때문이다.

"하하하! 자네는 알면 알수록 아주 재미있는 구석이 많아."

“저도 그래요.”

“응? 내가 재미있나?”

“아니요. 제가 생각해도 제가 재미있는 것 같다고요. 다들 그런 말을 하니까 이젠 저도 알겠어요.”

“푸핫!”

종명기는 헛기침을 하며 웃음을 터뜨렸다.

그 모습에 등천화도 기분 좋은 웃음을 지었다.

향기.

후각으로 느껴지는 냄새가 아니라, 인간이 지니고 있는 고유의 기품이 종명기한테서는 느껴진다. 곧고 정명한 길처럼 반듯하다.

*　　　　*　　　　*

서문혜는 하루 종일 바쁘게 움직였다.

중앙 연무장에도 있어보고 천건당에도 가보고 등천화와 처음 만났던 장소에도 가봤다. 하지만 아무리 기다려도 등천화는 나타나지 않았다.

“뭐야, 이자? 어딜 가면 간다고 말을 해야 기다리지 않을 거 아니야.”

약속한 것도 아니면서 보이지 않는다는 이유만으로 괜히 짜증이 났다. 막 다른 곳을 찾아보려고 일어나려는 순간,

"언니!"

멀리서 능희연이 활짝 웃으며 다가왔다.

"아, 희연아, 어서 와. 안 그래도 심심했는데 잘 왔다."

"언니, 소식 들었어요?"

"무슨 소식?"

"상관 일리님이 세가로 돌아간대요, 글쎄. 도대체 무슨 일이래요?"

빤히 쳐다보는 능희연의 눈치를 보니 상황을 모두 알고 있는 것 같았다.

"종 일건님이……."

"아, 맞다! 종 일건님도 급히 나가시던데. 얘길 들어보니까 일전에 출정했던 일군들이 돌아오지 않아서 직접 구하러 가신다고 하더라구요."

"그래?"

"근데 웃겨요. 진 당주님과 일군 여덟 명이 나갔는데 겨우 종 일건님하고 둘이서만 나간다잖아요. 이상하지 않아요?"

"이유가 있겠지. 함께 나가는 사람이 대단한 고수라면 무슨 상관이 있겠니? 게다가 아무리 마교라도 일군 여덟 명을 어쩌진 못할 테고 말이야."

"……."

"왜?"

"언니, 못 들었어요? 안휘성 청양 지부에 나간 일군들이 전멸했을지도 모른다는 소문이 자자해요.”

“에이…….”

“진짜예요. 뭐, 나하고는 상관없는 일이지만. 호호호! 나는
다들 돌아와도 좋고 안 돌아와도 좋아요. 아니, 안 돌아오는
편이 낫겠네요. 자리가 많이 빌 테니까. 이참에 나도 일군으
로 올라가 볼까? 어때요. 언니도 나랑 같이 올라갈래요?’

“…….”

서문혜는 승부욕이 남다른 그녀이기에 할 수 있는 말이라
여겼다. 하지만 그녀는 다른 사람의 죽음으로 빈자리를 꿰찰
정도는 되지 못했다. 아니, 그런 생각을 하는 능희연이 왠지
무섭게 느껴졌다.

“됐어. 난 생각없으니 혼자 해.”

“에이, 상관 일리님 때문에 화나셨어요? 하긴, 생긴 것도
그렇고 가문도 그렇고, 그만한 신랑감이 없기는 하죠. 앞으로
무슨 일을 하려고 그만두신다는 거예요? 언니는 알 거 아니에
요.”

“…….”

“언니?”

“희연아, 아무것도 몰라?”

“뭘요?”

반문하는 능희연의 얼굴에는 정말로 궁금해하는 표정이
역력했다. 서문혜는 자신도 모르게 ‘풋’ 하고 웃음을 터뜨

렸다.

능희연이 자신과 상관 일리에 대한 얘기를 다 안다고 여긴 것이 너무나 우스웠다. 어차피 알려지게 되어 있는 일이었다.

"그 사람, 상관세가로 돌아가는 게 싫으면 네가 한번 잡아 보지 그러니? 이제 나하고는 상관없는 사람이니까."

"어머, 그게 무슨……. 가만, 그럼 소문이 사실이었어요?"

"소문?"

"언니랑 헤어졌다는… 어머, 어쩌다가요?"

"그 사람이 바람을 폈어."

"바람… 이요?"

"교 이리와."

"아! 그 여시!"

능희연은 교미미를 알고 있는지 신이 나서 그녀의 흉을 있는 대로 다 쏟아 부었다. 이미 능희연의 얘기에는 관심이 없는 서문혜이기에 한 귀로 듣고 한 귀로 흘려 버렸다.

그런 건 이제 중요하지 않았다.

그것보다는 오히려 지금 당장 놀려줄 사람이 보이지 않는다는 것이 화가 났다.

능희연을 보내고 나서 돌아설 때에야 미처 생각하지 못한 곳이 떠올랐다.

"도대체 이 사람은 어딜 간 거… 아! 공 대주!"

등천화가 공 대주와 친하다는 말이 그제야 떠올랐다.

혁련궁은 종명기가 나갔다는 말을 듣자마자 회심의 미소를 지었다. 따로 손쓸 필요 없이 청양 지부에서 죽을 것이 분명하기 때문이다.

뒤따르는 혁련세가의 가신이자 이곤 오풍이 가져온 소식 중에는 꽤나 괜찮은 것들이 많았다.

"종 일건과 함께 간 자에 대해서는 알아봤느냐?"

"……."

오풍은 혁련궁의 질문에 멈칫했다.

질문하는 그의 방식이 변했기 때문이다. 언제나 그의 질문은 함께 나간 사람이 누구누구인데 그들에 대해 조사하라는 식이었기 때문이다.

"뭐 하느냐, 오풍?"

"아! 죄송합니다. 종 일건은 위사 한 명만 데리고 정문을 떠났습니다."

"뭐? 위사와 둘이 갔다고? 이건 또 무슨……."

혁련궁은 올라오려는 호기심을 억지로 눌렀다.

표정이 심각해져서인지 오풍은 조심스럽게 다시 말을 건넸다.

"좀 더 자세히 알아보겠습니다, 소 가주님."

"쓥. 혁련 일곤!"

"죄, 죄송합니다."

오풍은 급히 허리를 접으며 사라졌다.

혁련궁은 오풍이 나갔음에도 이상하게 머릿속이 시끄러웠다. 자리에서 일어나 서고에 꽂혀 있는 책 한 권을 뽑아 들었다.

일각, 이각…….

책장은 여전히 제자리였다.

'위사? 종 일건이 왜 위사를 데리고 나간 거지?

위사.

도대체 왜 위사를 데리고 나간 거냐?!

'정문을 담당하는 자가 누구인지 알아봐야겠다.'

더 이상 호기심을 참지 못하고 혁련궁은 서둘러 방을 나섰다.

공손풍은 제일대주가 된 덕을 톡톡히 보고 있었다.

삼십이천명대주들이 하루가 멀다 하고 찾아와 축하를 해주었고, 제이대주로 물러난 구진오와 술자리를 자주 갖게 됐다.

이 모든 것이 등천화를 만나게 되면서 생긴 변화였다. 등천화와의 대화에서 얻은 것이 있어 개벽삼검도 새롭게 바뀌었고, 유령신보라는 이름을 얻고 있으면서 위사란 신분을 전혀 부끄럽지 않게 여기는 모습에 감동하고 말았다.

다리 한쪽이 철각인 것도 이제 전혀 불편하지 않았다. 아니, 오히려 그 때문에 무기가 둘이 됐다는 생각에 더 좋아졌다.

오늘도 여느 날과 마찬가지로 근무지를 둘러보고 돌아오

는 길이었다.

"공 대주, 이제 와요?"

"음? 서문 이감님이 어쩐 일입니까?"

"가만히 생각해 보니까 그날 제일대주가 된 것도 축하를 못했잖아요. 축하하러 왔어요."

"허허허, 이것 참. 아무튼 고맙습니다. 한데… 안으로 모시기는 그렇고… 좀 걸으시겠습니까? 주위에 꽃들이 제법 많습니다."

"호호, 예."

상큼한 목소리로 서문혜가 대답을 하고 났는데 공손풍의 눈동자가 그녀의 뒤쪽으로 넘어갔다.

"……?"

그녀가 돌아서자 그곳에는 도착한 지 꽤 된 것 같은 자세의 혁련궁과 오풍이 서 있었다.

"혁련 일곤님?"

"서문 소저, 공 대주와 볼일이 있는데 잠시 시간 좀 빌릴까요?"

"그러세요. 저는 잠시 놀러 온 것뿐이니까."

공손풍이 당황하는 서문혜를 돕기 위해 혁련궁에게 인사를 건넸다.

"공손풍이 혁련 일곤님을 뵙습니다."

"인사는 됐고, 내 간단히 물을 것이 있어서 왔네, 공 대주."

“말씀하시지요.”

“종 일건이 이번 출정에서 데려간 사람이 위사라고 하는데 그자가 누군지 알고 싶어서 찾아왔네.”

“등 위사에 대해 말입니까?”

공손풍은 잠시 대답을 주저했다.

등천화에 대해 묻는 사람이 다른 사람도 아니고 혁련궁이란 사실이 마음에 걸린 탓이다.

“근무한 지 얼마 되지 않는 사람입니다. 한데 무슨 일로 찾으십니까?”

“종 일건이 위사 한 명을 대동한 채 나갔다고 해서 말이야. 어떤 사람인가 싶어서 그러네.”

공손풍은 혁련궁의 말에 슬쩍 놀려주기로 했다.

“그 친구는 위사를 서기엔 아까운 재원이지요.”

‘위사를 서기엔 아깝다?’

혁련궁은 되묻고 싶었으나 억지로 말을 아꼈다.

이내 왜 여기까지 왔을까. 후회스런 표정을 지었다.

위사에서 재원이라고 해봐야 얼마나 대단하겠는가.

“재원이었군. 알았네.”

“벌써 가시게요, 혁련 일곤님?”

“하하하! 그냥 산책이나 할 겸 해서 왔거든요, 서문 소저. 참, 상관 아우가 세가로 돌아간 것은 알고 계시지요? 착한 친구가 마음이 많이 상했나 봅니다. 나중에 따로 방문할 때 같이…….”

“저는 아직 볼일이 끝나지 않아서 먼저 인사를 드려야겠네요. 그럼.”

“서, 서문……”

다시 부르려는 혁련궁을 말끔한 인사로 보내 버린 서문혜는 공손풍과 함께 다시 걸었다. 그녀의 머릿속에는 이미 혁련궁의 모습이 사라지고 없었다.

‘공 대주가 분명히 등 위사라고 했는데 그 사람을 말하는 건가? 종 일건님과 친하게 지내는 등 씨 성을 가진 사람이라면… 유령신보잖아!’

공손풍이 그녀의 생각을 깼다.

“서문 이감님, 가실까요?”

“공 대주… 그가 그죠?”

“예?”

“조금 전에 혁련 일곤님이 말하던 사람이 등 위사, 그러니까 유령신보 맞죠?”

“당연히 그 친구죠. 허허허.”

“역시! 아니, 그 사람은 왜… 아유, 답답해. 그렇잖아요. 그 실력으로! 젊은 사람이 말이야! 어이구, 속 터져. 주위에서 조언해 줄 사람이 한 명도 없었던 거예요? 공 대주는 뭐 했어요, 그런 인재를 위사나 시키고!”

“……”

“천추성의 일군이 옷자락 하나 건드리지 못한 사람이 위사

라니… 이게 어디 말이 되는 소리냐고요. 참, 조금 전에 그 사
람이 어딜 갔다고 하지 않았어요?"

공손풍은 등천화의 신분에 지나치게 민감한 서문혜를 보
면서 말문이 막혔다.

저 정도일 줄이야.

여기서 얘기 한마디 잘못 꺼냈다가는 큰코다칠지도 몰랐다.

"종 일건님이 갑자기 갈 데가 있다며 데리고 가셨습니다.
자세한 것은 저도 잘……."

"아아, 그래서 안 보였구나. 어쩐지. 난 또 걱정… 흠, 안 되
겠어. 앞으로는 어딜 가면 간다고 보고를 하게 해야지. 괜히
사방팔방을 다 찾아다녔네. 흥!"

삐친 표정을 짓는 모습이 너무나 귀여웠다.

때문인지 공손풍은 자신도 모르게 엉뚱한 질문을 건네고
말았다.

"등 위사와 만나기로 했다가 그냥 돌아오시는 길인가요?"

"엑! 내가 왜 그 사람과 만나기로 해요?"

"예? 조금 전에 찾아다녔……."

"공 대주, 행여 그 말이 다른 사람 귀에 들어갈까 겁나네
요. 그냥 심심해서 놀려주려고 찾았던 거예요. 그 사람은 놀
리면 즉각즉각 반응을 보여줘서 재미있거든요. 다른 뜻은 없
어요. 아셨죠?"

말을 하라는 소리인지, 말라는 소리인지.

만나기로 한 것도 아니면서 왜 등천화를 찾는가 말이다. 하지만 지금과 같은 상황에서는 그녀가 무조건 옳아야 했다.

"허허허, 등 위사가 많이 착하죠. 위사들 사이에서도 인기가 아주 많답니다."

"지금 그 말을 왜 하는데요?"

꿈틀.

공손풍은 서문혜의 미간이 찌푸려지는 것을 보고 급히 말을 돌렸다.

"…라는 건 순전히 제 생각입니다. 사실 너무 착하기만 해서 별로기는 하지요."

"별로라니요?! 착한 게 뭐가 나빠요?!"

"예? 다, 당연히 좋은 거죠. 이를 말입니까. 암요! 허허허."

공손풍의 대답이 효과가 있었는지 서문혜가 말없이 돌아섰다.

돌아선 그녀의 입가에는 웃음이 번져 있었다.

대단한 비밀을 알게 됐기 때문이다.

천추성의 일군을 데리고 놀 정도의 실력을 가진 사람의 신분이 위사다?

상식적으로는 이해할 수 없는 말이지만, 등천화의 얼굴을 떠올리면 충분히 그러고도 남을 사람이었다.

그걸 생각하는 것만으로도 즐거웠다.

자의든 타의든 상관 일리로부터 자신을 구해준 사람이란

생각은 한시도 잊지 않고 있었다. 어눌하게 보이는 것 따위는 이제 안심해도 될 것 같았다.

'그러고 보니 내가 먼저 남자에 대해 궁금해한 적은 처음인가? 남자라……. 남자… 히히히.'

스무 살의 그녀에게 처음으로 궁.금.한. 사람이 생겼다.

＊　　　＊　　　＊

콰과과과—

위에서는 거대한 물줄기가 쉼없이 바닥을 때리고 있었고, 그 앞에 너른 정원처럼 산 빛을 담은 물웅덩이가 담록색으로 모여 있었다.

그곳에 등천화는 망설임없이 뛰어들었다.

첨벙—

"사람도 참……."

등천화가 물에 잠기지 않고 계속해서 이리저리 왔다 갔다 하는 모습을 보니 그리 깊지 않은 곳 같았다.

등천화의 물장난을 지켜보던 종명기는 자신도 모르게 신발을 벗고 아래로 내려갔다.

"나도 장난이나… 어?"

바닥에 발이 닿지 않았다. 좀 더 깊이 담가봐도 역시나 마찬가지였다. 눈을 들어 중앙에서 이리저리 뛰어노는 등천화를 쳐다봤다.

중앙으로 갈수록 깊어지는 것이야 당연한 이치지만 등천화의 모습을 보면 전혀 깊어 보이지 않았다.

첨벙― 첨벙―

규칙적으로 들려오는 물장구 소리를 듣던 종명기는 이내 그 이유를 알 수 있었다.

등천화는 발을 담글 때 가능한 물보라를 크게 일으키고 그 반동을 이용해 다시 뛰어오른 것이다. 물론 실제로 그런 것인지는 아직 확신할 순 없었다.

'어느 기인이 있어 저런 괴물을 만들었을까? 하하하!'

괴물이란 표현이 아주 적절하다고 느끼는 종명기였다. 싸움터 편안하게 지나가기나, 신법의 고수 축에 드는 마교 순찰 규칙을 지칠 때까지 유인했다는 말이 다시금 떠올랐다.

너무 자연스러우면 오히려 평범해 보인다고 하던가?

만약 등천화를 모르는 사람이 이 모습을 봤다면 물이 얕다고 생각했을 것이다.

'저런 보법에 손까지 사용할 수 있으면 정말 대단한 고수가 됐을 텐데…….'

종명기는 정말 궁금해서 참을 수가 없었다.

"이보게, 등 소형제."

"예?"

"이리로 나와보게."

등천화는 대답을 하고는 밖으로 나왔다.

“자네, 보법만 십 년을 익혔다고 했지? 다른 건 전혀 익히지 않고. 혹시 다른 무공을 배울 생각은 없나?”

“예.”

“아니, 내 말은 자네가 익힌 보법 말고… 이를테면, 권법이나 검법 등을 배울 생각이 없느냐는 말이네. 배울 생각 없나?”

“예, 전혀요.”

예의 순진한 웃음까지 짓는 등천화를 보면서 종명기는 지금까지 그가 전혀 그런 생각을 해본 적도 없고, 앞으로도 그럴 생각이 없다는 것을 확연히 깨달았다.

입맛을 다시며 웃을 수밖에.

“하하하! 그, 그렇지? 내 그럴 줄 알고서 확인 차 물어본 것이네. 내가 왜 이리 싱겁게 됐는지 모르겠네. 하하하! 자자, 서두르자고.”

종명기는 주섬주섬 걷었던 옷을 펴며 자리에서 일어나다기 침지 못하고 다시 물었다.

“아! 지금 생각난 건데 오해하지 말고 듣게. 정말 지금 생각이 난 건데… 자네가 보법을 펼치면서 다른 무공을 손으로 펼치면 정말 끝내줄 것 같거든? 그러니까 손을 좀 사용해 보는 건 어떤가?”

종명기의 질문에 등천화는 이상하다는 듯이 쳐다보고는 자신의 손을 들어올렸다.

“손이요? 손이야 항상 사용하죠. 손을 사용하지 않고 어떻게 똑바로 걸을 수 있겠어요. 보여 드릴까요?”

“자네 정말로 손을 쓸 줄 아나?”

종명기의 눈이 커지면서 기대에 찬 표정이 됐다.

“그럼요.”

등천화는 고개까지 끄덕이며 대답을 하고는 팔을 양쪽으로 균등하게 놓고는 천천히 흔들었다.

여기까지는 준비 동작이려니 생각할 수 있었다. 하지만 씩씩하게 걷기만 하는 등천화의 모습이 계속 이어지자 종명기는 눈을 납작하게 만들며 실망하고 말았다.

“……”

종명기는 등천화의 행동을 장난으로 치부하고는 손을 내저었다.

“됐네. 알았으니 그만 걷게나. 정말 손을 잘 쓰는군. 가세나.”

“어? 종 일건님, 아직 다 안 보셨잖아요.”

등천화는 더 이상 보지 않는 종명기를 불렀으나 그는 이미 저만치 걷고 있었다. 등천화는 이내 머리를 긁적이고는 곧장 뒤따라갔다.

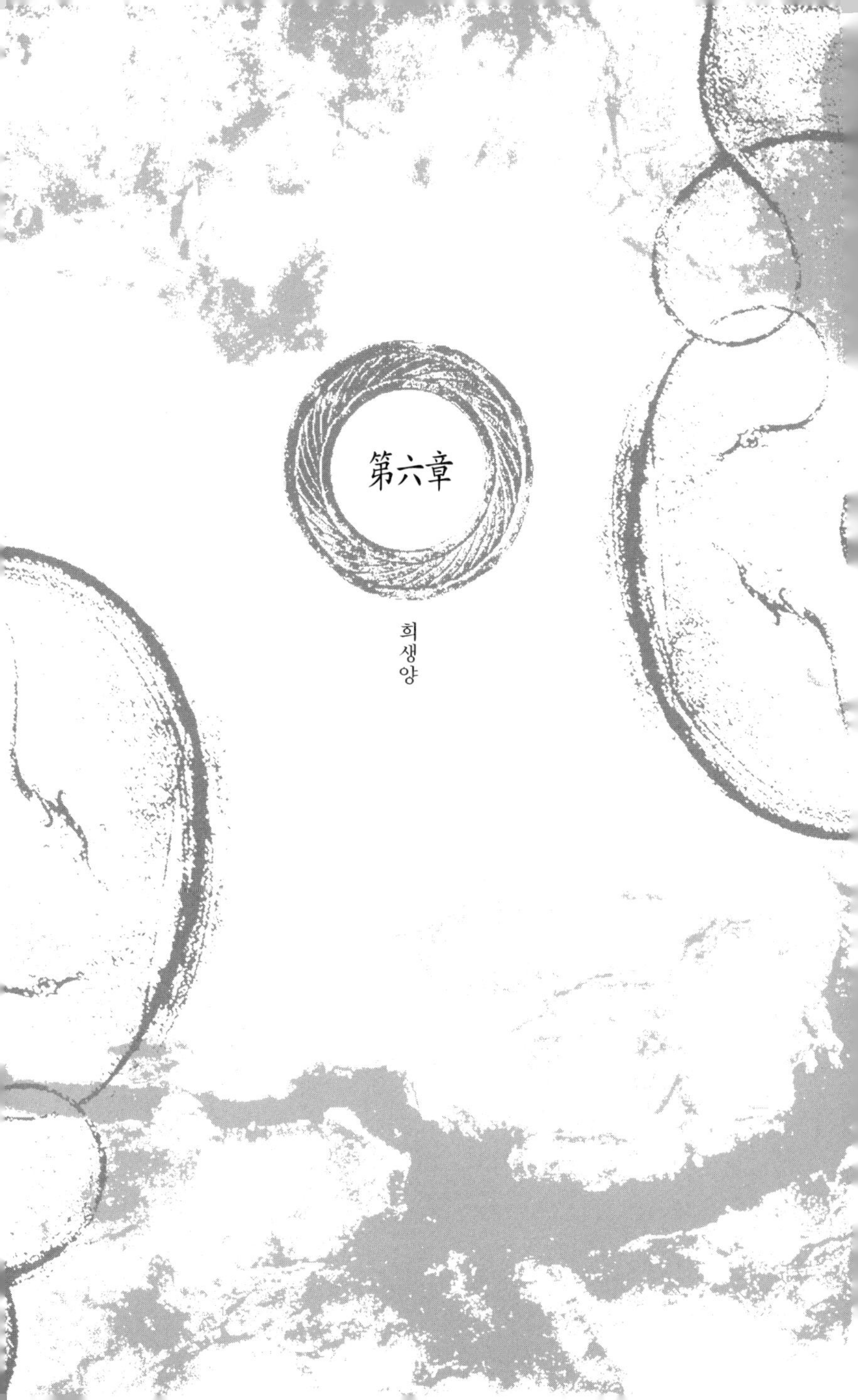

第六章

희생양

폭포에서 물장구를 치던 등천화를 보며 호승심이 일었던 모양이다.

종명기는 말을 산 아래에 세워놓고 내공 소모가 극심한 금강부동신법을 사용하여 무작정 산을 오르기 시작했다.

소림사의 뛰어난 신법 중 금강부동신법은 단연 최고였다. '멈춰 있음은 곧 끊임없는 움직임이니라' 라는 글귀를 종명기는 지금까지 기억하고 있었다.

덕분에 소림칠십이종절예 중 백보신권과 금강부동신법만큼은 철저하게 익혔다. 아니, 공격은 백보신권, 수비는 금강부동신법 외의 방법을 모르기에 죽자 사자 익혔다.

　물론 처음의 의지와는 달리 백보신권은 나날이 위력이 강해져 가는데 반해, 금강부동신법은 점점 느려지고 있지만 말이다.

“종 일건님, 좀 천천히 가세요.”

뒤쪽에서 등천화가 투정 아닌 투정을 부리며 따라오고 있었다. 하지만 말처럼 힘들거나 정말로 늦게 움직였으면 하는 목소리는 아니었다.

“등 소형제, 힘들지도 않으면서 그런 소리 할 텐가? 강호에는 나보다 더 뛰어난 신법을 지닌 자가 부지기수로 많다네.”

“예?”

쉬쉬쉭─

종명기는 뒤에서 바람 소리가 들린다고 생각했다.

“뭐라고 하셨어요? 못 들었어요.”

“……”

등천화였던가?

안 들린다며 빠르게 다가오는 모습을 보며 종명기는 할 말을 잃었다.

신법보다 빠른 보법을 실제로 보는 기분은 처참했다.

종명기는 그대로 제자리에 멈춰 섰다.

“자네… 보법밖에 펼칠 줄 모른다며?”

“……?”

“어떻게 신법을 펼치는 나를 따라잡았지?”

등천화는 종명기의 말에 고개를 갸웃거렸다.

"하하하, 종 일건님도 참. 규칙이란 분을 제가 따돌린 것, 기억하지 못하세요?"

"아!"

"종 일건님은 그분보다 따라잡기 쉬워요. 계속 똑같은 속도로 움직이시잖아요."

"똑같은?"

"예."

등천화는 당연한 말을 왜 하느냐는 듯이 종명기를 바라보다가 말을 덧붙였다.

"저는 땅으로 움직이니까 쉽게 따라잡죠."

"그게 무슨 소린가? 좀 알아듣게 설명을 해주게."

종명기는 더더욱 모르겠다는 표정을 지었다.

"엄… 제가 내리막길을 걷는 속도와 종 일건님이 오르막길을 달리는 속도가 비슷해요. 그러니까 내리막길에서 약간만 속도를 높이면 뇌쇼."

"아!"

종명기는 그제야 등천화가 한 말을 이해할 수 있었다. 하나 그렇다고 의문이 완전히 사라지진 않았다. 바로 어떻게 한 번도 쉬지 않고 그런 속도를 낼 수 있느냐는 것이다.

"자네 말을 들으니 이해는 가네만, 그렇게 보법을 펼치려면 내공이 끊임없이 솟구쳐야 하지 않나?"

“내공이요? 그런 건 모르겠고요, 그냥 십보를 제 마음대로 순서만 정해서 펼치면 힘이 나요. 산에서 혼자가 됐을 때도 며칠 동안 쉬지 않고 달린 적이 있어요. 아무것도 안 먹어도 괜찮더라구요. 힘도 나고.”

“……!”

종명기는 말을 마치고 예의 순진한 웃음을 짓는 등천화를 멍하니 바라봤다.

검을 공부하는 고수들이 종종 꿈꾸듯이 하는 말이 있다, 무검유검(無劍有劍)의 경지에 다다르면 검의 유무에 상관없이 언제나 검과 함께 있다는.

그렇다면 등천화는 내공의 유무와 상관없이 보법을 펼칠 수 있다는 뜻이 아닐까?

어불성설이란 생각을 하면서도 종명기는 혹시나 하는 기대를 하고 있는 자신을 발견해야 했다.

“허……..”

“왜 갑자기 한숨을 쉬세요, 종 일건님?”

“아, 자네 말을 듣고 보니 그동안 나는 뭐 했나 싶어서. 덕분에 금강부동신법을 처음부터 다시 공부하기로 마음먹었네. 하하하!”

그냥 웃음이 쏟아졌다. 그 웃음은 굳어 있던 무공에 대한 종명기의 편견이 깨지는 소리일지도…….

기분 좋은 종명기의 목소리에 등천화는 웃음이 그칠 때까

지 기다렸다. 하지만 그의 웃음은 잦아질 생각을 하지 않았
다.

"엄… 종 일건님, 안 가세요?"

"하하… 가, 가야지. 하하하!"

등천화는 종명기의 웃음에 보조를 맞추듯이 씨익 웃고는
주위를 둘러보았다.

건너편 봉우리의 모습이 칼날처럼 솟아 있고, 옆으로는 한
번 미끄러지면 지옥까지 추락할 것 같은 바위산도 보이고, 아
래쪽에는 구름이 넘지 못하고 쉬어가는 모습도 보였다.

어느새 두 사람은 호평산 정상 근처까지 올라간 것이다.

*   *   *

안휘성 청양 지부로 가기 위해서는 호평산을 지나야 하는
데, 이곳의 특징은 숲이 유난히 울창하여 하늘이 잘 보이지
않는다는 점을 늘 수 있었다.

인적이 드문 것은 당연하고, 깊숙한 산길을 따라 흐르는 계
곡 물이 모여 만상폭을 이루는데, 만상폭 주위의 바위들 생김
새가 동물들을 표현하고 있어 그리 불려지게 됐다고 한다.

쫘르릉— 쿠콰콰콰—

쏟아지는 물줄기를 보는 것만으로도 그 무게에 눌린 듯 위
축됐다.

그 물줄기가 바라다 보이는 바위 위에 선 인영.

"……."

백의가 무척 잘 어울리는 삼십대 후반의 사내였다.

그의 눈빛은 아주 담담했다.

말없이 폭포수를 바라보던 그는 문득 고개를 돌렸다.

어느새 그의 뒤에는 한 사람이 부복하고 있었다.

"천추성에서 나온 자는 아직 살아 있나?"

"예."

"용하군. 화산파 출신의 일군이라고 하더니 부단주의 손에서 오래도 피해 다니는구나."

가교일을 가리키는 말이었다.

"신법이 뛰어납니다."

"그래봐야 제 한목숨 부지하기에 바쁜 것뿐이야. 그런 자들은 발만 잡히면 끝이지."

자신있게 잡을 수 있는 방법을 말하는 사내의 이름은 적리관이었다. 축융단의 비밀 조직 염왕대주인 그가 하는 일은 오직 한 가지, 축융단을 배신한 자에게 죽음을 안겨주는 것이다.

이번 임무를 수행하기 위해 그는 염왕대 전원을 데리고 나왔다. 부단주였던 음지명이 축융태양진력의 구결이 적힌 비급을 훔쳐 달아난 까닭이다.

단주는 뒤에서 그를 조종하는 배후가 있을 것이라며 비급이 그들의 손에 들어가기 전에 반드시 회수하라는 명령을 내렸다.

적리관은 언제나 그렇듯이 이번 일 역시 자신이 죽기 전의 마지막 임무라는 생각을 머릿속에 심고 또 심었다.

축융태양진력을 익힌 단주를 제외하면 그의 염왕천절검을 꺾을 자는 축융단에 없었다.

'음지명, 당신이 한 짓이 얼마나 멍청한 짓이었는지 알려 주지. 그렇게 하지 않아도 되는 것을.'

그의 눈빛에 원망이 흘러나왔다.

*   *   *

천추성의 지부는 산을 거점으로 팔공산에서 가까운 회남과 황산에서 가까운 청양에 있었다. 특히 청양은 남궁세가가 있어 도움을 쉽게 받을 수 있는 좋은 위치였다.

반면 마교의 지부는 각 성의 경계에서 가까운 곳에 위치하고 있어 강소성의 경계에서 멀지 않은 봉양과 절강성에서 엎어지면 코 닿을 위치인 광덕에 있었다.

즉, 두 곳은 특별한 일이 없고는 싸울 일이 거의 일어나지 않는다. 때문에 마교에서 이번 사건을 조사하기 위해 급파된 고수는 강남 총책임자 백안마군이었다.

지부 간의 갈등이나 천추성과의 싸움을 조율하는 역할을

맡고 있는 그의 백태 낀 눈에서 연신 살기가 쏟아지고 있었다.

그의 주위로 혈포사신들이 빠르게 모여들었다.

"보고해라."

"세외삼천의 무공이 생각보다 강합니다. 문제는… 그들이 머리랄 수 있는 천추성의 지부장들만 죽이고 유유히 다음 장소로 이동했기 때문에 싸움이 커진 듯합니다."

번쩍.

백안마군의 눈에서 백색 안광이 폭사됐다.

"무슨 뜻이지?"

"천추성의 지부장을 제외한 나머지 인원이 일제히 덤비는 바람에 큰 싸움으로 번졌다는 뜻입니다."

"크크큭, 절강성에서 분명히 경고를 했건만 눈이 뒤집혔다 이거지? 멈추라는 명령은 전했느냐?"

"무시당했습니다."

"기르던 개가 아니라서 말을 잘 듣지 않는구나. 그럼 듣게 해야지. 지금부터 놈들의 모든 행적을 보고해라. 또다시 명령을 어기면 내가 직접 놈들을 죽이겠다."

콰웃―

백안마군이 입고 있는 평범한 마의가 크게 부풀어 올랐다가 가라앉았다. 옷차림만으로는 힘없는 노인처럼 보이지만 그는 마교 서열 백위에 올라 있었다.

구부정하게 휜 그의 등 어림까지 백발이 흔들렸다.

그는 사라지는 혈포사신들을 보다가 반대 방향인 호평산으로 움직이기 시작했다.

세외삼천의 고수들이란 자들은 이제 하늘을 날아서 지나가지 않는 이상 만나게 되어 있었다. 그것은 곧 그들이 그의 눈에 띄지 않기를 바라야 한다는 의미였다.

얼마나 올라갔을까?

'응?

산 중턱쯤 되는 것 같았다.

그의 후각을 자극하는 묘한 냄새가 났다.

무언가 인위적으로 태운 냄새.

그는 눈을 매섭게 뜨며 냄새가 나는 곳으로 시선을 고정시켰다.

쉭—

순식간에 사라진 그의 신형이 나타난 곳은 산 중턱에 만들어진 반경 오 장여의 구덩이였다.

그곳 주위에는 불에 그슬린 땅이 선명하게 드러나 있었다.

"……."

잠시 지켜보기만 하던 그가 땅을 한 줌 집었다.

땅을 검게 태워 버린 정체 모를 무공에 고개를 저었다.

열양장력의 경우라면 전체적으로 그슬리는 것이 일반적이지 이런 식으로 특정한 부위만 탄 흔적이 남진 않는다.

좀 더 자세히 알아보기 위해 막 땅을 한 줌 쥐었을 때다. 뒤쪽에서 굵직하고 강직한 음성이 들려왔다.

"이곳에서 뭘 하고 있지?"

백안마군은 이미 목소리의 주인이 접근하는 것을 알고 있었다는 듯 천천히 돌아섰다.

'……!'

뒤쪽으로 십여 장 떨어진 곳에 두 사람이 서 있었다.

종명기와 등천화였다.

"크크큭, 지금 노부보고 한 소리냐?"

잔인함이 흐르는 괴소.

웃음소리만으로 주위의 나뭇잎들이 떨어져 내렸다.

"……!"

종명기는 그제야 백안마군의 무공이 장난이 아니란 것을 깨달았는지 마른침을 삼키며 양손을 단전 주위로 모았다.

"이 정도로 진한 마기를 뿜어내는 고수를 만나다니, 이거 운이 좋다고 해야 하나 운이 없다고 해야 하나?"

종명기는 자신도 모르게 양 주먹을 쥐락펴락했다.

나름대로는 경고의 동작이었으나, 백안마군에겐 그저 장난으로밖에 보이지 않는 행동이었다.

"크크큭, 주먹을 쓰는 놈인 모양이구나. 기를 뭉치는 자세가 제법인 걸 보니 소림사 출신인가?"

"……!"

종명기는 깜짝 놀란 표정을 지었다.

실전을 통해 나름대로 완성한 그만의 공격이 곧 펼쳐지기 직전의 습관이었다.

그의 주먹이 순간적으로 팔과 분리되었다.

콰웅—

"요료도 나를 만나면 공격하기를 주저하는데 머리도 안 깎은 녀석이 어디서. 갈!"

백안마군은 가볍게 손을 들어 위에서 아래로 내리긋는 시늉을 했다. 그러자 빠르게 다가오던 주먹 형상의 기운이 주춤하는가 싶더니 그대로 터져 버렸다.

퍽!

"……!"

종명기는 급히 손을 거두며 양손을 오므렸다.

손목이 절단되는 듯한 착각에 겁을 먹은 것이다.

무시무시한 예기였다.

"안 살려?"

백안마군은 흥미로운 눈으로 종명기를 쳐다봤다.

오랜만에 자신의 공격을 피한 자를 만난 것이다.

"흠, 요료가 심혈을 기울인 모양이구나, 그 정도의 공부를 한 걸 보면. 크크큭."

백안마군은 분명히 칭찬을 하고 있었다.

그러나 받아들이는 사람의 입장에서 적의 칭찬은 곧 모욕에 다름 아니었다.

"쿵. 나 정도는 사부님의 가르침을 받기엔 어림도 없다. 그리고 당신 나이가 얼만지는 몰라도 사부님을 함부로 입에 올리지 마라. 아무리 마교라 해도 상대에 대한 예의는 지키도록."

"오! 혼자서 그만큼 깊은 공부를 했다고? 놀랄 일이군. 요료가 늙어서 눈이 삤어, 너와 같은 자질을 지닌 자를 못 알아보다니. 크크큭. 변형된 백보신권은 여러 번 봤지만, 아주 단순할 정도로 정확한 백보신권은 요료 이후 처음이구나. 뭐, 그래봐야 거기서 거기지만. 그리고 아직 얻지 못한 모양이구나. 그렇지?"

"뭘 말이오?"

"모르는군. 모르면 그만이고. 자, 노부의 귀중한 시간을 뺏은 대가는 비싸다. 너희 둘의 목숨으로 대신할 테니 함께 와라."

"……?"

분명히 무슨 말인가를 하려고 했다.

그러나 종명기는 더 이상 물을 수가 없었다.

백안마군의 백태 낀 눈이 등천화를 향했기 때문이다.

등천화는 두 사람을 지켜보기만 하다가 백안마군이 돌아보자 처음으로 조심스럽게 발을 움직였다.

"눈이 많이 안 좋으신가 봐요? 많이 탁하네요. 나이도 있으신데 너무 무리하지 마세요. 그리고 아프신 분한테 이런 말씀 드리는 것이 도리가 아닌 것은 알지만, 시간을 뺏긴 건 서로 마찬가지 아닌가요?"

"뭐?"

백안마군은 멍해지고 말았다.

너무 해맑게 말하는 등천화의 모습에 황당한 것은 둘째 치고, 전혀 긴장하지 않는 모습에 살짝 충격을 받은 탓이다.

'내 기를 못 느껴? 무공을 모르는 녀석인가?

"떨어지게, 등 소형제."

웅웅웅―

종명기가 다시 공격할 준비를 마치고 있었다.

백안마군은 종명기의 양손을 보고는 가볍게 웃었다.

"이미 경험했잖느냐? 그 정도로는 노부를 상대할 수 없음을. 내게 똑같은 공격을 하는 것은 자살 행위밖에 안 된다."

"후후후, 난 그런 말은 믿지 않는다. 모르지. 당신이 마교 서열 백위 안에라도 든다면 말이야. 하나 이런 곳에 그런 고수가 나타날 리 없지."

"이런이런, 이걸 어쩐다? 노부가 바로 백마의 말석을 차지하고 있는데. 정말 공교롭군 그래. 크하하!"

"……!"

종명기는 백안마군을 뚫어지게 쳐다봤다.

"그런 표정으로 쳐다본다고 달라지는 것은 없다, 이미 늦었으니. 그리고 너, 맹한 표정을 짓는다고 살려주진 않으니 본색을 드러내라.”

백안마군은 종명기를 보고 대답을 하다가 마지막 시선은 등천화를 향했다. 종명기의 공격을 막은 것도 봤을 테고, 마교 서열 백위라는 말도 들었을 것이다.

그러나 등천화의 표정에는 어떠한 변화도 없었다.

마교 서열 백위라는 의미가 어떤 것인지를 안다면 저럴 수가 없었다. 아니, 아무것도 모르더라도 종명기의 감정 변화를 보면 눈치로 알아차렸어야 했다.

그런 등천화의 고개가 갸웃거렸다.

“엄… 종 일건님, 저분이 백위면 저분 위로 구십구 명이 더 있다는 거 아닌가요? 이상하네, 그건 자랑할 게 아닌 것 같은데…….”

“…….”

“…….”

백안마군과 종명기가 할 말을 잃은 것은 당연했다.

특히 종명기는 등천화의 저 엉뚱한 상상력과 발상에 웃음이 튀어나오려는 것을 억지로 참느라 혼났다.

그러나 이어진 등천화의 한마디.

“힘내세요. 병이 나으면 좋은 결과가 있을 거예요.”

“…….”

백안마군은 너무도 황당해서 화도 내지 못했다.

맞는 말이었다.

'마교 서열 백위'라는 말의 의미를 모르면 충분히 등천화처럼 단순해질 수 있다. 하지만 그 의미를 알고 있는 종명기로서는 지금이 얼마나 위험한지 전신으로 느껴야 했다.

'큽. 등 소형제 덕분에 이 자리, 어쩌면 피하는 것조차 허락되지 않을지도 모르겠구나.'

그런데 왜 자꾸 웃음이 나오는가?

*   *   *

"아하… 암!"

하품을 하며 정문을 바라보는 여인은 갸름한 타원형 눈에 오뚝한 콧날과 도톰한 입술을 지녔고, 윤기를 머금은 흑발은 허리까지 내려와 희디흰 그녀의 목을 쉼없이 간질이고 있었다.

옷 위로 알맞게 솟은 가슴과 잘록한 허리를 받쳐 주는 적당한 크기의 둔부가 몹시 보기 좋았다.

"이젠 그만 했으면 좋겠어."

그녀의 도톰한 입술이 벌어지며 맑고 친절한 목소리가 흘러나왔다. 부탁하는 어조가 분명했으나, 주변 상황과는 전혀 어울리지 않았다.

"ㅇㅇㅇ……."

그녀의 발밑에서 신음 소리가 흘러나왔다.

가교일과 반규륵의 뒤를 이어 나온 천추성 일군 중 한 명이었다.

"지부에 있던 놈들과는 좀 다르긴 하더군. 하지만 그래봐야 삼 초도 못 버티긴 역시 마찬가지. 하 소저는 어떻게 생각하십니까?"

구릿빛으로 빛나는 피부에 불그스름한 얼굴을 지닌 사십대 중반의 사내 음지명은 시선을 뒤로 보냈다.

쩌적— 쩍, 쩌적—

주위 공기가 얼었다 풀리기를 반복하며 묘한 소리가 다가왔다. 속살이 언뜻언뜻 비치는 백색 능라의를 입은 삼십대로 보이는 여인이 무척이나 지루한 목소리를 냈다.

"천추성 지부 두 곳은 우리에겐 너무 쉬워. 아, 지겨워. 이젠 무엇을 해야 하지?"

탄식이었으나, 음성에 묻어 있는 냉기로 인해 주위 공기가 얼어붙는 것만 같았다. 천성적으로 냉기를 지니고 태어난 불행한 여인이었다.

빙궁주의 자리조차 그녀에겐 아무것도 아니었다. 오히려 아기를 낳지 못하는 몸이란 것에 불행해하는 여인, 빙백성모 하영영이었다.

"성모 언니, 이대로 우리가 마교를 접수하면 어때요?"

창희령의 뜬금없는 질문.

“큭.”

음지명의 입에서 웃음이 터졌다.

“지금… 비웃은 거 맞나요, 음 대협?”

“전혀. 재미난 생각이라 동참 여부를 결정하는 웃음이었소.”

“결론은?”

“참여.”

“호호호, 그럼 성모 언니의 결정만 남았네?”

하영영은 대답을 강요하는 창희령을 보며 고개를 저었다.

“지겹지만 않으면 언제든 갈 테야.”

“어머! 어쩜 언니는 나랑 이렇게 잘 맞아? 지금 갈까?”

쫘드득!

너무 기뻐서 힘을 과하게 준 모양이다.

그녀의 발아래서 신음하던 일군이 그대로 가슴이 함몰되어 죽고 말았다.

“이러면 도망친 자들을 유인할 수가 없는데… 어쩌지, 성모 언니?”

“사냥. 어차피 둘밖에 안 남았잖아? 그들을 얼려서 죽일 테야. 하얗게. 호호호!”

스스슷—

빙백성모의 웃음과 함께 또다시 주위에는 서리가 엊히기 시작했다.

그때였다.

“언니, 굳이 찾으러 갈 것도 없겠다.”

“응?”

하영영과 음지명의 시선이 창희령의 뒤를 따랐다.

“꿀꺽.”

마른침을 삼킨 진휘악의 얼굴이 미미하게 떨렸다.

천추성의 일군들이 저들의 손짓 한 번에 피떡이 되는 장면을 목격했다. 무서운 자들. 겨우 대여섯 번도 손을 쓰기 전에 일군 일곱 명이 죽었다.

“진 당주님, 어떻게 하시겠습니까?”

가쁜 숨을 몰아쉬며 질문을 던진 사람은 가교일이었다. 그역시 무사하진 못했다.

진휘악은 대답 대신 눈동자를 불안하게 떨었다.

어떤 결정을 내려야 할지 판단이 서질 않았다.

“가 일곤, 이래서 정보가 중요하다. 우리는 지금 즉시 철수를 하고 나중에 정확한 정보를 가지고 다시 온다. 알았나? 내말, 알아들었어?”

“다시 오다니요? 그럼 저 구 일리는 어쩌고요?”

“운명이지.”

“……!”

가교일은 진휘악의 모습에 주먹을 움켜쥐었다.

　숨어서 상황을 엿보고 있는 자신들에게 싸우라고 지시한 사람이 바로 그였다. 그런데 상황이 불리하게 변했다고 철수를 한다? 그것도 부하를 내버려 두고?

　"안 됩니다."

　"뭐?"

　"구 일리를 데려가기 전에는 철수할 수 없습니다. 종 일건이 왜 그렇게 진 당주님을 따르는지 이해할 수가 없군요."

　"이, 이… 네놈이 잘도……."

　"지금은 싸울 때가 아닙니다. 종 일건을 항상 비웃던 그 잘난 백보신권은 어디 갔습니까? 한 번도 써보지 않고 돌아가기엔 너무 아깝지 않습니까?"

　가교일은 진휘악을 조롱하는 눈빛으로 보고는 자리에서 일어섰다.

　"앉아!"

　"도망칠 생각부터 하는 상관의 명령은 들을 수 없습니다. 아, 이건… 정말 궁금해서 묻는 겁니다만, 왜 그렇게 종 일건을 못 잡아먹어서 안달입니까? 싸우러 가라면 가고 들어오라면 들어오는 종 일건이 무슨 잘못을 했다고."

　"……."

　가교일은 대답없는 진휘악을 경멸 어린 눈으로 보고는 이내 고개를 돌렸다.

　"…싫다."

진휘악의 대답에 가교일이 돌아섰다.

"나는, 그 녀석이 싫다."

증오 가득한 목소리.

가교일은 헛웃음을 터뜨리고 말았다.

"그럼 꼴 보기 싫다고 사문으로 돌아가라 하지 그러셨소?"

"지켜봐야 했으니까. 그대로 보내면 지켜볼 수가 없으니까."

의미심장한 한마디였으나 가교일은 알아들을 수가 없었다.

"종 일건이 죽는 걸 지켜본다는 말이오?"

"아니, 과연 혼자서도 얻을 수 있는지 봐야 했다."

'혼자서 얻어? 뭘?

이때, 가교일의 입에서 기침과 함께 뭉친 피가 터져 나왔다.

"으욱… 컥!"

마교와 목숨 건 싸움을 수없이 해온 그였지만 이번 싸움처럼 자신이 무력하게 느껴진 적은 없었다.

"일단 구 일리… 진 당주님?"

가교일은 진휘악의 긴장한 눈을 보고 서서히 뒤로 돌아섰다.

"흐으웅, 그래도 의리는 있었네?"

"……!"

가교일은 상처난 배를 움켜쥐며 눈을 부릅떴다.

담장 위에서 들려온 창희령의 음성은 그만큼 전율스러웠다.

이때였다.

"갈!"

진휘악이 창희령 혼자만 있는 것을 보고서 완손으로는 주먹을 뻗으며 오른손으로는 허리에 찬 검을 빼 들었다.

가교일은 진휘악의 선공에 도움을 주기 위해 어쩔 수 없이 매화분분을 수직으로 펼쳤다.

쿠콰왕―!

진동으로 담벼락이 우수수 먼지를 피워냈다.

그 먼지 속에서 일어나는 검광.

단 세 초식으로 완성되는 달마삼검이었다.

깊은 기운이 제이초식 여래성광을 뿜어냈다.

"좋아! 그 정도는 돼야 싸울 맛이 나지!"

창희령의 손에서도 검광이 번쩍였다.

콰쾅!

짧은 폭음이 터지며 두 마디 신음이 터졌다.

"컥!"

"우엑……."

담 아래쪽에서 버티던 가교일은 충격으로 인해 피를 한 사발이나 토했고, 진휘악은 창희령의 한상옥령검법을 막다가 내부가 찢어지는 고통에 검을 놓아야 했다.

"성모 언니, 나 혼자서도 할 수 있었다고요!"

창희령은 차갑게 소리치며 뒤를 돌아봤다.

하영영이 언제 손을 썼냐는 듯이 시선을 허공에 던지고 있었다.

"창 소저, 이자들이 아직까지 도망가지 않은 걸 보면 더 올 것 같은데 좀 더 기다려 보는 게 어떻소?"

음지명이 하영영을 달랬다.

그러나 하영영은 여전히 먼 허공을 응시하고 있었다.

창희령이 이상함을 느끼고 다시 되물었다.

"성모 언니?"

"…이상해. 가슴이 아파. 바람이 차갑다."

"찬성이에요, 반대예요?"

"여기 있을래."

"……?"

창희령은 하영영이 조금 전과 완전히 다른 모습을 보이자 의아한 표정으로 쳐다봤다.

이상하기는 음지명 역시 마찬가지였던 모양이다.

"하 소저, 왜 그러시오?"

음지명은 하영영의 등을 쓸어주며 안쓰러운 표정으로 다가갔다.

"보고 싶어, 우리 서시가. 이모가 보고 싶어서 많이 울 텐데……. 흑, 이모는 그럴 생각이 없었단다, 아가야. 언니가 내 말을 들어줬으면 되잖아!"

갑자기 울다가 화를 내다가를 반복하던 하영영은 큰 소리로 고함을 질러댔다. 그 모습에 음지명은 그녀를 가슴으로 끌어당겼다.

'하 소저는 유난히 외로움을 많이 타는 성격이다. 저 성격 때문에 자신에게 적의를 가지고 있는지 호감을 가지고 있는지를 금방 분별해 내지. 누군가가 오고 있다, 그것도 하 소저가 두려움을 가질 만한 상대가. 누구지? 마교? 아니면 천추성?'

"왜 그래요, 김빠지게? 성모 언니, 누군지는 몰라도 오는 즉시 내가 처리할 게요."

"슬퍼… 흑흑……."

하영영의 눈물이 바닥으로 떨어질 때는 빙루가 되어 툭툭 소리를 냈다.

"칫."

창희령이 고개를 돌려 하영영이 쳐다봤던 곳을 바라봤다. 그곳에는 아무것도 없었다.

저 공간 어느 곳에서 그녀 역시 만나기 두려운 한 사람이 올까 봐 겁이 나긴 마찬가지였다.

그때,

"어? 뭐지, 저건?"

그녀의 눈에 검은 구름처럼 보이는 일단의 무리가 보였다.

"염왕대… 가 왔군."

"염왕대요?"

"나를 만나러 온 자들이오. 하 소저도 참. 저들을 부른 건 나니까 신경 쓸 필요 없소. 내가 알아서 처리하리다."

음지명은 하영영의 불안이 염왕대로 인한 것을 깨닫고는 넉넉한 웃음까지 지어 보였다.

그러나 하영영이 두려워하는 것은 그들이 아니었다.

그 뒤에 다가오는 무서운 예감을 주는 자였다.

아직은 누군지 모르지만.

*　　　*　　　*

마교 서열 백위라는 의미.

그 이름이 마교의 수만 교도들 중에서 최고 정점에 선 사람이란 뜻임을 종명기는 절감해야 했다.

백안마군의 무공이 어떤 건지, 무기는 어떤 것을 사용하는지 전혀 아는 바가 없었다. 하지만 한 가지는 분명했다.

약간이라도 움직이면 죽는다.

종명기는 억지로 투기를 일으켰다.

후앗.

백안마군은 기다렸다는 듯이 백태처럼 보이는 하얀 동공

을 투명하게 만들며 몸에 변화를 주었다.

뚜두둑—

굽어졌던 등이 펴지며 키가 한 뼘은 커졌다.

안 그래도 위압감에 꼼짝을 할 수 없던 종명기는 침음을 삼키고 말았다.

"끄음……."

귀밑머리에서 땀이 한 방울 주르륵 흘러내렸다.

이미 백안마군을 봤을 때부터 상황인지도 몰랐다. 지금이라도 몸을 돌려 등천화를 데리고 이 장소를 벗어나고 싶었다.

이번 임무는 가당치도 않은 마교 서열 백위의 고수와 싸우는 것이 아니라 가교일을 구하는 것이 임무인 것이다.

그것만 하면 된다. 그것만.

그러나 머릿속의 생각과 몸이 그 문제로 싸웠다. 불안함으로 인해 기의 순환이 잘 이루어지지 않았고, 식은땀이 흘러 시야를 가릴 정도였다.

'이자를 상대하는 것은 무모한 짓이다. 등 소형제만이라도 살려서 가 일곤과 함께 돌아가게 해야 한다.'

불끈!

두려운 상황에서도 책임감을 잃지 않았다.

종명기는 양손에 더욱 힘을 주었다.

그런 종명기의 변화를 하나도 빠짐없이 지켜본 백안마군이 이채를 발했다. 자신의 눈을 보고서 저런 의지를 낼 수 있다는 것이 놀라웠기 때문이다.

태양백안마공(太陽白眼魔功)을 견디며 저런 의지를 낼 정도면 충분히 인정받아 마땅했다.

"크크큭, 내 시선을 용케도 버텨내는구나. 대단해. 하나, 적은 적. 건방지게 노부의 눈을 바라본 것을 그냥 넘어갈 수야 없지. 영광으로 알아라. 이 몸이 먼저 손을 쓰기로 했으니까."

"후후후."

종명기는 백안마군의 칭찬 아닌 칭찬에 애써 태연한 척 웃으며 등천화를 돌아봤다. 굳어 있는 얼굴에 미미한 떨림이 느껴졌다.

"등 소형제."

"예?"

"이 길을 따라 내려가기만 하면 청양 지부가 나오네. 자네… 에게 가 일곤을 부탁해야겠군. 먼저 내려가게."

도리도리.

등천화는 고개를 좌우로 저었다.

"부탁일세. 함께 움직이기는 힘들 것 같네. 저자… 상상을 초월하는 고수야. 지금도 버티는 것이 힘겨울 정도야."

"그럼 버티지 마세요."

"……."

종명기는 등천화의 눈을 보며 헛웃음을 터뜨렸다.

자신없는 모습을 보여주기는 싫었다.

"부탁하네."

슈와앗—

종명기의 몸이 활짝 열리며 기가 마구 분출됐다.

그러나 등천화의 눈에는 그런 종명기의 행동이 오히려 무의미하게 보였다. 기본적으로 두 사람이 만든 길의 규모는 차이가 컸다.

'찌지직' 하는 살얼음 언 바닥에 금이 가는 소리와 함께 두 사람의 기가 막 충돌을 일으키려는 순간,

팟!

등천화의 신형이 자리에서 사라졌다.

"……!"

종명기는 거미줄처럼 전신을 옭아매고 있던 백안마군의 기에 짓눌려 고개도 들지 못하다가 갑자기 찾아온 해방감에 해연이 놀란 표정을 지었다.

그제야 옆에 있는 등천화를 발견했다.

"등 소형제, 이게 무슨……."

말을 멈추고 그는 급히 백안마군을 돌아봤다.

당연히 쫓아올 줄 알았던 백안마군이 두 사람을 빤히 쳐다볼 뿐 따라오지 않고 있었다.

'쫓아오지… 않아?'

다시 시선을 등천화에게 향했다.

백안마군이 쫓아오지 않는다는 것을 알고 있는지 등천화의 걸음에는 일말의 망설임이 없었다.

등천화와 백안마군.

이 두 사람은 종명기의 눈에는 보이지 않는 대결을 펼치고 있었던 것이다.

그제야 그것을 깨닫고 괜히 혼자서 의리있는 척한 것 같아 머쓱해지고 말았다.

"험험, 등 소형제. 자네는 지금 엄청난 실수를 한 거야. 내 생애 최고의 위력을 가진 백보신권이 세상에 나오려는 걸 막았다고."

"알았어요."

"이봐, 사람이 진지하게 말을 하는데 무슨 대답이 그래? 이봐, 등 소형제?"

"엄… 저도 종 일건님 말씀을 듣고 싶지만 빨리 가지 않으면 저 위험한 분이 쫓아와서요."

그것이 기분 나쁜 느낌이라고 해도 좋았고, 종명기가 하는 식의 말대로라면 굉장히 강한 기운이라고 해도 좋았다. 혼자라면 몰라도 종명기와 함께 있는 이 상황에서는 피하는 것이 최선이었다.

"……."

눈앞에서 멀어지는 두 사람의 신형을 보면서 백안마군은 시선을 땅으로 내렸다. 그러자 그의 주위로 혈포사신이 모습을 드러냈다.

"쯧, 아쉽군. 그래, 무슨 일이냐?"

백안마군은 혀를 간단히 차고는 물었다.

등천화와 종명기를 놓아준 데에는 혈포사신 때문도 있었기 때문이다.

"그들을 공격하는 자가 나타났습니다. 세외삼천 중 축융단으로 판단되는 자들입니다."

"결과는 어떨 것 같으냐?"

"싸움이 시작되자마자 달려온 것이라 결과는 아직……."

"그래? 네가 그렇게 말할 정도면 축융단의 떨거지들도 제법이란 소리군. 저 둘… 어느 쪽으로 합류하려는 거지? 다른 자들이 더 오나? 크크큭, 궁금해서라도 시간을 주고 싶구나. 나는 천천히 걸어갈 테니 너는 내가 도착할 때까지 싸움이 끝나지 않도록 만들어라."

"존명!"

혈포사신은 이내 모습을 감추었다.

백안마군은 갑자기 헛웃음을 터뜨렸다.

"큽. 녀석의 행동이 조금만 빨랐거나 조금만 느렸어도 손을 썼을 것이다. 아주 교묘한… 그래, 교묘하달 수밖에 없지. 그런 순간을 만들어내는 건 실력이 아니니까. 과연 그런 재빠른 녀석을 보법의 고수가 만나면 어찌 되려나. 크크큭."

백안마군은 누군가를 떠올리고는 즐거운 듯이 한참을 웃

었다. 어느새 백안마군은 백태 낀 눈동자의 노인으로 되돌아
와 있었다. 청양 지부 안에서 어떤 일이 벌어지든 그건 저 안
에서 벌어지는 일일 뿐이었다.

어차피 아무도 빠져나가지 못할 테니까.

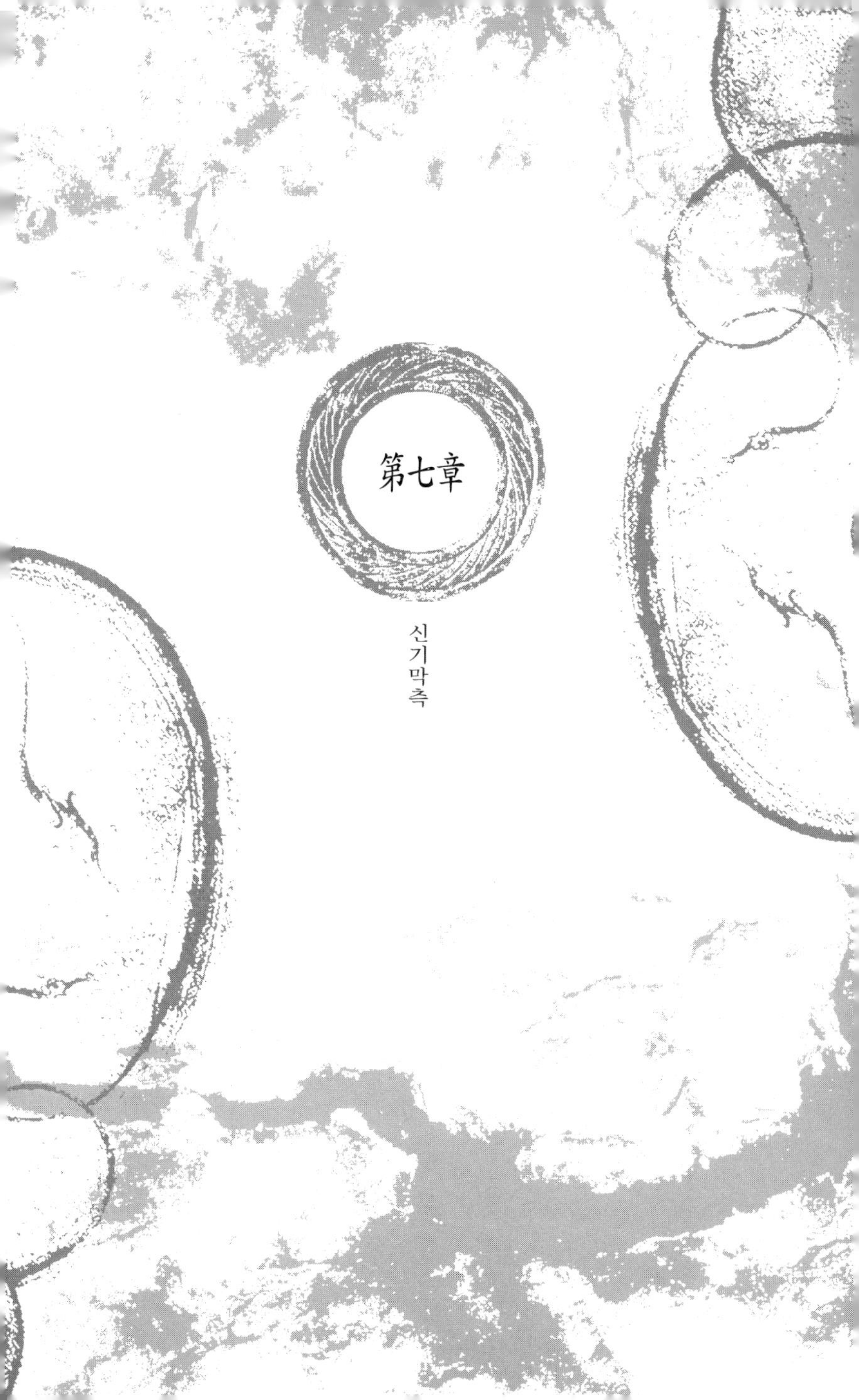

第七章

신기막측

步法無敵

　　검은 구름으로 보였던 염왕대는 일사불란하게 움직이며 청양 지부의 담장을 점령했다.

　　그들의 위쪽에서 서서히 내려온 적리관은 음지명을 보고서 가볍게 인사하는 척했다.

　　"한때 부단주였던 음지명, 간만이구려."

　　"적리관!"

　　"내가 올 줄은 알았겠지?"

　　"당연히. 네가 아니면 명이가 왔을 테니까."

　　"이만한 일로 소주께서 나서실 필요는 없지."

　　적리관은 친절하게 웃었고, 음지명은 무표정한 얼굴로 주위를 죽 돌아봤다.

언뜻언뜻 낯익은 얼굴이 보였다.

"염왕대 전원이 나온 모양이군."

"그만한 예우는 해줘야지."

두 사람의 대화가 듣기 지루했는지 창희령이 툭 한마디 뱉어냈다.

"음 대협, 같이 쓸어버리죠?"

"내가 해결……."

"그러면 빨리 하든지요. 성모 언니를 언제까지 기다리게 할 셈이에요!"

짜증이 가득한 창희령의 대답에 음지명은 낮게 고소를 지었다. 이미 익숙한 그녀의 어투였지만, 과거에 부하였던 적리관이 있는 자리에선 왠지 쑥스러웠다.

적리관 역시 음지명의 성격에 웃기만 하는 걸 보고서 이채를 발했다.

"음지명이 계집에게 저런 말을 듣고도 웃어? 축융단의 살인마 음지명은 어디로 간 거지? 파하하!"

"말조심해라, 적리관. 함부로 말할 상대가……."

음지명은 급히 적리관의 말을 막았으나 이미 창희령이 들은 후였다.

"호호호. 음 대협, 저 새끼를 반으로 갈라 죽여도 뭐라고 하기 없기예요? 알았죠?"

촤악—

창희령의 몸에서 날카로운 예기가 곧장 적리관을 향해 뻗어나갔다. 옥령검과 함께 검각의 이대명검 중 하나인 한상검에서 뿜어진 기운은 적리관이 막고 어쩌고 할 겨를도 없이 곧장 그의 심장을 뚫었다.

쾅!

격한 음향이 터지고 적리관의 신형이 벽에 처박히는 것을 볼 수 있었다.

"쿨럭……."

적리관은 힘겹게 자신의 검면을 쳐다봤다.

막기는 했지만 애병에 깊은 흔적이 남겨졌다.

가공할 위력이 아닐 수 없었다. 검을 타고 손에 전해지는 한기가 뼛속까지 스며드는 것 같았다.

"검… 각……?"

"호호호! 그래두 눈은 제대로 달렸네. 나머지는 음 대협께 맡길게요. 죽일 수 있다고 생각했는데 죽지 않네? 아이, 맘 상해라. 칫."

"고맙소, 창 소저."

음지명은 담에서 등을 떼어내며 창희령을 노려보는 적리관을 향해 고개를 내저었다.

"아서라, 적리관. 네 상대가 아니야. 염왕대의 장점인 암습을 포기하면 뭐가 남는다고 만용이냐? 그냥 평소 해오던 대로

해. 그래도 내 몸에 상처를 낼 확률은 아주 미미하겠지만.”

“큭, 되는 일이 없군. 한 가지만 묻겠소. 왜 축융단을 배신했소?”

적리관의 질문에는 많은 것이 담겨 있었다.

그를 염왕대주로 임명한 사람이 바로 눈앞의 음지명이었고, 대막의 수많은 부족들이 축융단이 뜨면 벌벌 떨게 만들어 부하들의 사기를 고무시킨 사람도 음지명이었다.

축융단주는 오로지 축융태양진력을 익히기에 여념이 없었다. 그래서 더욱더 부단주 음지명은 축융단 내에서 독보적인 위치를 지니고 있었다.

그런 사람이 어느 날 축융태양진력을 훔쳐서 달아난 것이다.

“왜!”

적리관은 원망이 가득한 눈으로 음지명을 노려봤다.

멍울이 깊어지는 것은 그만큼 상처가 크고 오래됐다는 것을 뜻한다. 음지명은 멍울 가득한 눈으로 적리관을 보며 한숨과 함께 말을 꺼냈다.

“왜라는 말은 어울리지 않는다, 적리관. 축융단이 마교에 의해 날개가 꺾여서 보낸 세월이 백 년이다. 그동안 축융단은 뭘 했느냐? 없다. 한 것이 없다. 한번 꺾인 무공을 보완한다는 미명하에 대막에 숨어서 나올 용기를 잃고만 있었지. 그래서 나는 나를 희생양으로 삼아… 축융단을 밖으로 끌어내려고 했다. 나를 죽이기 위해서라도 대막에서 나오라고. 한데… 후후후, 적리관 너를 보냈구나."

"……!"

적리관의 입장에서는 겨우 자신을 보냈냐는 말로 들을 수 있었지만, 음지명의 진심이 머리가 아니라 가슴으로 느껴졌다.

단주가 직접 나오기를 기대했던 것이다.

탄식 어린 음지명의 말이 가슴에 틀어박히는 것 같았다. 감정도 전이가 되는 모양이다. 음지명의 눈을 통해 슬퍼하고 있음을 느낄 수 있었다.

*　　　*　　　*

서문혜는 이군 교육을 시킨다는 명목하에 잠시 몸을 풀고, 등천화의 소식을 알아보기 위해 공손풍의 거처에 갔다가 돌아오는 길이었다.

"엇!"

거처로 들어서는 그녀의 눈에 낯선 사내가 서성이는 모습이 보였다.

떡 벌어진 어깨와 역삼각형의 등에 가죽으로 만든 주머니가 눈에 확 띄었다. 색 바랜 검은색 가죽 주머니에는 세 개의 색상이 다른 막대가 가지런히 꽂혀 있었다.

저런 창을 지니고 다니기 위해서는 창을 특별 취급하는 한 가문과 관련이 있어야 했다.

“혹시 군… 휘?”

묵직해 보이는 창이 뒤로 돌아가며 준수한 얼굴의 미남이 반가운 목소리를 냈다.

“이제 와?”

그는 악씨세가의 장남으로 서문혜와는 어렸을 때부터 소꿉친구였다. 악가창법은 창법 중에 단연 으뜸이라 불릴 정도로 대단한 위력을 가지고 있었다.

그러나 서문혜가 놀란 진짜 이유는 따로 있었다.

악군휘의 등에 있는 삼색신창.

다음 대 악씨세가의 가주가 아니면 가질 수 없는 신물이었다.

“너… 벌써 그걸 멘 거야?”

“이거? 하하하! 아버님께서 실력이 안 되니 이것이라도 가지고 있으라고 던져 주시더라구.”

“어머! 축하해!”

“그런 거 아니라니까.”

“이그! 삼색신창의 내력을 내가 몰라? 상대가 누구야? 가주의 위를 이어받으려면 혼인을 해야 하잖아. 궁금하다. 누구야?”

악군휘는 입맛을 다시며 서문혜의 추궁에 난처해했다. 그의 굵은 검미도 그에 따라 꿈틀거렸다.

“혼인은 무슨. 모르지, 혹시 너 같은 미인이 덤비면 받아줄지도. 하하하!”

쓸쓸함이 스며 있었다.

"실없는 건 여전하네. 하지만 내가 미인인 걸 알아주니 용서하지, 뭐. 호호호!"

고른 치아를 드러내며 웃는 모습이 너무도 매력적이었다. 그래서였을까? 갑작스레 생각지도 못한 말이 그의 입에서 튀어나왔다.

"나한테 와라."

"뭐?"

"네가 악씨세가의 며느리로 들어오면 평생 행복하게 해줄게. 사실 나 정도면 괜찮은 신랑감이라고. 서문세가의 사위로 충분하다는 말이지. 더구나 나는 너를 사……."

악군휘는 서문혜가 잘 알아듣지도 못할 만큼 빠르게 말을 뱉어냈다. 하지만 이해하는 데에는 썩 무리하지 않아도 됐다. 그러나 서문혜가 듣기에는 그 모두가 농담이었다.

"풋."

"어이, 뭐야? 남은 진지한데."

"며느리? 말이 되는 소리를 해라. 오랜만에 와서 무슨 실없는 소리야? 호호호!"

"……!"

악군휘는 용기를 낸 자신의 의지가 엉뚱하게 흘러가자, 애써 웃는 표정을 지었다. 아직 할 말이 남아 있었지만 그 말까지 해버리기엔 순간적으로 초라하다는 생각이 들었다.

용기를 지웠다.

"하하하! 알았다. 오랜만이라도 역시 이런 농담은 무린가? 그건 그렇고, 생각보다 얼굴이 밝네?"

"밝지 못할 일이 없잖아?"

"어, 그래? 오는 길에 상관 형을 만났는데……."

"그 사람 얘기는 꺼내지 마."

"무슨 일… 있었어?"

악군휘는 서문혜와 상관악의 일을 모두 알고 있었다.

천추성에 오기 전에 상관세가에 들렀다가 상관악을 만날 수 있었다. 당연히 친구인 서문혜의 안부를 물었고, 상관악은 화를 내면서 불쾌해했다.

"흥! 천리당의 교 이리와 이상한 짓 하는 걸 내게 들켰어. 기가 막혀서……."

"……?"

악군휘는 상관악을 욕할 준비를 하고 있다가 서문혜의 표정을 보고 어리둥절해졌다. 충격을 받은 사람의 얼굴이 아니었기 때문이다.

'뭐지? 실연당한 사람 같지 않잖아?

"호호호, 그래도 그 사람 덕분에 이상한 사람하고 친해졌어. 뭐, 나 혼자서 그런 것일 수도 있지만, 아무튼 그렇잖아. 그치?"

"뭐가?"

"나 혼자 친해졌다고 생각할 수도 있다고."

"응? 그, 그럴 수야 있지. 어, 누구하고?"

악군휘는 자신이 알고 있는 서문혜와 전혀 다른 그녀를 보는 것 같아 헷갈릴 지경이었다.

다른 사람의 생각이 어떨지?

그런 건 서문혜의 사전에는 있지도 않은 일이었다.

이렇게 바뀌다니…….

악군휘는 순간적으로 당황하고 말았다.

"가만, 너를 그렇게 착각하게 만든 사람이 누군지 정말 궁금해진다."

"있어, 이상한 사람. 말투도 어리숙하고… 하여간 이상해. 근데… 정말 이상해."

"……."

악군휘는 집중해서 듣다가 허탈한 표정을 지었다.

저런 표정, 저런 말투라니…….

누군가를 상상하고 있는 것이다.

상관악의 빈자리가 클 것이라 여기고 찾아왔건만 엉뚱한 남자가 그 자리를 채우고 있었다.

"네 말만 들어서는 아무것도 모르겠다. 일단, 남자야?"

"응? 응."

"오호, 이것 봐라? 안 되겠네에?"

악군휘는 억지로 아무것도 아닌 것처럼 장난기 섞어 말했다.

"뭐가?"

"천하의 고집쟁이 서문혜를 마음 쓰게 만들다니! 삼색신창을 사용해야 할지도 모른다는 책임감마저 드는데? <u>흐흐흐</u>."

악군휘가 짐짓 창을 꺼내는 시늉을 하자 서문혜는 '훗' 하고 웃었다.

"글쎄, 네 실력으로 될라나? 호호호."

"시, 실력? 네가 아직 이 악군휘의 실력을 몰라서 그러는데, 나, 장난 아니게 강해졌다?"

"피, 그래봐야 그 사람에겐 안 돼."

서문혜는 허풍이라고 생각했는지 장난스럽게 입술을 삐죽이고는 더 이상 다른 말은 하지 않았다.

"하! 너, 오랜만에 봤다고 나를 너무 무시하는데? 나, 진짜 세졌어!"

"알았어."

"안 되겠다. 말해, 도대체 누구야? 얼마나 대단하기에 서문혜의 입에서 그런 말이 나와? 가만, '그 사람'이라고 하는 걸 보면 너보다 상관일 리는 없고, 흠……."

"애쓰지 마. 상관 일리… 아니지. 이젠 상관없는 사람이니까 상관 소협이라곤 해야겠지? 킥. 아무튼 그 사람도 '그 사람'의 옷자락 하나 건들지 못했어. 근데… 에이, 아니다. 킥킥킥."

"……?"

악군휘는 괜히 심통이 나려고 하는 걸 참아야 했다.

서문혜를 보려고 온 것은 사실이지만 일적인 문제도 아직 남아 있었다.

"끙, 일단은 너를 봤으니 됐다. 나후전주님께 인사드리고 나서 나중에 다시 찾아올게."

"나후전주님?"

"응. 나, 이번에 나후무장으로 추천받았잖아. 아버님께서 가보라고 하시더라? 너하고 같이 있게 천감당으로 넣어달라고 했는데 여전히 내 말은 무시당하고 있다. 쩝."

"나, 나후무장… 야! 이전의 한곳인 나후전의 무장이 된다는 것이 얼마나 굉장한 일인 줄도 모르고… 어? 그럼 앞으로는 네가 내 상관이 되는 거야? 히히, 셈나기는 하지만… 군휘야, 축하해!"

"흠, 나후무장이 좋은 거야?"

"당연하지, 이 바보야!"

"그래? 그럼 너도 아버님께 부탁드리면 되겠네. 서문가주께서 말씀하시면……."

"됐다. 말이 왜 그쪽으로 세는데?"

"그래도 네게 축하를 들으니까 기분은 좋은데? 내가 네 상관이라… 그럼 나중에 내 마누라 되라고 명령하면 되려나? 하하하! 아, 알았어. 그렇게 노려보지 마라. 하여간 나중에 또 보자."

"그러든지."

서문혜는 혀를 쏙 뺏다가 집어넣으며 웃었다.

"……."

저 웃음이었다, 악군휘의 어린 시절을 환상으로 만들어 버린 웃음. 악군휘는 자꾸만 보다 보면 그녀가 또 싫어할 말을 할까 봐 이내 몸을 돌렸다.

그녀가 말하는 '그 사람' 이란 놈팡이에 대한 궁금증만 안고서.

＊　　　＊　　　＊

길이 두 자 반, 두께는 어른의 손가락 정도에 촉으로 사용하는 날카로운 이빨은 상하 합쳐 네 개가 박혀 있었다.

혈아전.

한 번 사람의 몸에 박히면 빠지지 않는 혈포사신의 무기가 목표를 향해 날아갔다.

혈아전의 특징은 상대가 알아챌 수 없게 낮게 날아가며 목표의 일 장 정도에 다다랐을 때 솟아오르게끔 조작되어 있다는 것이다.

쉬—

혈아전의 목표는 음지명.

그의 목적이 밝혀진 순간 혈포사신은 망설임없이 손을 쓴 것이다.

그러나 거의 음지명이 있는 곳에 도달한 혈아전은 기묘한
소리를 내며 마치 얼음으로 된 물건처럼 공중에 산산이 부서
졌다.

쨍—!

"몰래 공격하는 건 비겁한 거야. 그런 걸 보면 용서하지 않
을 테야. 너, 너… 많기도 하네. 하여튼 빨간 옷 입은 너희들,
알았어?"

하영영은 혈포사신들을 일일이 손으로 가리키다가 속속
모습을 드러내자 세기를 포기했다.

원래부터 그곳에 있었던 듯 혈포사신들은 대부분 기척도
없이 청양 지부 안에서 모습을 드러냈다.

"일단 저들을 쓸어버린 후에 다시 말씀하시지요, 부단주님."

"……!"

음지명은 놀란 눈으로 적리관을 쳐다봤다.

뜻을 둔 사람에게 있어 가장 필요한 것은 돈도 아니고 무공
도 아니다. 그것은 바로 사람이다. 자신을 믿어줄 수 있는 눈
을 가진 사람.

화르륵—

음지명의 전신에 뜨거운 기운이 휘몰아쳤다.

그 기운이 얼마나 뜨거웠는지 적리관은 훌쩍 한 걸음 뒤로
물러섰다.

"……!"

“이것이 바로 축융태양진력이다. 적리관, 내가 꾼 꿈이 결코 헛된 것이 아님을 보여주마! 단주님에 비할 정도는 아니지만 이것만으로도 천추성 네 개 지부를 쓸어버릴 수 있었다. 이걸… 모두에게 전해주고 싶었다.”

진심이 음지명의 눈을 따라 줄기줄기 쏟아졌다.

적리관은 뭔가를 묻고 싶었으나 음지명의 진심이 느껴지기에 다음 말을 기다렸다.

“그래서, 아무리 마교라고 해도, 천추성이라 해도 우리 축융단을 무시할 수 없게 만들고 싶었다. 언제까지 몇몇만이 익힐 수 있는 힘이어야만 하는가 말이다!”

음지명은 기를 최대한 끌어 모은 후 그대로 양손을 휘저었다. 화르르 타오르는 불덩이가 그의 양손에서 춤을 추다 그대로 장내를 휩쓸었다.

쿠쾅!

“피해요, 언니. 또 시작이에요.”

뒤쪽에서 지켜보던 창희령은 고개를 저으며 하영영을 향해 움직였다.

“하여간 몇 번을 봐도 엄청난 열기라니까.”

“아, 따뜻해. 저 사람은 언제나 **따뜻해**. 몸도 손도, 그리고……”

하영영은 백치 같은 표정을 지으며 사랑스러운 눈으로 음지명을 바라보았다.

"그만 해요. 두 사람, 정분 난 게 무슨 자랑이라고."

정말이지, 저런 모습을 보일 때는 영락없는 백치가 분명했다.

"뒤로 물러나요. 구경하다가 녹으려고 그래요?"

"녹아? 음… 그건 싫어. 피할 테야."

"그래요. 같이 피해요."

음지명의 실력이 어느 정도인지 잘 아는 그녀들이기에 곧 혈포사신들이 전멸할 것을 믿어 의심치 않은 행동이었다. 역시나 달려든 혈포사신 십여 명이 음지명의 주먹에서 나온 불덩이에 의해 날아갔다.

쿠콰콰―!

"어?"

"피했네?"

창희령과 하영영은 놀란 표정을 지었다.

음지명의 주먹에 맞았다고 여겼던 혈포사신들이 옷자락에 구멍만 내고 모두 멀쩡하게 일어서고 있었다.

자신들이 지금까지 상대했던 천추성 지부장들과는 비교도 할 수 없는 모습이 아닐 수 없었다. 잔뜩 화가 난 음지명은 계속해서 손을 썼으나, 혈포사신들은 그의 주먹이 날아오면 흩어지고 또다시 날아오면 흩어지기를 반복했다.

"익!"

지켜보던 적리관은 자신도 모르게 검을 쥔 손에 힘을 주었다. 음지명을 돕고 싶은 마음이 간절했으나, 마음대로 결정하기도 애매한 상황이었다.

'누구든 나를 공격해라.'

이럴 때 혈포사신 중 한 명이라도 자신을 공격하면 염왕대에게 명령을 내릴 수 있었다. 하지만 어떻게 된 놈들이 음지명만 죽이려고 했지 자신에게는 일체 공격을 가해오지 않는 것이다.

쉭.

적리관은 빠르게 움직여 혈포사신 중 한 명을 가로막았다. 갑자기 다가오는 그를 향해 혈포사신은 공격했고, 덕분에 웃을 수 있었다.

"이놈들이 감히! 염왕대는 저놈들을 모두 죽여라!"

묵직한 그의 목소리가 떨어지자 이제껏 담장 위에서 가만히 있던 염왕대가 일제히 움직이면서 검은 구름과 붉은 장포의 싸움이 시작됐다.

청양 지부에 들어와 있는 혈포사신들의 숫자는 모두 이십 명. 얼핏 보면 백여 명이 넘는 염왕대에 의해 곧 전멸당할 것 같았다.

"이거야 원. 축융태양진력을 겨우 그 정도로밖에 생각하지 않다니, 음지명이란 놈도 별것 아니었군. 그래도 지금까지 버틴 걸로 봐서 물건이라고 생각했건만. 쯧쯧."

청양 지부가 한눈에 보이는 곳.

백안마군은 상황을 지켜보다가 고개를 저으며 중얼거렸다.

그가 알고 있는 축융태양진력은 결코 음지명의 말처럼 익히기도, 대성하기도 쉬운 무공이 아니었다. 그의 태양백안마공에 비해서도 결코 떨어지지 않는 무공이었기 때문이다.

백 년 전, 세외삼천의 준동이 예상되자 마교에서는 그들의 의지를 꺾기 위해 고수를 파견했다.

결정된 인물들은 마교 서열 오십위 안에 든 고수 중 셋이었다. 하지만 처음에는 별것 아닌 자들이라 여겼던 세외삼천은 예상외로 강했다.

파견된 마교의 고수 중 가장 강한 자가 검후를 꺾을 수 있었다. 그만큼 검후의 실력이 뛰어나다는 것을 반증하는 것이었다.

축융단과 빙궁의 실력 역시 검후에 비해 손색이 없을 정도로 강했으나, 결국 파견된 마교의 고수들에 제압당하고 말았다.

당시 파견된 고수 셋은 마교로 돌아와 세외삼천의 무공이 조금만 더 강했더라도 자신들은 멀쩡하게 돌아올 수 없었다고 했다.

그런 무공을 누구나 익힐 수 있게 하겠다는 것은 생각 자체부터가 잘못된 것이다.

"무공에는 주인이 있다. 나 역시 태양백안마공이 아니라 다른 것을 익혔다면 결코 백마의 영광스런 일석을 차지하진 못했을 테니까."

마교에는 영광스런 백마에 오른 고수들이 자신들의 무공을 비급으로 만들어 넣어놓는 곳이 있었다. 천마서고라고 불리는 그곳은 일정한 자격만 주어지면 누구나 들어가서 무공을 익힐 수 있었다.

그러나 그 수많은 무공들 중 다시 한 번 세상에 모습을 드러낸 무공은 거의 없었다. 그만큼 대성하기가 어려운 것이 백마의 무공인 것이다.

"아직 혈광마화진에 지금까지 버티는 걸 보니 그래도 축융태양진력을 제법 익히기는 한 모양이군. 그래도 아직 멀었어. 그건 그렇고, 그 녀석은 이곳으로 온 것 같은데 아직 나타나지 않고 있군. 도대체 뭐 하러 이곳에 온 거지?"

고개를 돌려 등천화를 찾기 위해 두리번거렸다.

등천화는 종명기와 함께 청양 지부가 한눈에 보이는 나무 위로 올라가 있었다.

"어? 가 일곤… 한 분이 더 계시는데요?"

"어디… 헉! 사, 사형!"

종명기는 창희령과 하영영의 근처에 가교일이 쓰러져 있는 모습을 보고서 가슴을 쓸어내렸다가 그 옆에 있는 진휘악을 보곤 벌떡 몸을 일으켰다.

"제가 두 분을 모셔올게요."

입으로는 당장 '그래주게' 라고 소리치고 싶었으나, 저 안으로 들어가는 것은 자살 행위나 다름없어 보였다.

"아, 안 돼! 저들이 보이지 않나? 막 싸움을 하는 자들이 아니야. 게다가 저 혈포인들… 개개인이 어쩌면 나 못지않은 고수들일지도 몰라."

종명기의 심각한 말을 듣기나 한 건지 등천화는 대수롭지 않다는 듯이 고개를 갸웃거렸다.

"엄… 저번처럼 몰래 데리고 오면 될 것 같은데요?"

듣기에는 전혀 장난스럽지 않았으나 등천화의 얼굴을 보면 절로 낮은 한숨이 흘러나올 수밖에 없었다.

"자네를 과소평가하는 건 아니지만, 자네가 지나갔다는 싸움터와는 차원이 다른 곳이야. 좀 더 상황을 지켜본 후에 결정을 하세."

"그러다 그분이 도착하면요?"

"그분?"

"백안마군이란 분이요."

"그, 그자가 이곳으로 온다는 말인가?"

종명기의 눈이 휘둥그레졌다.

등천화가 한 말은 이곳에서 일어날 수 있는 상황 중 최악이었기 때문이다.

"엄… 꼭 그렇다는 건 아니지만 그럴 수도 있죠."

등천화의 시선이 살짝 옆쪽으로 이동했다.

종명기는 그 시선을 놓치지 않고 따라갔다.

“헉!”

백안마군을 만났던 방향인 호평산 정상 쪽에서 정말로 그가 내려오고 있었다.

“꿀꺽─”

마른침이 절로 삼켜졌다.

이러지도 저러지도 못하게 하는 상황이었다.

해법은 등천화가 마련했다.

“종 일건님은 여기 계세요. 제가 모시고 올게요. 조심할게요.”

“정말… 괜찮겠나?”

“그럼요.”

씨익.

안심이 되는 특유의 웃음이 등천화의 입가에 걸렸다.

순진한 웃음. 하지만 그 웃음은 한 번도 실망시키지 않았다.

등천화는 말을 마치고는 곧장 나무에서 뛰어내렸다. 아니, 뛰어내린다는 표현보다는 나무가 확 던져 버렸다는 표현이 옳았다.

핑─

화살이 활시위를 떠난 것처럼 빠르게 화살처럼 허공을 가로지르던 등천화의 발이 처음 닿은 곳은 청양 지부의 담장 바로 아래였다.

이어서 재차 도약이라고 하기에는 뭣한 동작으로 움직인

등천화. 청양 지부에서 유일하게 무너지지 않은 전각 위에 내려섰다.

"허!"

등천화의 모습을 지켜보던 종명기는 혀를 내둘렀다.

과연 자신이 전력을 다해 펼친 신법을 추월할 만하다는 생각을 한 것이다. 불과 눈 몇 번 깜빡였다가 뜨는 동안 저곳까지 가다니.

그러나 더욱 놀라운 광경이 종명기의 눈을 가만 내버려 두지 않았다.

"엇, 조심……!"

갑자기 전각에서 떨어진다 싶었던 등천화가 벽과 수직이 된 채로 내달렸다. 마치 거미라도 된 것처럼 너무나 자연스러운 광경을 연출하고 있었다.

"그곳이 아닐세. 더 앞으로 가야지."

종명기는 마음을 졸이며 보지도 못할 손짓으로 방향을 연신 가리켰다.

등천화는 가교일과 진휘악이 쓰러져 있는 곳을 가만히 바라보다가 이내 뭔가를 결심한 듯한 표정을 지었다.

저렇게 넋을 놓고 있다가는 들키고 만다.

이런 종명기의 마음을 알았던가?

등천화는 다시 자리에서 일어났다.

"그렇지. 좀 더 앞으로 가서… 헛!"

움직일 거라 예상했던 등천화의 생뚱맞게 회전.

한 바퀴, 두 바퀴… 이내 등천화의 신형은 거의 보이지 않을 정도로 빠르게 돌아갔다.

"헙!"

종명기는 기함을 했다.

어이없게도 등천화와 멀찌감치 떨어져 있던 가교일의 신형이 들썩이는 것 같더니 그대로 허공으로 떠오르지 않은가?

멀리서도 그 모습이 확연히 보였다.

종명기는 다시 시선을 등천화에게로 돌렸다.

"멈췄어?"

어느새 회전을 멈춘 등천화는 가교일을 향해 손을 뻗고 있었다, 마치 자신에게로 날아오라고 명령을 내리는 듯이.

"저, 저럴 수가!"

언젠가 마윤이 공손풍의 거처 앞에서 비질을 하던 등천화를 보고 지었던 표정과 지금의 종명기가 짓는 표정이 똑같았다.

가교일을 받아 든 등천화는 또다시 무서운 속도로 청양 지부를 벗어나기 시작했다.

"사, 사형은… 아아……."

마음은 진휘악을 포기하고 싶지 않았으나, 급박한 상황에서 등천화에게 두 사람을 함께 데려오라고 하는 것은 말이 안 되는 욕심이었다.

"정말 대단한 사람, 가 일곤을 데려오는데 눈치를 챈 사람이 아무도 없네. 허……."

등천화는 청양 지부를 벗어난 뒤 순식간에 가교일을 안고서 나무 위로 올라왔다.

"가 일곤님을 데리고 왔어요."

"봤네……."

"왜 그러세요?"

"아닐세."

"그분은 돌아가셨어요."

"뭐?"

"가 일곤님만 숨을 쉬고 계셨어요."

"아아……."

그제야 등천화가 안으로 들어가서 잠시 멈춘 이유를 알 것 같았다. 지금 실망한 표정을 지으면 등천화는 다시 안으로 들어갈 것이다.

"지, 잘했네… 아! 이러고 있을 때가 아닐세 어서 돌아가세나."

종명기는 서두르면서도 진휘악이 있는 곳을 돌아보는 것을 잊지 않았다.

'사형, 미안해요. 제 능력이 이 정도밖에는 안 되는 걸 어떡하겠습니까. 우진이에게는 제가 잘 말해놓겠습니다.'

등천화는 종명기를 보면서 코를 몇 번 문질렀다.

그 모습은 떠날 생각이 없는 사람 같았다.

“뭐 하나?”

“어쩌죠, 종 일건님?”

“왜?”

“다시 들어가 봐야 할 것 같아요.”

‘호, 혹시?

진휘악을 구하러 간다는 뜻이 아닐까?

그러나 그것은 아니었다.

“저 안에서 아는 소저를 만났어요. 도와줘야 해요.”

‘소저?

등천화는 그 말을 끝으로 시선을 청양 지부 안으로 돌렸다. 종명기는 더 물어보고 싶었으나, 등천화의 표정을 보니 묻는다고 알려줄 것 같지 않았다. 하지만 혼자서 간다는 것은 영 내키지 않았다.

“한 번만 더 물음세. 꼭 가봐야겠나?”

씨익.

등천화는 역시 종명기라 생각했다.

“곧바로 뒤따를게요.”

“휴, 알았네. 나는 우리가 왔던 길을 따라서 가겠네. 그 길, 기억하고 있지?”

“예.”

종명기는 발이 떨어지지 않았으나, 등천화의 보법을 이미 본 뒤라 여러 말 하지 않고 가교일을 한쪽 어깨에 들쳐 멨다.

이내 종명기는 나무에서 내려오자마자 곧장 왔던 길을 따라 빠르게 신법을 펼쳤다.

"……."

등천화는 종명기가 산 위쪽으로 사라지는 모습을 확인한 후에야 시선을 엉뚱한 곳으로 돌렸다. 청양 지부는 오른쪽에 있건만 왼쪽을 쳐다본 것이다.

그곳에 구부정한 등과 백태 낀 눈을 하고 있는 백안마군이 서 있었다.

"역시 가지 않으셨네? 어쩐다. 저 안에 있는 창 소저도 도와줘야 하는데… 일단 저 노인부터… 아! 그럴 게 아니라 같이 만나면 되겠구나."

등천화는 자신이 생각한 것이 마음에 드는지 코를 슥 문지르고는 백안마군을 향해 손을 흔들었다.

백안마군은 등천화가 청양 지부의 담을 넘을 때부터 지켜보고 있었다. 그 빠름을 두 번이나 봤으면서도 놀라움은 줄어들지 않았다.

보법이 분명한데 표홀한 움직임은 도저히 보법으로 보이지 않았고, 상체를 허공에 매단 것처럼 담에서 나무까지 올라가는 동안 흔들리지 않는 모습에 한마디를 잊지 않았다.

"빠르고 정확해. 마치 눈감고 제 집 안방을 드나드는 것 같잖은가?"

같이 있던 종명기가 부상자를 업고서 산 정상으로 올라가는 것을 보면서도 이유가 전혀 궁금하지 않았다. 오로지 등천화가 이곳을 떠나지 않게만 하고 싶은 생각뿐이었다.

청양 지부 안쪽에서 계속 터져 나오는 폭음은 이미 관심 밖의 일이었다.

무인한테 흥미로운 무공은 맛있는 음식을 봤을 때처럼 흥분하게 만든다. 거기까지는 좋았다, 적어도 황당하게 그를 보고 손을 흔들기 전까지는.

"허!"

보자 보자 하니까 눈에 보이는 것이 없는 모양이다.

백안마군은 잔인한 미소를 지으며 태양백안마공을 운기하여 동공을 투명하게 만들었다.

어디 한 번 자신있으면 와보라는 듯 몸까지 등천화가 있는 방향으로 돌려 세웠다. 하지만 등천화는 전혀 그럴 생각이 없는 것 같았다.

나무 위에서 떨어진다 싶은 순간, 곧장 청양 지부 안으로 들어가 버렸기 때문이다.

"놈!"

백안마군은 곧장 뒤따랐다.

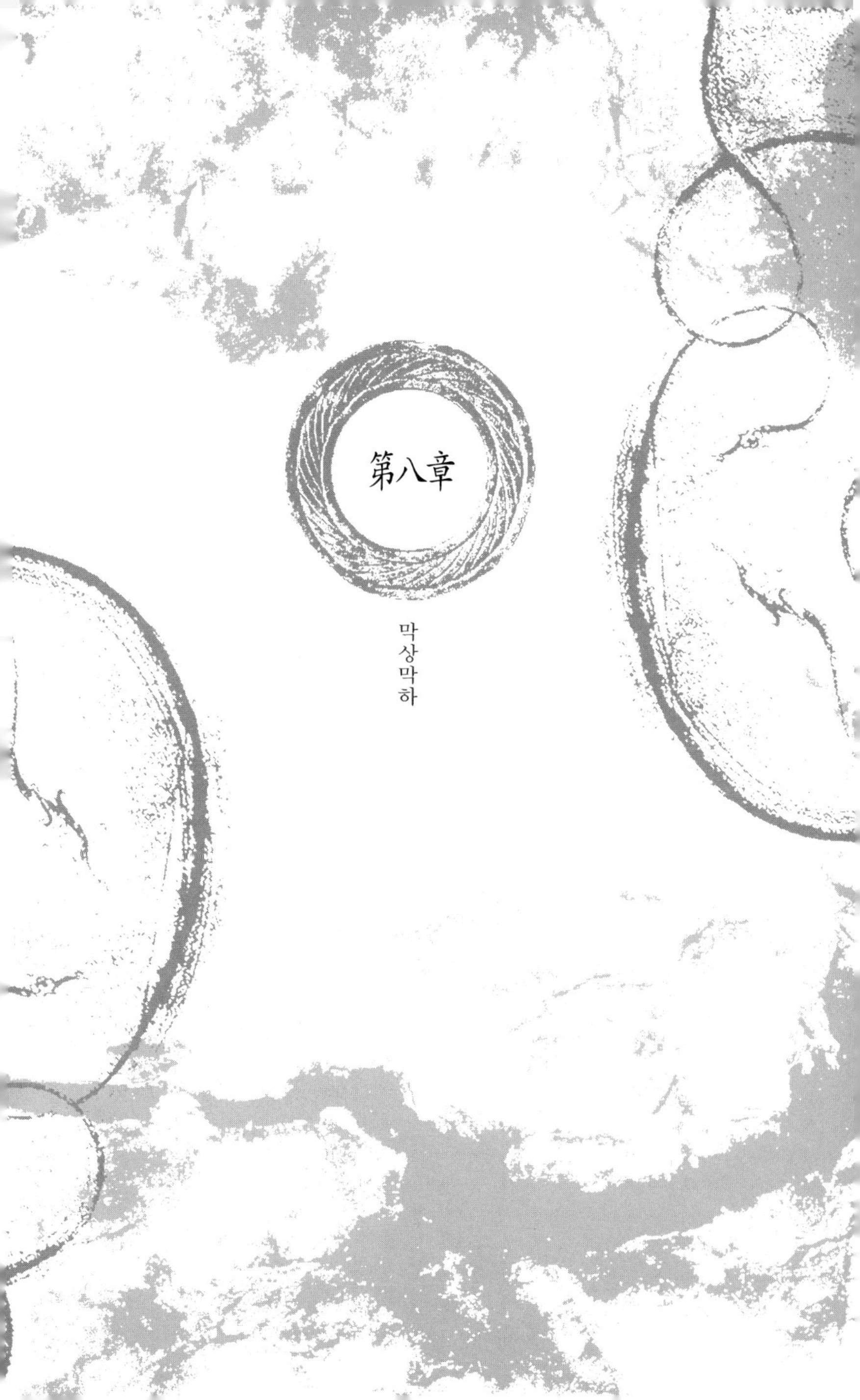

第八章
막상막하

步法無敵

좌좌좌악―

검은 구름이 붉은 바다를 가린다고 해도 바다만큼 커다란 구름이 아니라면 애당초 가린다는 것이 불가능했다.

염왕대원들이 혈포사신들을 공격하는 모습이 그랬다.

처음에는 혈포사신들의 모습이 보이지 않다가 이내 붉은 피와 함께 그들이 하나둘씩 허공으로 솟구치며 모습을 드러냈다.

염왕대원들은 비명을 지르다가 그대로 바닥에 나뒹굴었고, 그나마 서열이 높은 자는 혈포사신들의 공격을 피하기에 급급했다.

쿠엥!

"어딜!"

적리관의 염왕천절검에서 나온 기가 연속으로 뫼 산(山) 자를 만들며 혈포사신 셋의 무기를 잘라 버리고 그들 중 한 명의 몸을 갈랐다.

적리관은 음지명이 쉴 새 없이 혈포사신을 튕겨내는 바람에 막는 데 손을 더 써야 했다.

치아악—!

음지명의 손에 닿은 혈포사신의 옷자락이 타 들어갔다. 저 불덩이에 닿으면 사람이든 물건이든 모두 녹아내릴 것만 같았다.

음지명은 타격에도 소홀히 하지 않았다.

팍팍 나가떨어지는 혈포사신들의 모습에 적리관은 혀를 내두르며 감탄했다.

"예전보다 배는 강해지신 것 같습니다, 부단주님?"

"후우! 자네의 생각을 저 빨간 놈들도 알았으면 좋겠군. 생각이 없는 놈들처럼 저렇게 무작정 달려들지 않게 말이야."

음지명의 대답에 적리관은 피식 웃었다.

그 모습에 음지명은 꾸짖듯이 한마디 더했다.

"웃을 여유가 있으면 한 명이라도 더 죽이게."

말을 마친 음지명은 갑자기 양쪽 주먹을 뻗었다.

퍼벅!

적리관을 뒤에서 덮치던 혈포사신 두 명이 뒤쪽으로 날아
갔다.

"……."

"적과의 대치 상황에서 한눈을 파는 것이 얼마나 어리석은
지 수하들에게만 가르치나?"

"그럴 리가 있겠습니까."

쉬악― 쩌적―!

적리관은 음지명의 뜨거운 기운에 노출되어 있다가 갑자
기 시원해지는 느낌에 옆을 돌아봤다.

"저 두 여자의 정체가 뭡니까, 부단주님?"

"검각과 빙궁의 고수들일세."

"저 반라의… 한기가 여기까지 느껴지는 걸 보면 무공이
예사롭지 않군요."

"큭. 그런 건 저 두 여인에겐 어울리지 않는 말이지. 내가
민난 여인들 중에 최고수들이니까."

"……!"

적리관은 믿기지 않는 눈으로 하영영과 창희령을 돌아봤
다.

둘은 신이 나서 손과 검을 휘두르고 있었다. 힘겹게 상대하
는 자신과 달리 두 여인은 장난처럼 혈포사신들을 데리고 놀
고 있었다.

그러나 저 모습도 두 여인의 진정한 모습이 아니란 말이 아

닌가?

괜히 기분이 나빠졌다.

“꺼져!”

달려드는 혈포사신을 염왕천절검으로 내치고는 다시 싸움에 빠져들었다.

차차창!

“끄아악!”

장내는 병장기 부딪치는 소리와 비명 소리로 점점 가득 찼다. 대부분은 염왕대원들이 죽으면서 내는 소리였다.

이렇게 복잡한 상황이기에 어느 누구도 담을 넘어온 한 사람의 등장을 알아차리지 못했다.

그가 청양 지부 담장을 넘으며 제일 먼저 한 행동은 흔들거리는 걸음으로 혈포사신의 눈앞에 나타난 것이었다.

“……!”

혈포사신은 갑작스레 나타난 그를 보고 놀랐으나, 귀신같은 행동과 달리 그는 어떠한 공격도 하지 않았다.

그것이 시작이었다.

그의 움직임에 거친 동작은 하나도 없었다.

한 사람을 지나친다 싶으면 이내 다른 사람 앞에 모습을 드러내며 상대를 깜짝 놀라게 했고, 또 다른 곳에 모습을 드러냈다.

서로를 죽일 듯이 공격하던 혈포사신과 염왕대원들은 자

연히 신출귀몰한 그에게 시선을 뺏겼고, 싸움은 중단되고 말았다.

그가 지나간 자리는 정적이 흐르고 있었다.

“…….”

“…….”

유난히 붉은 눈을 한 혈포사신 중 한 명이 먹잇감인 염왕대원의 멍한 표정을 보고 살기를 드러냈다. 손만 뻗으면 죽일 수 있는 상황을 놓칠 리 없었다.

“흐흐흐, 죽어…….”

다른 한쪽에서는 충성심이 지나친 염왕대원 역시 멈춰 있는 혈포사신을 공격했다.

그러나 순진하기 이를 데 없는 등천화의 얼굴이 어김없이 그들의 앞에 모습을 드러냈다.

“윽!”

“헉!”

혈포사신과 염왕대원은 기겁을 하며 손을 멈추었다.

시간이 지날수록 손을 멈춘 인원은 늘어났고, 급기야는 청양 지부 전체를 정적이 흐르는 공간으로 만들고 말았다.

그가 산을 내려와 처음 시도했던 싸움터 지나가기가 몇 달 만에 다시 모습을 드러낸 것이다.

똑바로 걷는 정도에 그치는 것이 아니라, 원하는 길을 이 복잡한 상황에서 만들어내면서 말이다.

'뭐지? 뭔가 이상하다.'

음지명은 덤벼드는 혈포사신들의 숫자가 줄어들면서 손이 헐겁다는 느낌에 손을 멈추고 호흡을 가다듬었다.

이런 기분을 느낀 것은 음지명만이 아니었다.

염왕대의 움직임이 급격히 둔화된 것을 느끼고 적리관은 주위를 돌아보다 한 사람의 신기막측한 몸놀림을 보고 말았다.

"저, 저… 저런 자가……."

할 말을 잃고 등천화를 지켜보는 그의 귀로 두 여인의 흥미로움 가득한 음성이 들려왔다.

"예쁘다."

"저게 뭐가 예뻐, 언니?"

하영영의 엉뚱한 말에 창희령이 나무랐다.

"잘 걷잖아. 예쁘게 잘 걷는다."

하영영은 몽롱한 눈으로 등천화를 보고 있었다.

그녀의 눈에는 등천화가 상체를 허공에 매단 채 이리저리 움직이는 인형처럼 보이는 것이다.

'보법도 저 정도면 가히 경지에 이르렀다 할 수 있겠네.'

창희령도 인정할 수밖에 없었다.

한 방위 안에서 자유롭게 움직이며 적을 적절하게 공격할 수 있게도, 적의 공격을 방어할 수 있게도 해주는 것이 보법이다.

그러나 등천화의 보법은 그런 상식적인 수준을 훌쩍 뛰어넘는 모습을 보여주고 있었다. 잘 움직이는 정도가 아니라, 마치 이곳이 그를 위한 길처럼 만들어져 있다고나 할까?

그냥 그런 생각이 들었다.

왜 이런 생각이 들었는지는 그녀 스스로도 이해할 수 없는 부분이었다.

그녀의 쌍둥이 언니인 창희소가 등천화를 보면서 가졌던 생각이란 것을 알 리 없는 그녀였다.

그렇게 네 사람은 정신없이 등천화를 눈으로 쫓느라 진정 지켜봐야 할 무서운 자가 담장 위에 나타난 것을 알지 못했다.

등천화를 지켜보는 또 다른 시선.

백안마군의 투명해진 눈동자가 등천화를 뚫어져라 노려보고 있었다,

'보고를 받은 적이 있다, 갑자기 싸움터에 나타나 싸울 의지를 사라져 버리게 만드는 녀석이 있다는 것을. 겨우 지부 중 한곳의 일이라 무시했건만 저 녀석과 관련된 일일지도. 하긴, 저런 정도의 보법을 펼치기 위해서는 적어도 다른 무공 모두 일정 이상의 경지에 도달해야 하지. 어디, 네놈의 진짜 실력이 어느 정도인지 보기로 할까? 묘하게 자극하는 녀석이야. 크크큭.'

정말로 자극이 되고 있었다.

태양백안마공을 발휘하여 움직임을 보고 있는데도 잠깐씩 흐릿하게 보일 때가 있었다. 믿기 힘든 광경이 아닐 수 없었다.

마교 장용 지부가 사라진 일에 대한 보복으로 세외삼천을 끌어들여 천추성의 지부를 박살 내자는 의견에 동조하기를 잘했다는 생각이 들었다.

더구나 창희령 등이 먼저 마교에 들어오길 희망한다고 했다. 망설일 필요가 없었다.

그런 자들이 갑자기 변심을 해서 안휘성까지 치고 올라올 줄은 전혀 예상치 못했으나, 그런 것 정도는 뒤통수를 맞았다고도 볼 수 없었다. 어차피 희생양으로 삼은 녀석들이니까.

"저 녀석이 유령신보였어. 크크큭."

백안마군은 등천화의 움직임을 머릿속에 입력하고 있었다. 아무리 대단한 무공이라도 그의 눈에 걸리면 일정한 흐름이 보이기 마련이다. 응당 보이는 것을 못 피할 리 없었다.

"저 정도까지 움직일 수 있는 건 칭찬받아 마땅하지만 혈마갑을 사용하는 혈포사신들을 상대로도 가능할까? 거추장스러운 것들은 치우고 제대로 한번 네 능력을 보여주려무나. 크크큭."

혈마갑은 혈포사신을 완전히 다른 사람으로 탈바꿈시키는 무공이었다. 내공을 일종의 호신갑처럼 사용하는 무공으로,

도검이 불침하며 웬만한 충격에는 모기에게 물린 것보다도
가려워하질 않게 되어 있었다.

"잘 지내셨어요, 창 소저?"

"……?"

등천화가 다가오는 모습을 보면서 창희령은 은근히 공격
할 준비를 하고 있었다. 음지명과 하영영 역시 기를 끌어 모
았다.

그러나 공격은커녕 등천화가 갑작스럽게 인사를 건네오자
세 사람은 당황하고 말았다.

등천화가 지나간 자리에 남겨진 혈포사신들과 염왕대는
서로 시선만으로 대치하고 있을 뿐, 이전처럼 격한 싸움을 하
지는 않았다.

문제는 창희령이었다.

등천화가 어떻게 자신을 알고 있단 말인가?

멍청해진 눈은 등천화의 전신을 이리저리 살피기에 급급
했다.

"나를… 알아?"

등천화는 그녀의 말에 고개를 갸웃거렸다.

"기억하지 못하세요? 엄… 옷이 바뀌어서 그런가?"

"옷?"

창희령은 더욱 곤란한 얼굴로 음지명을 돌아봤다.

음지명이라고 해서 등천화의 말을 알아들었을 리가 없었다.

'나를 안다. 어떻게? 내가 세상에 나온 것…….'

여기까지 생각하던 그녀는 불현듯 실현 불가능한 생각을 떠올렸다.

'혹시… 언니를?'

창희령은 한상옥령검법의 반쪽뿐인 검법이 싫었다.

쌍둥이임에도 언니의 꾸준한 성격과는 달리 즉흥적이며 성격이 급했다.

한상옥령검법 후반부를 들고 검각을 뛰쳐나오게 된 원인이었다.

지금에 와서 후회한다고 달라지는 것은 없었다.

잃은 것보다 얻은 것이 더 많기 때문이다.

덕분에 한상옥령검법도 연속해서 펼칠 수 있게 됐다.

'언니…….'

창희령이 자신과 똑같은 얼굴을 하고 있지만 전혀 다른 사람인 언니를 떠올릴 때, 등천화의 등장으로 손을 멈췄던 혈포사신 중 한 명이 큰 소리로 외쳤다.

"유령신보!"

"어?"

등천화는 다소 의외라는 눈으로 소리친 혈포사신을 돌아봤다. 부정하지 않는 등천화를 보면서 이번에는 더욱 큰 목소리로 주위를 향해 외쳤다.

"장용 지부를 건드린 것으로는 만족하지 못했던 모양이지?"

혈포사신은 대단한 사실을 알아낸 자신이 대견하다는 듯이 소리쳤으나, 나머지 혈포사신들의 반응은 영 썰렁했다.

검은색과 붉은색이 뒤섞여 있는 청양 지부의 정적 속에서 너무 튀는 목소리였던 모양이다.

오직 한 사람.

숨겨도 시원찮을 자신의 정체를 순순히 밝히는 등천화를 제외하고는 말이다.

"엄… 알아보는 분이 계셨네."

등천화는 씨익 멋쩍은 웃음을 지었다.

격렬한 적의를 내뿜고 있던 혈포사신은 아무도 호응하지 않던 자신의 판단에 당사자가 긍정을 표하자, 한껏 가슴을 펴며 한마디를 잊지 않았다.

"적이지만 훌륭한 자세다."

꼭 이런 사람이 있다, 자신의 역할을 까먹고 주위 사람들을 곤란하게 만드는.

'저런 멍청한 놈.'

'저런 걸 왜 혈포사신으로 뽑았는지…….'

다른 혈포사신들은 동료를 외면하며 고개를 저었다.

"유령신보, 들어본 적이 없는 자로구나."

혈포사신들의 수장 격으로 보이는 자가 웃었다.

그러자 혈포사신들의 몸이 급격히 불어나며 전신 근육이 불거지기 시작했다.

찌지직―!

이곳저곳에서 일시에 옷 찢어지는 소리가 들렸다.

하영영은 혈포사신들을 보고 있다가 몽롱한 표정으로 중얼거렸다.

"변해. 좀 전보다 못생겨졌다."

"언니도 참. 그래봐야 별거 아니야."

창희령은 등천화의 시선을 무시하고 앞으로 흘러내린 머리카락을 정리했다.

"거추장스러운 것들. 아주 딱 질색이야!"

그녀의 말속에는 자신의 쌍둥이 언니도 포함되어 있었다. 쌍둥이면서도 완전히 다른 언니. 삭막한 검각에서 정 붙일 사람이라곤 언니 외에는 없었다.

'그게 뭐 어쨌다고!'

약해지려는 마음을 추스르기 위해 속으로 외쳤다.

츄르릇―

그녀의 손에 들린 한상검이 한기를 발했다.

음지명 역시 자신을 기만한 무리들을 용서할 생각이 털끝만큼도 없었다.

"우리를 계속 지켜보고 있었군. 나도 이용하려고 했지만 마교 역시 나를 이용한 셈인가? 이러면 비긴 건가? 후후후.”

음지명의 말이 끝나길 기다렸다는 듯이 적리관이 크게 소리쳤다.

“염왕대는 저것들이 변하기 전에 모두 죽여라!”

적리관은 명령을 내린 후, 자신이 먼저 염왕천절검을 들어올려 가장 가까이에 있는 혈포사신 중 한 명을 베어버렸다.

캥!

“……!”

혈포사신의 살을 베었건만 병장기 부딪치는 소리라니? 적리관은 자신의 염왕천절검을 쳐다봤다.

‘살갗을 뚫지 못했다, 내 검이!’

염왕천절검은 붉은 눈으로 변한 혈포사신의 몸을 가르지 못하고 오히려 튕겨 나왔다.

어이없는 눈으로 혈포사신의 눈을 바라보고 있을 때,

콰콰쾅!

연속해서 음지명의 축융태양진력이 실린 주먹은 혈포사신들을 날려 버렸다. 하나 날아간 자들 역시 십여 장 뒤로 밀려났을 뿐 일어서는 데에는 전혀 문제가 없어 보였다.

거리만 이동시킨 꼴이었다. 아니, 오히려 몸을 일으키는 그들의 모습은 이전보다 더 강해진 듯했다.

“쿠쿠쿠! 혈마갑은 그 정도의 공격으로는 뚫리지 않아. 좀 더 힘을 내라구.”

혀를 날름거리는 혈포사신의 몸은 한 뼘은 더 커져 있었다. 그 모습은 마치 백안마군이 변신하는 모습을 복사해 놓은 듯이 보였다.

"저럴 수가……!"

음지명은 자신의 양손을 내려다보며 이상이 있는지 살폈으나 평소와 다른 점을 발견하지 못했다.

"칫! 무슨 몸이 이따위로 단단하게 변했어!"

"얼지 않아. 안이 뜨거워서 얼지 않아."

창희령의 오기에 찬 외침과 하영영의 신기하다는 듯한 어린애 말투가 음지명의 귀에 들렸다.

'나만 이상한 게 아니다.'

분명히 그랬다. 세외삼천의 무공을 익힌 세 사람 모두 당황하고 있었다.

"모두 물러서!"

적리관의 외침이 터졌다.

혈포사신 몇 명이 염왕대를 향해 움직일 때만 해도 긴장하지 않았다. 이전에도 잘 버텼기 때문이다. 하지만 그 몇 명에 의해 족히 삼사십 명은 죽은 것 같았다.

살아남은 염왕대는 고작 삼십여 명.

그들은 공포에 질려 반항하지 못하고 있었다.

"으아아아!"

"진정해, 적리관!"

"다 죽여 버리겠다!"

적리관은 음지명의 말을 무시하고 무작정 염왕천절검을 쥐고서 혈포사신들을 향해 내달렸다.

섬전과 같은 광채가 그의 뒤를 따라서 번쩍이며 혈포사신들에게 작렬했다. 하나 혈포사신들은 그런 적리관을 비웃기라도 하듯이 가슴을 내밀어 공격을 받아주었다.

카캉!

"으윽!"

"적리관, 저들은 이미 조금 전과 달라졌다. 그 이상한 녀석이… 응? 그 녀석이 어디로 갔지?"

음지명은 적리관을 부축해서 일으키면서 등천화를 찾았으나 주위 어디에서도 그의 모습을 찾을 수가 없었다.

등천화를 찾는 모습에 창희령은 무심코 가교일을 내버려두었던 뒤쪽을 돌아봤다.

"엇! 천추성의 인질도 사라졌다!"

이 많은 사람들 중에 등천화와 가교일만이 사라진 것이다.

언제?

그제야 네 사람은 등천화가 보통이 아님을 깨달았다.

다들 놀라고 있을 때, 음산한 목소리가 들려왔다.

"크크큭, 어리석은 놈들, 명령만 잘 들었어도 죽지는 않았을 것 아니냐?"

백안마군의 소름 돋는 음성이 네 사람의 귀를 파고들었다.

“커헉!”

가장 공력이 약한 적리관은 하마터면 염왕천절검을 놓칠 뻔했다. 음지명은 재빨리 적리관의 등에 대고 진기를 주입해 주며 소리쳤다.

“누구냐!”

“크크큭, 일을 이따위로 하면 당연히 노부가 나설 줄 몰랐더냐?”

‘이번 일의 책임… 헉, 백안마군! 저자가 직접 나섰다는 건가?’

음지명은 가슴이 철렁 내려앉았다.

그의 눈에서 긴장이 묻어 나왔다.

“저 노인이 누구죠, 음 대협?”

“강한 자요. 마교 서열 백위에 올라 있는 자니까.”

“백마!”

창희령은 고개를 끄덕였으나 음지명이 느끼는 것과는 다른 의미의 긍정이었다. 말로만 듣던 백마를 직접 보게 되자 음지명이 왜 긴장하는지 알 것 같았다.

하영영은 백안마군이 등장했을 때부터 몸을 오들오들 떨고 있었다.

“저 사람… 무서운 사람이야.”

음지명은 떨고 있는 하영영의 곁으로 다가가 능라의 위를 쓰다듬었다.

“걱정하지 마시오, 하 소저. 우리 셋이라면 아무리 저자라고 해도…….”

음지명의 목소리는 비장의 한 수를 숨겨둔 사람처럼 진지했다.

창희령이 두 사람을 젖히고 앞으로 나섰다.

“내가 먼저 시험해 보죠. 마교의 백마가 얼마나 대단한지 한번 확인해 보고 싶었거든요.”

“쿠쿠쿠.”

창희령의 당당함에 가소로운 웃음을 날리며 혈포사신 한 명이 앞으로 나섰다.

“네년 따위가 뭘 어떻게 한다고?”

“개들은 꺼져!”

“크… 그 개한테 몸뚱이를 수십 조각으로 잘리고 싶은 모양이지? 그딴 소리는 다른 곳에 가서 해.”

화이앗!

혈포사신 네 명이 동시에 그녀를 공격해 들어갔다.

음지명과 하영영은 도와주려 했으나 두 사람 역시 다른 혈포사신들의 공격을 막아야 했기에 어쩔 수 없이 창희령에게서 시선을 돌려야 했다.

쿠콰!

옆쪽에서 폭음이 터졌다.

혈포사신들은 공격해 갔던 것보다 빠르게 팅겨져 나왔다.

그 모습에 처음으로 백안마군의 시선이 창희령을 향했다.

"호! 살결처럼 머릿속도 흴 줄 알았는데 그건 또 아닌가 보군. 크크큭."

그는 재미있다는 표정으로 창희령의 위아래를 훑어보았다. 그러더니 막 생각이 났다는 듯이 검지를 들어 시선을 집중시켰다.

"아! 좀 전에 들으니 유령신보를 너무 우습게 여기는 것 같아서 한마디 해주마. 네가 찾던 인질을 그가 언제 구해갔을 것 같으냐?"

"그 말, 무슨 뜻이지?"

"무슨 뜻이라… 너희들끼리 노닥거릴 때 유령신보가 구해갔다는 말이다. 크크큭, 언제 구해갔는지도 모르고… 쯧. 역시 유령신보는 우습게볼 녀석이 아니야. 그렇지?"

"말도 안 돼! 우리가 분명히……."

창희령은 백안마군의 말을 부정하고 싶었다.

음지명, 하영영이 함께 있는 공간을 유유히 움직여 구해갔다? 그런 놈이 왜 같은 장소에 나타나겠는가, 더구나 싸움까지 멈추게 하면서?

"흥! 그놈도 마교의 개였군. 지금 어디 있지?"

"지금 노부한테 질문했느냐?"

"……!"

눈동자만 돌아갔을 뿐인데 창희령은 자신도 모르게 움찔

했다.

“다, 당신이 한 말을 믿을 수 없다, 그자의 입으로 듣기 전에는.”

농염함이 터질 듯이 드러나는 하영영보다 한 번도 허락하지 않았을 것 같은 신선한 창희령의 몸에 은근히 백안마군의 시선이 닿았다.

“크카카! 고 계집, 보면 볼수록 당기게 하는구나. 좋다, 특별히 알려주지. 그래봐야 그 녀석을 보지는 못하겠지만 말이야.”

“그건 또 무슨 말이지?”

“낭왕이 데려갔으니 살아 돌아올 가능성은 없다.”

“낭왕?”

창희령은 들어본 적 없는 이름이기에 고개를 갸웃거렸다. 그러자 백안마군의 입가에 웃음이 짙어졌다.

“세외삼천은 그동안 뭘 한 거냐?”

“그가 누군지 모르지만 하나는 확실해.”

부우욱— 콰욱!

음지명과 하영영이 싸우는 곳에선 병장기 부딪치는 소리도 아니고 살이 짓이겨지는 소리도 아닌, 희한한 소리가 거북하게 계속 들려왔다.

“당신이든 낭왕이든 나완 상관없다는 거. 다 죽여 버리면 그만이라는 거.”

"가관이구나."

*　　　*　　　*

마교에서 사람을 초청하는 경우는 극히 드물다.

대부분의 고수가 천추성과 마교에 집중되어 있기는 하지만 그들이 아니더라도 강호에는 수많은 기인들이 무수히 많았다. 그중 한 사람이 바로 낭인들의 제왕이라 불리는 낭왕 갈피독이었다.

그는 별호에서 말해주듯이 낭인이었다.

낭인들에겐 천추성이든 마교든 중요하지 않았다.

그들만의 세계가 있기 때문이다. 그런 그들에게 갈피독의 한마디는 법이었다. 자신들이 낭왕이라 인정한 사람에 대한 예의였다.

언제나 혼자였던 그가 사랑에 빠진 것이다.

나이 오십이 넘어서 거짓말처럼.

상대는 그만큼이나 냉혹한 여인으로 불리는 혈미인 사옥랑이었다.

"낭야란 분이 계셨다. 아, 오래전의 일이지. 그분께서는 지옥을 경험하며 지옥팔보를 남겼다. 사막의 바람처럼 건조하며 지옥의 염화처럼 뜨거운 보법이지. 너는 왜 상관도 없는 싸움에 끼어든 것이냐?"

갈피독이 등천화를 유인한 방법은 아주 간단했다.

등천화와 눈을 마주치고 아무도 알아차리지 못하게 일흔 두 번이나 위치를 바꾸고 사라졌다.

그 모습을 본 등천화가 가만있을 리 없었다.

호기심을 자극하며 유인하는 그를 따라서 이곳까지 온 것이다.

등천화는 기다렸다는 듯이 돌아서며 앞뒤 다 자르고 알맹이만 덩그러니 꺼내놓는 그의 말에 대답을 못하고 가만히 쳐다보기만 했다.

그러자 갈피독은 그만의 독특한 웃음을 지으며 다시 말을 이었다. 어떤 것이든 자신이 하는 것이 멋있을 거란 확신이 들면 다른 사람의 말은 들리지 않는다. 게다가 그 말을 사랑하는 사람이 들려줬다면 더욱.

"후후후, 지옥팔보는 지옥명강을 기본으로 움직인다. 대성하면 움직이는 것만으로도 몸을 시퍼런 뇌전이 감싸게 되지. 부딪치는 모든 것이 재로 변하는 거야 당연하겠지? 자, 겁나지 않느냐? 모르겠다는 표정이군. 하긴, 지옥팔보를 경험하기 전에는 다들 그런 표정들이었지. 하지만, 하지만 말이다. 낭왕이라 불리는 내가 지옥파라수까지 펼친 적은 거의 없다. 대부분 지옥명강에 죽기 바빴으니까. 그나마 마지막 지옥팔보까지 펼치게 한 사람은… 둘은 되는군. 일단 지옥팔보에 대한 설명부터 마저 하마. 내가 움직이는 곳 자체가 지옥이란 뜻이다.”

갈피독은 백안마군이 있는 곳에서 싸우지 말라는 사옥랑의 충고를 새겨들었다. 마교에 입교하기로 마음먹은 이상 그것이 무슨 상관이겠냐고 했지만, 사옥랑은 막무가내로 말렸다.

백안마군은 한번 본 무공을 잊지 않는다고, 굳이 그의 무공을 보여줄 필요가 없다고.

갈피독은 어울리지 않게 해줄 말을 다 했다는 듯이 머리를 동여맨 끈 옆으로 흘러내린 머리를 정리했다.

듣고 있던 등천화는 그 모습이 무척 어울린다는 생각이 들었다. 하지만 할 말은 해야 했다.

“그러니까… 보법을 익혔다는 말씀이죠?”

“보법! 그렇지. 나는 보법을 익혔다.”

“들어보니 그러네요.”

“……”

갈피독은 뭔가 손해 본 듯한 기분이 들었다.

그러나 자신이 보법을 익힌 것은 맞았다.

“놈! 보법을 익혔다는 놈이 지옥팔보란 이름을 듣고도 그게 무슨 태도냐?”

“예?”

등천화는 갑작스런 갈피독의 분노에 어리둥절한 표정을 지었으나, 그 이유를 나름대로 빠르게 분석했다.

“아! 죄송해요. 저는 제가 익힌 보법만 알지 다른 보법에 대해서는 전혀 모르거든요. 하지만 보법이 익히기 어렵다는 것은 잘 알고 있습니다. 힘드셨죠? 저도 보법을 십 년이나 익혔지만 아직 갈 길이 멀다고 생각해요.”

“……”

잠시 갈피독은 자신이 화를 낸 이유를 까먹고 등천화의 말에 공감하고 말았다. 당연히 등천화의 대답에 당장 화를 내야 정상이지만, 갈피독은 갑자기 눈시울이 붉어지며 애잔한 음성이 됐다.

“그래… 보법은 어렵지. 어려운 길에 들어섰구나. 너 같이 젊은 녀석들은 대부분 화려한 무공을 익히고 싶어 안달들을 하지.”

갈피독은 언제 화를 냈냐는 듯이 자신의 과거를 떠올리며 감정에 젖어들었다.

그러나 감정이입에 성공한 사람은 갈피독뿐만이 아니었다. 등천화 역시 갈피독의 반응에 진한 감동을 맛보았기 때문이다.

갈피독의 말은 보법을 익히는 것이 얼마나 어려운 일인 줄 모르면 결코 건넬 수 있는 말이 아니었기 때문이다.

“이야! 처음이에요!”

“뭐가 말이냐?”

“보법을 어려운 길이라고 말한 사람은 처음이라고요. 맞아요. 보법은 정말 어려워요. 십 년이 지났는 데도 여전히 중심을 잘 잡지 못하곤 하거든요. 하하하!"

'이렇듯 순진한 녀석을 죽여야 하다니.'

순진한 눈으로 웃는 등천화의 모습을 보고 있노라니 갈피독은 마음이 안 좋았다. 자신의 말에 반박을 하거나 보법을 함부로 여기는 말만 했어도 이렇게 고민되지는 않을 것이다.

더구나 사랑을 얻기 위해 순진한 젊은 녀석을 죽여야 한다는 것은 낭왕으로서의 자존심이 허락하질 않았다.

'하아! 그러나 어쩌겠는가, 옥랑이 원하는 것을.'

잡힐 듯 잡혀주지 않는 사옥랑의 마음을 잡기 위해서는 마음을 모질게 먹어야 했다.

"지옥팔보라면 네 목숨 값으로 충분할 것이다."

"제 목숨 값이요?"

"그래, 네 목숨 값. 나는 너를 죽여야 하거든."

"어? 그럼 안 되는데……."

"예외는 없다. 지옥팔보를 본 사람은 모두 죽는다."

갈피독의 말에 등천화는 잠시 생각하는 표정을 지었다가 이내 고개를 절레절레 흔들었다.

"아무리 생각해도 그건 안 되겠어요."

"그러게 왜 마교와 척을 진 게냐. 쯧쯧쯧."

저 젊은 나이에 죽고 싶은 생각은 없을 것이다.

'아직 어려서 자신의 능력을 과신하고 있구나. 고수들을 뚫고 건물 중앙까지 간 것만 봐도 보법이 뛰어나다는 건 알겠으나 그건 움직일 수 있을 때나 할 수 있는 말이지.'

갈피독은 안쓰러운 눈으로 등천화를 쳐다봤다.

"여러 소리 할 것 없이 당장 시작하자. 뒤쪽에 단애가 있으니 도망칠 생각은 하지 않는 것이 좋다. 도망칠 기미만 보여도 모가지를 잡아서 단애 아래로 떨어뜨려 버릴 테니까."

두 사람이 선 곳은 청양 지부에서 멀지 않은 곳에 위치한 단애 위였다. 등천화는 단애 아래를 둘러보다가 고개를 끄덕였다.

"여기, 좋은데요? 앞이 트여서 답답하지도 않고요."

등천화의 웃음이 다시 한 번 얼굴 전체에 퍼졌다.

정말로 좋아하는 표정이었다.

갈피독은 등천화의 담담한 태도가 마음에 들었다.

그 정도의 협박에 겁을 먹으면 조금이나마 생겼던 흥미가 사라질 뻔했기 때문이다.

"그렇지. 사내가 그 정도의 자신감은 갖고 있어야지. 죽더라도 말이야. 흐흐흐."

"에이, 안 죽는다니까요. 그럼 시작할까요? 규칙이나 그런 거 있나요?"

"있다."

"어떤 건데요?"

"간단해. '넌 죽는다'. 이게 규칙이다. 낭인의 세계에서는 오직 그 한 가지거든. 자, 이제부터 나는 너를 죽이려 할 테니까 너는 나를 죽여라. 알겠느냐?”

“엄… 저는 낭인이 아닌데요?”

순진해 보이는 녀석이 왜 저리 따진단 말인가.

“아, 지금부터 낭인 해!”

“낭인이 아닌데 어떻게 낭인을 해요?”

“익! 그게 규칙이라잖아!”

말을 마치자마자 갈피독의 몸에서 곧장 푸른빛이 줄기줄기 쏟아져 나왔다. 그 빛은 이내 허공과 하나가 되듯이 거미줄처럼 사방에 고정됐다.

신기한 것은 갈피독이 움직이는 순간 허공에 고정되어 있던 빛이 함께 움직였다는 것이다.

“어?”

등천화는 그 모습에 놀라기는 했지만, 그 정도에 잡혀줄 생각은 없었다. 가볍게 몸을 틀어 갈피독의 손을 피하고는 단애 끝으로 이동했다.

“그래봐야 소용없다.”

자보로 쭉 물러서는 등천화를 갈피독은 쉽게 쫓아가며 손을 움켜쥐는 시늉을 했다. 하지만 그전에 등천화의 보법이 음보로 바뀌며 희한한 광경이 연출됐다. 단애 끝에 서 있던 등천화가 갑자기 사라진 것이다.

“엥?”

허공을 움켜쥔 갈피독의 안색이 굳어졌다.

자신의 손을 피해낸 등천화의 실력에 감탄했기 때문이다.

"오호! 제법이구나!"

"고맙습니다."

우스꽝스러울 정도로 과장된 그의 행동에 등천화는 순진한 표정으로 활짝 웃었다.

갈피독은 등천화를 다시 봐야 했다.

'흠, 상체를 움직이지 않아서 움직이지 않을 줄 알았다. 하지만 그것이 실수였어.'

"아! 이런 건 어떨까요?"

등천화는 천천히 걸어와 단애 끝에 나란히 섰다.

"……?"

단애 아래는 바닥이 보이지 않을 정도로 깊었다.

쏴아아아—

바람 소리만이 두 사람의 귓가에 들렸다.

"저 아래를 내려갔다가 올라오는 거예요. 그러면 굳이 갈 대협께서 저를 아래로 떨어뜨리지 않아도 되잖아요. 저 역시 오랜만에 기분 좋은 훈련을 할 수 있어 좋고요. 어때요?"

"저 아래를… 뭐 어쩐다고?"

갈피독은 기가 막힌 표정으로 등천화를 쳐다봤다.

'저놈 저거, 혹시 미친놈 아니야? 미치지 않고서야 저런 말을 할 리가 없잖아?

생각지도 못한 변수였다.

지옥팔보는 비록 보법이기는 하지만, 그 자체가 일종의 신법이기도 했다. 전반부 사보는 지옥명강과 함께 상대를 옭아매는 초식으로 연결되고, 지옥파라수 역시 전반부 사보와 관계가 있었다.

그러나 후반부 사보는 신법이었다.

내공 소모가 극심해 다른 신법도 배우고 있기는 하지만, 분명히 신법이었다.

보법만 배웠다는 놈이 무슨 생각으로 저런 소리를 하는 건지 알 수가 없었다. 빨리 죽이고 백안마군과 함께 마교로 돌아가야 사옥랑을 볼 수 있었다.

"좋다."

조금 전에 보여준 동작이 죽이는 시간을 조금 늘여놓았을 뿐이다. 자신의 대답을 듣자마자 훌쩍 몸을 날리는 등천화를 따라 아래로 몸을 날렸다.

파르륵거리며 옷 안으로 마구 파고드는 바람이 시원했다.

"……."

떨어지고 있는 등천화의 자세는 한 치의 흐트러짐도 없었다. 곧고 똑바른 자세를 유지하며 바람의 영향을 전혀 받지 않았다.

바닥 끝이 어딘지도 보이지 않는 어둠 속을 저렇게 자유롭게 내려가다니.

그 모습은 갈피독이 일 장 앞에 지옥명강을 뿜어 바람의 영향을 전혀 받지 않는 것과 확실히 구분되는 모습이었다.

움직이는 것 자체가 지옥을 만드는 보법이라 해서 지옥팔보였다. 하지만 그의 모습을 보면서도 등천화는 전혀 위축되지 않았다.

두 사람은 그 상태로 계속해서 떨어져 내렸다.

갈피독의 눈에는 바닥에서 반사되는 빛이 어렴풋이 보이건만, 등천화는 그걸 전혀 눈치 채지 못하고 있는 모양이다. 속도를 줄이기는커녕 여전히 똑같은 속도로 맹렬히 떨어져 내리는 것이다.

'뭐 하는 거지?

"거의 다 왔네요. 이제 저 위에 먼저 도착하는 사람이 이기는 걸로 해요."

등천화가 갑자기 뒤를 돌아봤다.

"뭐? 그럴 수는 없다. 이런 말을 한다고 서운하게는 생각하지 마라. 나는 너를 반드시 죽여야 한다."

"하하하, 그러지 마세요."

"……?"

갈피독은 순간적으로 자신이 조금 전에 무슨 말을 했는지 헷갈리고 말았다. 그러지 말라는 등천화의 말뜻은 아주 간단했다.

죽이지 말아달라.

“허!”

등천화와 대화를 하는 사람들의 특징이 또다시 나타났다. 누구라도 등천화와 대화를 하다보면 자신이 바보처럼 여겨지는 느낌이 들곤 하는 현상이 갈피독에게도 일어난 것이다.

바닥까지는 이십여 장.

두 사람의 속도는 여전히 엇비슷했다.

먼저 움직인 사람은 갈피독이었다.

몸을 틀어 머리와 발끝의 위치를 바꾸고 재빨리 튀어오를 준비를 하는 것으로 등천화의 제안을 받아들였음을 알 수 있었다.

등천화는 활짝 웃으며 자신을 앞질러 떨어지는 갈피독을 모른 척했다. 따라가지 않아도 충분히 먼저 올라갈 자신이 있었기 때문이다.

쾅!

갈피독이 땅을 박차며 솟아오른 소리였다.

바람을 가르며 그의 얼굴에 웃음이 떠오르며 등천화를 다시 한 번 지나쳤다.

등천화는 이런 상황에 가장 잘 어울리는 보법을 생각해 냈다. 역자보인 차보는 진행 방향의 반대쪽에 힘을 가해 평형을 이뤄주는 데는 탁월한 힘을 지니고 있었다.

툭.

돌멩이 하나 떨어지는 소리였으나, 그것으로 신형을 되돌리기엔 충분했다. 곧장 갈피독을 쫓아 위로 솟구쳤다. 자보를 펼쳐 최대한 보폭을 넓힌 것이다.

그렇게 시합이 시작됐다.

두 사람은 무서운 속도로 절벽을 평지처럼 올라갔다.

내려갈 때는 등천화가 일 장 정도 앞섰으나 지금은 그 반대의 양상이 됐다. 하지만 그것도 잠깐이었다.

갈피독은 기이한 느낌에 뒤를 돌아보자, 어느새 등천화가 빠르게 쫓아오고 있었다. 여전히 상체는 곧게 세우고 하체를 기막히게 움직이며 빠르게 솟구치고 있었다.

그에 반해 갈피독은 발보다는 손을 이용했다. 벽을 차고 손으로 당겨서 위로 올라가는 이중의 수고를 하는 것이다.

'안 되겠다!'

평지에서 펼치기는 했으나 이런 말도 안 되는 조건에서 보법을 펼치기는 처음이었다.

일단은 속도를 늦춰 등천화가 지나칠 수 있도록 해주는 척하다가 재빨리 몸을 옆으로 이동해 진로를 방해했다.

그러나 등천화에겐 그런 방해는 무의미했다.

음보로 절벽을 밟더니 그대로 방향을 틀어 갈피독이 있는 곳에서 옆으로 이 장여를 순간적으로 이동한 것이다.

갈피독은 동작을 멈추고 위쪽을 올려다봤다. 절벽 중간에 튀어나온 바위가 보였다.

"먼저 올라가겠다고? 어림없다!"

지옥팔보라면 평지가 아니라도 얼마든지 평지처럼 걸을
수 있으리라.

푸욱.

그의 발에 의해 벽에 구멍이 생겼다. 이내 몇 번 힘을 주어
올라가자 등천화를 따라잡을 수 있었다.

깊이 모를 절벽을 어느새 중간까지 오른 것이다.

두 사람의 모습은 이미 그 어떤 치열한 전투보다 더 숨가쁘
게 진행됐다.

갈피독이 앞서면 어느새 등천화가 추월했고, 곧이어 두 사
람이 뒤엉켰다가 떨어졌으며, 등천화가 다시 앞선다 싶으면
갈피독이 다시 폭풍처럼 치고 올라왔다.

"장난은 그만 하자. 지옥파라수!"

"어?"

쿠콰콰—!

등천화가 있는 곳을 향해 무자비한 공격이 퍼부어졌고, 일
제히 돌이 쏟아져 내렸다.

"이러기가 어디 있어요?!"

"이래야 재미있지. 후후후."

"좋아요!"

등천화는 심통난 표정으로 집중력을 발휘했다.

쏟아지는 돌 조각이 한눈에 들어왔다. 피할 수 있는 공간은
그나마 덩어리가 약한 무더기 쪽이었다. 등천화는 재빨리 몸

을 솟구치며 그곳으로 들어갔다.

“응?”

갈피독은 등천화가 돌무더기를 피하는 것이 아니라 오히려 안으로 파고들자 의아한 눈으로 쳐다봤으나, 이내 ‘허!’ 하는 감탄사를 뱉으며 몸을 더욱 빠르게 솟구쳤다.

돌 조각이 떨어진 아래쪽에 등천화가 모습을 드러냈다. 그 짧은 시간에 피할 곳을 찾은 것이다.

“이번엔 제 차례예요.”

등천화가 급하게 쫓아오며 바람을 일으켰다.

창희소를 도와주기 위해 사용했던 ‘음자삼차파’ 가 모습을 다시 드러냈다.

휘류류―

“……?”

불규칙한 바람 소리 때문에 갈피독은 아래쪽으로 시선을 내렸고, 그곳에서 벽의 도움을 받지 않으며 올라오는 등천화를 발견할 수 있었다.

장관이었다.

“대단하구나!”

갈피독은 자신을 앞지르며 솟구치는 등천화의 모습에 입을 쩍 벌렸다. 하지만 자신을 앞지르게 내버려 둘 수는 없었다.

지옥파라수를 사용하기 위해 다시 손을 들었다.

그러나 등천화가 느닷없이 회전하기 시작했다. 가교일을 구할 때 사용했던 방법을 허공에서, 그것도 혼절하지 않은 고수를 상대로 사용한 것이다.

흔들.

"……!"

갈피독은 자신의 중심이 살짝 흔들리는 것을 느끼며 지옥파라수로 벽에 손을 꽂았다. 하지만 등천화의 회전이 빨라지면서 그의 손은 점점 벽에서 빠져나왔다.

"허!"

갈피독은 등천화의 환상적인 수법에 감탄을 연발하며 소름 끼친다는 표정을 지었다.

"아직 아니다!"

지옥팔보 후반부 사보가 남아 있었다.

그는 손을 빼내며 등천화의 회전력을 이용해 최대한 가까이 다가갔다.

"어?"

당황하는 등천화를 보며 갈피독은 득의의 미소를 짓고는 그대로 지옥명강이 실린 지옥파라수를 날렸고, 연속해서 지옥팔보 후반부를 각법으로 응용해 등천화를 짓이겨 갔다.

쿠콰콰콰—!

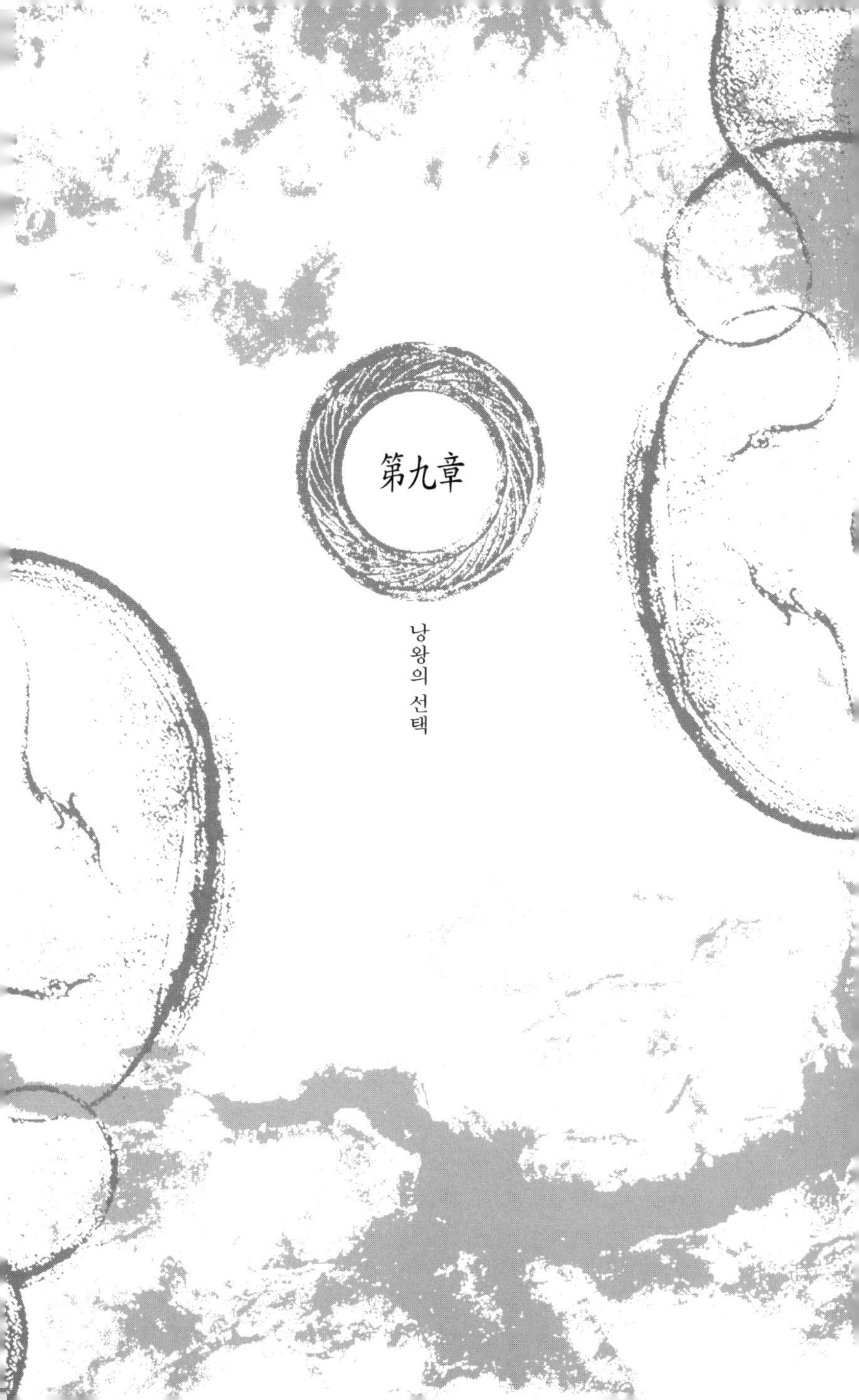

第九章

낭왕의 선택

步法無敵

　서문혜와 헤어진 악군휘는 거대한 궁전과 같은 곳으로 안내됐다. 위엄이 절로 느껴지는 장식들이 주위에 가득했다.

　이곳이 바로 천추성의 이전 중 한곳인 나후전이다.

　누가 말해주지 않아도 천장에서 내려다보는 신장들의 눈빛과 기둥에 조각된 검의 문양, 바닥에 그려진 신장의 등에서 어디에 와 있는지를 알 수 있었다.

　긴 복도에 선 무사는 여기부터는 혼자서 가야 한다며 급히 몸을 돌려 사라졌다.

　뚜벅뚜벅.

　복도의 중간쯤 지났을까.

"자네가 이번에 무장으로 추천된 악군휘?"

약간은 비꼬임이 깃든 목소리가 들려왔다.

천홍루에서 종명기를 일부러 괴롭혔던 표종후가 어디선가 갑자기 나타나 악군휘를 위아래로 훑었다.

"그렇습니다만, 뉘십니까?"

악군휘의 표정은 이미 표종후가 나타나는 것을 알고 있었다는 듯 무표정했다.

"알고 있었나? 아, 나? 자네가 나후무장의 자질을 가졌는지 시험해 볼 선배라고 해둘까?"

"실패한 거 아시죠? 천장에 숨어 있던 걸 알았으니까. 나후전주님을 뵙고 싶은데요?"

"에이, 그 정도로는 전주님을 만날 자격이 있는지 알 수 없지."

"쿡. 들켰으니 발뺌인가요? 아니면 입막음?"

"발뺌? 입막음? 키키킥."

"나후전주님께 안내해 주기 싫으면 비켜주세요. 가봐야 할 곳이 있어서 쓸데없이 시간 보내기 싫으니까요."

"호, 못 비키겠다면 어떻게 해볼 기센데?"

표종후는 한쪽 입꼬리를 올리며 웃었다.

피식.

악군휘의 입가에 묘한 웃음이 걸렸다.

"뚫어야죠."

"강하게 나오는데?"

"그럴 힘은 있으니까 추천을 받은 거 아니겠습니까?"

쉬악—

악군휘는 말을 끝냄과 동시에 손도 안 대고 등 뒤의 삼색신창을 손에 들었다. 창은 어느새 하나로 합쳐진 모습이었다.

그러나 정작 시비를 건 표종후는 아무런 행동도 취하지 않았다. 오히려 벽에 등을 기대는 여유까지 보였다, 마치 악군휘의 공격 정도는 무기를 사용할 필요도 없다는 듯이.

"혹시나 해서 알려주는데, 이건 악씨세가의 삼색신창입니다."

"그게 뭐 대단하다고. 나도 한 가지 알려주지. 내 이름은 표종후일세. 자네와 마찬가지로 창을 무기로 사용하지."

"창?"

악군휘는 표종후의 몸을 아무리 살펴봐도 창과 비슷한 무기를 발견할 수가 없었다.

"창이 꼭 자네 창처럼 생겨야 한다는 법은 없잖아? 예를 들자면 뇌전창같이……."

"뇌전창!"

악군휘의 눈빛이 갑자기 달라졌다.

형체가 없는 창으로, 기를 유형화시킬 수 있는 경지에 이르지 못하고는 사용할 수 없는 창법이었다.

표종후의 자세나 하는 말투로 봐서는 그가 뇌전창을 익혔다는 것을 암시하고 있었다.

"안 그래도 너무나 유명해서 한 번쯤 견식하고 싶던 참이오. 한번 해봅시다."

강한 투기가 악군휘의 몸에서 확 퍼져 나왔다.

그 모습에 표종후는 고개를 끄덕였다.

사방이 막힌 공간에서 그의 머리카락을 움직일 정도로 강한 기를 뿜어낼 정도면 충분히 건방질 만했다.

"인정하지."

그때였다.

"표 형, 그만 하는 게 좋을 듯하오."

묵직한 목소리.

표종후의 눈동자가 악군휘에게서 벗어나 뒤쪽으로 초점을 맞췄다.

"벽호룡, 내 일을 방해할 셈이냐?"

"방해는 무슨, 그쯤 끌어들였으면 충분하잖소. 천추성이 무슨 장사하는 곳이오? 사당에서 끌어들인 자들로 만족하시오. 신입 무장까지 패거리에 끌어들일 생각을 하다니 너무 과한 것 아니오?"

"내가 뭘 끌어들였다고……."

"그래요? 그럼 전주님께 알려줄까요? 신입 무장을 표 형이 시험하라고 명령하셨는지 말이오."

"큭, 너는 그래서 사람이 없는 거야."

"표 형처럼 하느니 혼자인 것이 낫지."

낯선 목소리가 들린 후부터 두 사람의 신경전은 시작됐다. 악군휘는 표종후의 얇은 성격을 금방 파악하곤 이내 창을 거두었다.

나후전의 입구에는 감탄이 절로 나오게 만드는 대협의 풍모를 가진 남자가 서 있었다. 훈훈한 눈매와 각진 얼굴이 무척이나 인상적인 자였다.

"미남이시군요. 이번에 신입 무장으로 뽑힌 악군휘라 합니다. 저분… 표 선배께선 제가 후배의 자격이 있는지를 알아보겠다고 하시던데, 아닌가 보죠?"

"선배?"

벽호룡은 황당한 표정이 되어 표종후를 쳐다봤다.

"표 형, 언제부터 나후전에 선후배가 있었소?"

"……."

표종후는 곧바로 대답하지 못하고 한쪽 입꼬리를 위로 치켰다.

나후전과 은하전에는 서열의 우위가 없었다.

나이나 실력의 고하로 서로를 인정해 주는 호칭만이 존재할 뿐이었다.

"어디든 사람이 모이는 곳에 위아래가 있는 건 당연한 것이다. 나이도 내가 많고 실력도 내가 위니 당연히 선배지."

표종후의 말도 안 되는 설명에 악군휘는 실소를 터뜨렸다.

“푸하! 나이야 그렇다 쳐도, 실력이 어째서 내가 아래라는 거요? 뇌전창을 익혔는지, 그것도 거짓인지는 모르지만… 그 말, 영 마음에 안 드네?”

악군휘의 표정이 이전과 확 달라졌다.

표종후는 벽호룡을 노려보고는 짜증을 냈다.

“벽호룡, 봤지? 이런 신입은 교육을 단단히 시켜야 해. 안 그러면 지금처럼 나댄다고.”

“그런 대접을 받게끔 표 형이 했잖소. 신입 무장… 아니지. 이젠 어엿한 악 무장이지. 저 친구의 잘못은 아닌 것 같소만?”

벽호룡은 보란 듯이 코웃음을 쳤다.

후앗!

두 사람의 몸에서 거의 동시에 투기가 일어났다.

어느새 두 사람의 눈에는 악군휘가 없었다.

‘뻔한 의도.’

악군휘 자신의 입장을 분명히 하라는 뜻이었다. 하지만 왜 악군휘가 그런 결정을 해야 한단 말인가?

“두 분, 그만 하시죠? 전주님을 뵙게 안내해 주지 않으려면 위치나 알려주고 싸우세요.”

악군휘는 거둔 창을 분리해서 뒤로 옮기며 말했다.

그러나 두 사람은 대꾸해 줄 마음도 없는 모양이다.

“벽호룡, 네가 언제까지 전주님의 보호를 받을 줄 아는 모양인데, 잘 판단해야 한다.”

“아! 표 형이 그런 것까지 생각해 주다니, 영광이긴 하지만… 제발 신경을 끊어줬으면 고맙겠소. 후후후.”

두 사람은 여전히 신경전을 벌이며 서로에게서 시선을 떼지 않았다.

악군휘는 참다못해 벽을 정면으로 두고 양손을 뻗었다.

“헛!”

“이런 미친!”

콰쾅!

벼락 치는 소리와 함께 두 개의 폭음이 터졌다.

“이번엔 장난이지만 진짜로 화를 낼지도 모릅니다.”

악군휘는 이전이란 곳에 대한 인상이 무척이나 나빠졌다. 겨우 일개 무장들이 자신의 영역을 넓히기 위해 이런 식으로 행동을 하다니, 아버지의 간곡한 부탁만 아니었으면 확 이전 외 건물을 뭉개 버리고 싶었다.

표종후와 벽호룡은 악군휘가 보여준 신위에 놀란 표정들을 짓고 있었다.

이미 서문혜의 반응으로 상관악을 꺾은 놈에 대해 알아볼 생각에 마음이 바빴다. 이런 곳에 낭비할 시간이 없었다.

그러나 악군휘 역시 한 가지를 모르고 있었다.

악군휘는 칠성 이상의 내공을 사용했지만 두 사람은 겨우 삼성도 사용하지 않았다는 것을.

　　　　　*　　　　*　　　　*

“우웩!”

창희령은 피를 한 사발이나 토해내고서야 숨을 쉴 수 있었
다. 파리한 그녀의 안색은 곧이라도 쓰러질 듯 창백했다.

그녀의 눈이 알몸이 된 채로 쓰러져 있는 하영영을 찾았다.
그 위로 너덜너덜한 걸레가 되어버린 음지명의 몸도 보였다.

음지명은 전신에 불덩이를 뒤집어쓴 사람처럼 그을리지
않은 곳이 없는 상태로 소리쳤다.

“크흑… 적리관! 적리과안!”

그의 외침은 너무도 공허하게 들렸다.

적리관의 죽음과 함께 명왕대는 완전히 이 땅에서 사라지
고 말았다.

돌아가기 위해 나온 곳이 이젠 돌아갈 수 없는 곳이 되고
말았다. 이대로라면 언제까지고 축융단은 그에게 적이 될 수
밖에 없었다.

그런 그의 귀로 음산한 백안마군의 목소리가 들렸다.

“크크큭, 노부의 태양백안마공을 세 번이나 막다니, 정말
보고한 놈의 머리를 쪼개 버리고 싶구나.”

백안마군은 이젠 거의 서 있는 건물이 없는 황량한 평지를
바라보고 있었다.

창희령 등은 그의 팔성 내공이 담긴 공격을 세 번이나 막아
내는 기적을 보였다. 마지막 공격에서 겨우 한 놈, 그것도 가
장 실력이 떨어지는 적리관만을 죽일 수 있었다.

세외삼천의 무공은 예상대로 충분히 뛰어났다.

그 와중에도 혈마갑을 운용하고 있는 혈포사신 여섯을 잃
은 것은 후회가 막심했다.

이 정도의 실력들을 지녔으니 천추성의 지부를 쓸면서 하
남성까지 가려는 황당한 생각을 했던 것이다.

"자, 이젠 마지막이다. 노부가 네 번이나 손을 쓰게 한 것
은 너희들이 죽어 명부에 가서도 자랑할 만한 일이 될 것이
다."

"지랄… 하지 말고 빨리 손이나 써. 나도… 아직 보여주…
않은 것… 쓸 테니까."

창희령은 이런 상황에서도 이긴다는 생각을 버리지 않고
있었다. 엄청난 승부욕이 아닐 수 없었다.

"크카카카!"

백안마군은 통쾌하게 웃으며 태양백안마공을 육성까지 끌
어올렸다. 그것만으로도 충분히 세 사람은 한 줌의 재로 만들
수 있을 정도의 위력이었다.

"아깝긴 하지만… 너무 설쳤어."

츠르릇―

하얀 불꽃이 그의 몸 주위에서 아지랑이처럼 피어났다. 피

어난 아지랑이는 이내 수많은 도깨비불이 되어 그의 몸에서 떨어져 나와 서서히 네 사람을 향해 허공을 유유히 헤엄치기 시작했다.

그때,

휘류류—

백안마군의 귀에 미세한 소리가 감지됐다.

고개를 빠르게 돌리자 네 사람의 뒤쪽에서 일어나는 작은 소용돌이가 보였다.

'뭐지?'

청양 지부의 부서진 잔재들은 소용돌이를 향해 움직이기 시작했고, 세 사람을 죽이려던 백안마군의 시선은 소용돌이에 고정되어 움직일 줄을 몰랐다.

화우우웃—!

"……!"

이제는 옷자락까지 펄럭일 정도로 커진 소용돌이가 서서히 본 모습을 드러냈다.

덕분에 기진맥진했던 창희령 등 세 사람은 몸을 추스를 여유가 생겼다.

퍽!

백안마군의 눈에서 쏟아지던 백광이 소용돌이와 충돌하는 소리였다.

"……!"

전해지는 허전함.

백광이 소용돌이를 꿰뚫지 못했음을 알려주었다.

그나마 위안을 삼을 수 있는 것은 무섭게 커지던 소용돌이가 잠시 주춤했다는 정도?

뿌가각―!

소용돌이는 나무든 바위든 집어삼켰다가 내뱉었다.

백안마군을 보호하기 위해 서 있던 혈포사신 십여 명이 일제히 소용돌이를 향해 날아갔다.

주위 공기는 또다시 팽팽하게 당겨졌으나, 창희령의 눈에는 다른 싸움이 들어오지 않았다. 그녀는 오로지 백안마군의 투명한 동공만을 노려봤다.

'한상옥령검법의 후반부까지 익힌 상태로 겨우 마교의 늙은이 하나 죽이지 못하면서 검후의 전설이 다 뭐야! 그런 무공을 익히느라 엄마와 언니를 슬프게 한 거야? 아니야. 그럴 리 없어! 정말로 한상옥령검법이 그 정도라면 차라리 이 자리에서 죽는 편이 나아.'

우우웅―

한상검은 그녀의 의도를 알기라도 하는 것처럼 슬픈 소리로 주위의 소음과 섞여 나지막하게 울었다.

그때,

일어서려던 창희령의 어깨를 잡는 손이 있었다.

음지명은 고개를 저으며 창희령을 말렸다.

“성급하게 목숨을 버리지 마시오, 창 소저.”

“난… 자살하려는 게 아니에요. 성모 언니나 보살펴 주세요. 제이대 검후는 이 정도로 약하지 않아요.”

음지명은 손을 뿌리치고 기어코 일어서는 창희령을 만류할 수가 없었다. 그녀의 눈에서 쏟아지는 의지를 본 까닭이다.

그한테 필요했던 명분이 축융단을 세상으로 나오게 하는 것이었다면, 그녀에게는 검후가 되는 것이 명분이었던 것이다.

*　　　*　　　*

갈피독은 청양 지부가 있는 방향으로 사라지는 등천화를 멍하니 바라봤다. 아니, 좀 더 정확히 말하면 등천화의 주위에 생성된 소용돌이를 바라봤다.

찌르르 울리는 그의 두 손에는 아직도 충돌의 여운이 남아 있었다.

심장이 아릴 정도의 두근거림이란 이런 것인가?

쿵. 쿵. 쿵. 쿵.

이런 경험을 해본 적이 있었다.

첫 살인을 경험했을 때? 아닐 것이다. 이기지 못할 것 같은 상대를 마주했을 때도 아니었다. 사부를 이기기 위해서 혼자서 사막을 헤매며 수련을 할 때로 기억한다. 목표에 다가서는 그 희열!

너무 오래돼서 잠시 잊었던 모양이다.

황량한 모래사막의 바람을 맞으며 사부와 대결을 벌였다. 서로 지옥팔보를 밟으며 지옥파라수로 상대의 심장을 노릴 때, 처음에는 인륜을 저버린 일이라 죄책감을 느꼈다. 하지만 시간이 지날수록 이기고 싶다는 욕구가 고개를 들었다.

지옥파라수로 사부의 심장을 찔렀을 때 들렸던 그 함성, 그 환호!

그 뒤로 이십여 년을 그 두 가지는 언제나 자신의 것이라 여겼다. 사라지는 등천화를 향해 질러대는 바람의 환호가 그의 귀에는 똑똑히 들렸다.

사옥랑의 따뜻한 살결과 부드러운 가슴, 탐스러운 둔부에 중독되어 잊고 있었던 낭왕으로서의 본능을 등천화가 깨어나게 해준 것이다.

남자의 피가 뜨겁게 타오를 때는 오직 하나!

목표를 발견했을 때이다.

그 이상도 이하도, 아무것도 필요없었다.

그것이 낭인의 왕으로 살아온 그를 지금까지 있게 만든 힘이었다.

“우오오오……!”

갈피독은 천공 높은 곳을 향해 사자후를 터뜨렸다.

지옥팔보 후반부로 등천화를 수십 번 짓이겼고, 지옥파라수로 몸을 분시시켜도 모자랄 정도까지 내리그었다. 하지만 그 모든 공격이 끝났을 때, 등천화의 웃음을 봐야 했다.

다 끝났냐는, 더 할 것 없으면 이제는 가보겠다는 웃음. 어이가 없어 귀에서 김이 피어날 지경이었으나 현실은 냉혹했다. 더 이상 가할 공격이 떠오르지 않았을 뿐만 아니라 왜 죽여야 하는지를 순간적으로 까먹고 말았다.

결국 지옥팔보를 모두 시전하고서도 끝끝내 옷자락 하나 잡지 못한 상대를 만난 것이다.

낭왕으로서의 자존심?

이젠 중요하지 않았다. 아니, 그런 것과 비교할 수 없는 큰 격동이 그의 심장을 들끓게 만들고 있었다.

"내 나이 오십이 넘어서야 진정한 목표를 찾았다. 이제부터 나는 홍분한다. 뛴다. 심장이 뛰어! 나 낭왕 갈피독의 목표는 지금부터 너다! 우오오오……!"

자신을 죽일 수 있으면서 살려주었다.

등천화를 이기기 전에는 이제 떠날 수가 없게 된 것이다, 낭인의 율법대로.

＊　　　＊　　　＊

회오리 속으로 들어갔던 혈포사신 한 명의 입에서 기괴한 소리가 흘러나왔다.

우두둑―

"끄억!"

비명이 이어지는 걸 시작으로 회오리를 공격하던 십여 명 전원이 튕겨 나왔다.

"물러서라!"

태양백안마공에도 끄떡 않는 회오리를 혈포사신들이 어떻게 할 수 있을 리 없었다. 짜증 섞인 목소리로 혈포사신들을 물러서게 한 백안마군은 회오리를 정면으로 마주 보고 섰다.

회오리를 처음 발견한 장소는 등천화가 갈피독과 함께 사라졌던 방향이다.

'혹시 저 회오리… 그 녀석이 낭왕을?'

백안마군은 사옥랑을 통해 갈피독의 전투 능력에 대해 익히 들은 후였다. 당연히 등천화가 살아남을 가능성은 없었다.

그러나 어쩌면 그런 일이 벌어질지도 모른다는 희한한 생각이 드는 것은 왜인가.

"저들을 지켜라. 회오리를 일으킨 놈이 유령신보라면 언제 사라질지도 모르니까."

백안마군의 눈에서 시작된 투명한 광채가 점점 밝아지다가 긴 막대 형태의 창으로 바뀌었다.

"헉! 무형염화창!"

혈포사신 중 한 명이 백안마군이 일으킨 창을 보며 부르짖었다.

저 무공을 직접 본 것은 처음이다.

태양백안마공 팔성의 경지.

그것을 겨우 회오리를 상대하기 위해 사용한다?

창희령 등을 상대할 때가 육성 정도였다.

적어도 세 사람을 합한 것보다 훨씬 강한 상대란 것을 의미
했다.

"모습을 드러내라!"

백안마군은 회오리를 똑바로 바라보며 만들어낸 무형염화
창을 던졌다. 그에겐 그 정도의 거리는 무의미했다. 손을 떠
난 무형염화창은 '광광광' 하는 소리와 함께 곧장 회오리를
반으로 잘라갔다.

그때,

"죽어!"

뾰족한 소리를 지르며 창희령이 백안마군을 향해 검을 내
뻗었다. 죽일 수 있다는 확신이 느껴지는 외침이었으나, 백안
마군이 무방비일 것이란 판단은 크게 잘못된 것이었다.

쾅!

거친 폭음이 터지며 백안마군의 호신강기에 의해 그녀의
신형이 공격할 때보다 더 빨리 나가떨어졌다.

"아악!"

한상옥령검법으로 펼칠 수 있는 최고의 초식이 어이없이

무산되고 만 것이다.

날아가는 그녀의 머릿속에는 오직 한 가지 생각밖에는 떠오르지 않았다.

'이게 무슨 검후의 절학이야! 나는 최고가 되기 위해 모두 다 버리고 나왔단 말이야아!'

언니인 창희소의 얼굴이 떠올랐다.

손아귀가 찢어지며 피가 흥건한데도 그녀는 한상검을 놓지 못했다. 손에서 전해지는 고통보다 검후의 절학이 아무것도 아니었다는 사실에 더 큰 충격을 받은 것이다.

'겨우 저런 창 하나……'

무형염화창이 일반적인 창이 아니란 것을 알면서도, 무형의 기로 만들어진 창이기에 그녀의 검으로는 상대할 수 없을 걸 알면서도 인정하고 싶지 않았다.

게슴츠레 떠진 그녀의 눈에 창을 삼키는 회오리가 보였다.

'언제나 이런 식이야, 언제나. 쉽게 다가가게 해놓고, 막상 진짜에 다가서면 대가를 치러야 하지. 마음에 안 들……'

푸카— 학!

무형염화창이 회오리 안으로 들어간 직후, 회오리는 곧장 기염을 토하며 폭발을 일으켰다. 얼핏 회오리 안에서 '파!' 하는 소리가 들린 것도 같았으나, 혼절한 그녀는 더 이상 아무 소리도 들을 수가 없었다.

편안한 공간에 두둥실 떠 있는 느낌.

창희령은 오랜만에 깊은 잠을 잤다.

간헐적으로 흔들거림이 느껴지기는 했지만, 그것은 자장가와도 같았다.

이제 눈을 뜨면 환한 햇살이 들어오리라.

'히, 힘이 안 들어간다.'

눈을 뜨려 했으나 떠지지가 않았다.

몇 번의 시도 끝에 눈꺼풀을 겨우 들어올릴 수 있었다. 빠르게 지나치는 경물들. 나무… 나무… 물… 사슴… 그리고 누군가의 등…….

'……!'

창희령은 그제야 누군가의 등에 업혀서 움직이고 있음을 깨달았다.

'누구지?'

그곳에는 백안마군의 손에서 벗어날 정도로 뛰어난 무공을 지닌 사람이 없었다. 하지만 물어볼 힘도 없는 그녀에게 질문이란 가당치도 않은 일이었다.

'이자가 나를 내려놓을 때… 아니지. 손과 발에 힘도 들어가지 않는 상태에서 무슨 공격. 일단 나를 구해낸 목적부터 알아내자. 이봐… 이봐! 입이 안 열려…….'

입이 딱 붙어서 떨어지질 않았다.

당연한 것이, 창희령은 현재 백안마군의 호신강기에 당해서 의식만 있을 뿐 움직일 수 있는 상태가 아니었다. 대화 자체가 불가능한 것이다.

답답해서 가슴이 터질 것 같은 그녀의 귀에 낯선 중년인의 목소리가 들려왔다.

"잠시 쉬는 것이 어떤가? 자네 몸도 살펴보고."

"괜찮습니다."

젊은 목소리였다.

'이 목소리는, 그 얼빵한 자다!'

창희령은 자신을 업은 사람의 정체를 그제야 알 것 같았다. 바로 등천화인 것이다.

'어떻게 나를 구했지? 그리고 저 중년인은 누구고?'

그녀의 생각을 끊으며 엄청난 말이 중년인의 입에서 흘러나왔다.

"괜찮긴 뭐가 괜찮아! 백안마군의 장력에 맞았잖아! 빨리 그 여자를 내려놓고 상의나 벗어! 아, 어서!"

"엄… 정말 괜찮은데……."

"내가 너 때문에 그러는 줄 알아? 네가 죽으면 나는 어쩌라고! 화병으로 죽는 꼴 보고 싶지 않으면 빨리 벗어!"

'뭐, 뭐야, 이 분위기는…….'

창희령이 듣기에는 대화 내용이 기괴하기 이를 데가 없었다.

괜찮다는 사람의 옷을 왜 벗겨?

빽 소리치고 싶은 생각은 굴뚝같았으나 목소리가 나오지

않아 참을 수밖에 없었다.

"알겠습니다."

등천화가 남자의 강요에 진 모양이다.

그녀를 내려놓고서 상의를 벗었다.

등천화의 등에 가려서 아직 굵은 목소리의 남자는 보이지 않았다.

"그냥 가도 됐잖아. 저 여자가 뭐라고 기어코 나까지 나서게 만들어서는. 쯧."

"가셔도……."

"어떻게 그냥 가, 너만 보면 가슴이 뛰는데. 호호호."

'이 인간들, 혹시…….'

창희령은 갈피독의 음흉한 웃음에 소름이 돋는 걸 느끼고는 눈꺼풀을 부르르 떨었다.

갈피독의 말이 이어졌다.

"나 때문에 백안마군의 공격에 당한 것 같아 나선 것뿐이다. 빚지는 건 딱 질색이거든."

"갈 대협 때문이 아녀요."

"아니긴, 내 말이 맞……!"

갈피독은 등천화의 가슴께로 시선을 내리다가 입을 다물었다. 붉은 손바닥이 정확하게 명치 끝에 걸려 있었다. 백안마군의 장력에 제대로 격중당한 흔적이었다.

그러나 더욱 놀라운 것은 따로 있었다.

그 몸으로 창희령을 업고서 무려 백 몇십 리를 쉬지 않고 달려온 것이다.

"기가 막힐 노릇이군. 이봐, 내가 지금 저승 갈 사람 붙잡고 말하는 거 아니지? 아직 살아 있지? 어이!"

"그만 하세요. 괜찮아요."

등천화의 순진함을 가득 담은 웃음.

갈피독은 고개를 저으며 혀를 찼다.

"지금 당장은 네 상처를 해결할 방도가 없으니 일단은 쉬기라도 하자."

"갈 대협도 다치셨잖아요?"

"나? 나야… 당연히 안 괜찮지. 끙! 빌어먹을 백마!"

"많이 다치셨어요?"

"백안마군의 태양백안마공이 지독하긴 지독하더만, 하나 내 지옥명강도 만만치는 않지. 흐흐흐."

"그분은 멀쩡한 것……."

"다쳤어!"

"그런 것 같지 않던데요."

"다쳤어!"

"…그런 것 같네요."

"그렇지? 나보다 더 다쳤을지도 몰라. 숨기려는 표정이 역력하더군. 킥킥킥."

갈피독은 짐짓 손까지 주억거렸다.

‘거짓말은 하면 안 되는데…….’

갈피독한테도 우길 수밖에 없는 사정은 있었다. 어떤 식으로든 상대에게 져서는 안 되는 사람이 그였다. 진 사람은 이긴 사람을 섬겨야 한다는 낭인의 율법으로 살아왔기 때문이다.

등천화는 슬그머니 갈피독을 쳐다봤다.

“다른 곳은 괜찮으세요?”

“다른 곳?”

“…….”

“어이, 이봐! 이봐!”

등천화의 시선이 갈피독의 머리 쪽을 향해 있었기 때문이다.

“아무리 백마라고 해도 나 낭왕 갈피독의 머리를 어쩌진 못해!”

“엄… 그냥 걱정이 돼서 물어본 거예요.”

“그게 걱정스런 표정이냐? 너는 내가 그때 죽었으면 좋겠다고 생각하는 모양인데 어림도 없는 소리다. 너를 이기기 전에는 죽을 수 없으니까. 흐흐흐.”

‘뭐? 그 인간 같지 않은 백안마군과 싸운 저 이상한 노인네를 이 어리버리한 인간이 이겼다고? 뭐가 어떻게 돌아가는 거야? 게다가 성모 언니와 음 대협은 어딜 갔고?’

창희령은 답답해서 미치고 싶었다.

그만큼 갈피독의 말은 충격적이었다.

“무슨 소리를 해도 놀라는 법이 없구나. 쳇! 아, 그나저나 그 둘이 네게 준 게 뭐야?”

“창 소저에게 전해달라고 하던데요? 안 봐서 뭔지 모르겠어요.”

‘내게?’

등천화의 등밖엔 안 보이지만 대화 내용으로 봐서는 그 두 사람은 이 자리에 없는 것 같았다.

‘혹시……’

불길한 예감.

두 사람의 대화가 좀 더 이어지길 기다렸다.

“착한 거냐, 멍청한 거냐? 저 여자가 뭐라고 목숨까지 걸면서 구해? 혹시 서로 ‘응응’ 하는 사이냐?”

“응응? 그게 뭔데요?”

“큭, 한 이불을 덮고 자는 사이냐고!”

“엄… 창 소저와는 같이 잔 적 없는데요?”

“엥? 그런데 구하느라 목숨을 걸어?”

“엄… 목숨 안 걸었는데요?”

“백마에게 달려든 게 목숨 건 거지 뭐야!”

“그게 왜 목숨을 건 거예요?”

“이익! 너 때문에 나도 죽을 뻔했잖아! 좋아, 이왕 구했으니 이곳에 버리고 가자.”

“예? 안 돼요.”

“왜?”

“데려다 줘야 해요.”

“어딜?”

“천추성에요.”

“처, 천추성?”

잠시 정적이 흘렀다.

조금만 생각해 보면 너무나 쉽게 알 수 있는 사실이 갈피독한테는 엄청난 충격으로 다가온 모양이었다.

“너… 천추성 사람이냐?”

“거기서 근무를 서고 있어요.”

등천화는 예의 순진한 웃음을 지었다.

너무 선하게 보여서 화를 내던 갈피독이 머쓱해질 정도였다.

“에효, 어쩐지 네 실력이라면 천추성에서 내버려 뒀을 리 없지. 끙, 내 인생도 참. 마교로 가려다 완전히 바뀌었네. 너 때문에 결정했다. 천추성이다! 대신 제대로 된 자리가 아니면 안 돼!”

“천추성으로 가시게요?”

“아, 그렇다고!”

갈피독은 화를 버럭 내고는 돌아앉았다.

그 모습에 긴장이 풀어진 탓인지 등천화는 상처 입은 곳이 가려웠다.

백안마군의 무형염화창이 음자삼차파의 폭풍을 뚫고 때린 곳이 가슴이었다.

위기의 순간에 갈피독이 지옥파라수로 창을 튕겨내 주었기에 망정이지 안 그랬으면 백안마군이 뒤이어 펼친 마마염천창에 위험한 순간을 맞이했을지도 몰랐다.

그러나 지금은 십보를 계속 펼쳐서인지 상처가 많이 아물어 있었다. 아플 때는 무조건 십보를 펼쳐야 한다는 무의식적인 생각이 큰 도움이 된 것이다.

"갈 대협, 다시 움직이죠? 맞은 곳이 아파오네요. 으……."

"엥? 지금 장난해? 아프면 쉬어야지 어딜 또 가?"

"아파서 움직여야 해요. 안 그러면 더 아파져요."

등천화는 울상을 지으며 고통을 호소했다.

정말이지, 갈피독의 상식으로는 이해할 수 없는 녀석이었다. 하지만 움직여야 덜 아프다는 말에는 마음이 동할 수밖에 없었다.

"그러다 죽으면? 나는 어디 가서 통사정을 하라고?"

"사정을 하지 않으시면 되잖아요. 왜 사정을 해요. 갈 대협은 지금도 충분히……."

"이 빌어먹을! 그 얘기가 아니잖아!"

"엄……."

"아, 몰라! 가다가 쓰러지면 버리고 나 혼자 갈 거야. 알았어?"

갈피독은 대답도 듣지 않은 채 일어났다.

가만히 있는 것이 등천화를 도와주는 것이란 걸 모르기에 저럴 수 있는 것이었다.

*　　　*　　　*

"뭐라고? 놓쳤어?"

백안마군은 등천화와 갈피독이 사라진 뒤부터 줄곧 신경을 곤두세우며 혈포사신들을 닦달했다.

"근방 백 리 안에는 없습……."

"당연하지, 이 쓸모없는 놈들아! 상대는 유령신보와 낭왕이야!"

백안마군은 자신도 모르게 갈피독보다 등천화의 이름을 앞에 꺼냈다.

"인근 지부에 모두 연락해서 그들을 찾아내! 어서!"

명령이 떨어지기가 무섭게 움직이려는 혈포사신들이었으나, 그 모습조차 백안마군은 마음에 들지 않는 모양이었다.

"그만! 잡아두라던 놈은 어떻게 됐냐?"

"예? 잡아두라던 놈이라면……."

"이, 이… 유령신보와 함께 있던 놈 말이야!"

"……?"

혈포사신들은 백안마군의 말을 이해하지 못했다.

흩어져서 주위를 경계하려던 자신들을 이곳으로 부른 사람이 바로 그였다. 당연히 누구를 말하는지 알 도리가 없었다.

둥천화를 찾기 위해 백안마군이 떠올린 사람은 가교일과 함께 청양 지부를 벗어난 종명기였다.

혈포사신 중 그나마 머리가 돌아가는 자들은 입을 다물었으나, 모두가 침묵할 때 혼자서 씩씩하게 나서는 고문관은 어디나 있기 마련이다.

"마군께선 그런 명령을 내리신 적이 없습… 크악!"

그를 향해 백안마군의 눈에서 백광이 번쩍거렸고, 그는 그 자리에서 두개골이 움푹 꺼지면서 즉사하고 말았다.

전율스런 위력이 아닐 수 없었다.

백안마군은 다른 혈포사신들을 돌아봤다.

"찾아내! 어서! 유령신보와 관련이 있는 놈은 아무나 다 찾아내란 말이다! 죽고 싶지 않으면 일각 안에 보고해!"

"존명!"

혈포사신들은 사색이 되어 사방으로 날아갔다.

그때였다.

"흐흐흥, 백안마군께서 고생이 많으십니다."

"누구냐?!"

백안마군의 시선이 돌아가면서 예의 백광도 함께 번뜩였다. 그러자 누군가가 멀리서 급히 고개를 숙이는 시늉을 했다.

"어이쿠! 저는 그 백광이 너무 무섭다구요. 흐흐흥."

기묘한 콧소리를 내며 일어서는 사내.

이십대 후반 정도로 보이는 자였다.

"구의걸… 네가 이곳엔 어쩐 일이지?"

"흐흐흥, 어쩐 일은요. 제가 시작한 일, 마무리하러 왔지요."

"시작한 일?"

"세외삼천에 접근했다가 재미난 일을 만들 수 있을 것 같아서 일을 좀 꾸몄죠. 흐흐흥. 한데 형님이 백안마군께서 직접 나서셨다는 보고를 받으시고는 화가 머리끝까지 났지 뭡니까. 제 손으로 마무리를 지으라네요. 그들은 어디 있죠?"

주위를 살피는 구의걸의 얄미운 시선이 이때만큼 재수없었던 적도 없었다. 지금 모습을 드러냈다는 것은 조금 전에 소리친 걸 들었다는 뜻이기 때문이다.

"지금 이곳에 없다."

"어? 설마… 에이, 아니죠? 비급이나 훔쳐 나온 놈들이… 정말 놓치신 거예요? 이런! 지금 어디 있습니까? 저도 한 팔 거들겠습니다."

"……."

백안마군의 눈에는 당장 말만 하면 떠날 것처럼 서두르는 구의걸의 모습이 더없이 재수없었다.

'네 머리나 잘 간수해라.'

백안마군은 대답없이 돌아섰다. 혈마대주 구조백의 위세를 등에 업고 제멋대로 날뛰는 망아지 같은 놈. 이것이 구의걸에 대한 마교 내의 평가였다.

그러나 그의 뒤에 구조백 외에도 마제육가가 떡하니 버티고 있으니 함부로 대할 수도 없어 환장할 노릇이었다.

"곧 소식이 올 걸세."

여간해선 감정을 드러내지 않는 백안마군이었으나 지금 이 순간만은 불쾌함을 숨기지 않았다.

구의걸은 찔끔한 표정으로 살살거리며 다가왔다.

"쥐새끼들을 제가 처리했어야 하는데 괜한 수고를 끼쳐 드렸습니다. 흐흐흥."

'쥐새끼? 오다가 거울을 본 모양이군.'

백안마군이 보기에는 혀로 자신의 입술을 핥는 구의걸의 모습이 쥐새끼 같아 보였다.

"사라진 방향을 알려주세요. 제가 그것들두 처리하겠습니다."

'이걸 확 죽여 버려? 네놈이 처리하게 되면 내 체면은 뭐가 되라고!'

구의걸이 안 이상 마교 내에 퍼지는 건 시간문제였다. 그렇다고 죽이자니 마제육가 전체를 적으로 돌려야 하는 상황을 초래하게 된다.

가장 열받는 것 중 하나.

'그놈이 도대체 낭왕을 어떻게 꼬드긴 거냐!'

철저하게 믿었던 갈피독의 배신은 생각할수록 부아가 치밀었다. 사옥랑의 치마폭에 빠져서 지금까지 무사한 자는 단 한 명도 없었다.

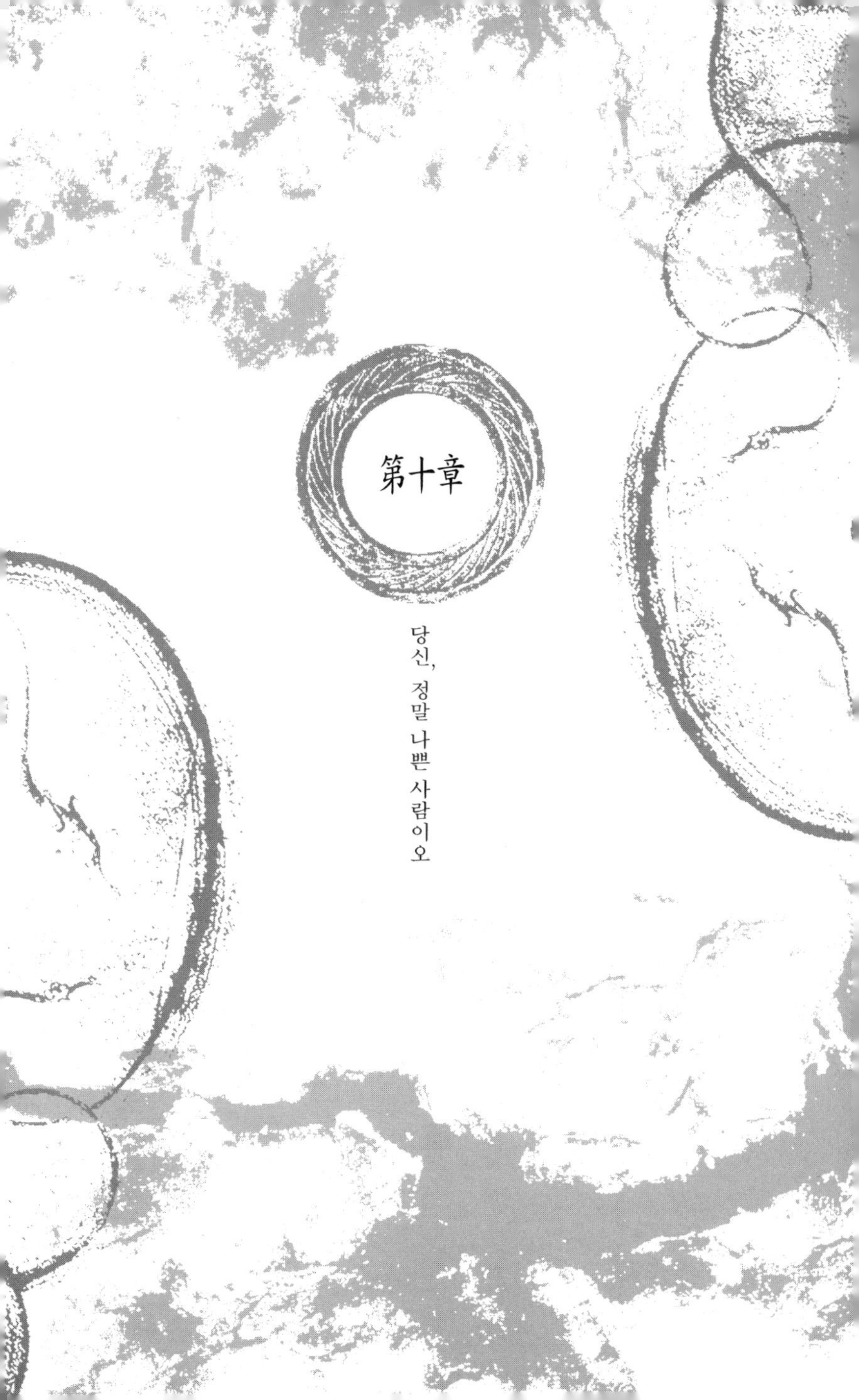

第十章
당신, 정말 나쁜 사람이오

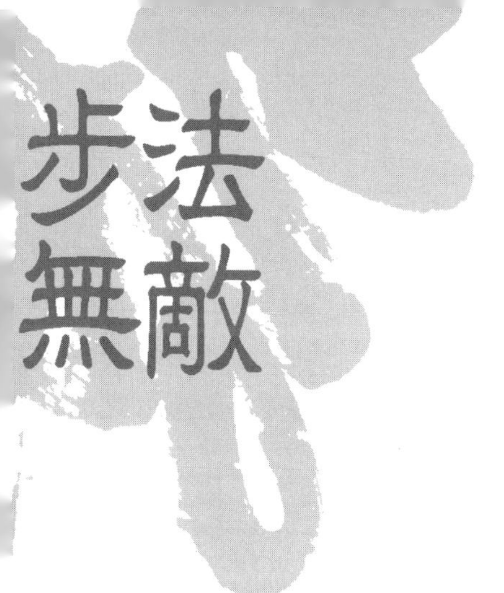

종명기는 가교일을 업은 채로 반나절 이상을 달리고 또 달렸다. 친우의 목숨이 경각에 달했다는 생각으로 죽을힘을 다하고 있었다.

"헉헉헉……!"

입술을 혀끝으로 훔쳐도 바싹 말라 무감각한 느낌만이 혀를 통해 전해질 뿐이었다.

"명기, 잠시 쉬었다 가세."

"그럴 시간… 헉헉… 없네."

"어차피… 마찬가지야. 듣고 싶지 않나, 그곳에서 무슨 일이 벌어졌는지?"

가교일의 힘없는 목소리 때문인지 종명기는 자신도 모르게 속도를 늦추었다. 이내 완전히 멈춰 서서 가교일을 내려놓고는 그 옆에 나란히 앉았다.

"쿨럭… 자네 신법 많이 늘었군."

"신법?"

"예전에는… 걷는 것 같더니 이젠 제법… 뛰는 흉내를 내는 것 같아. 후후후… 허헛."

"말하면 상처가 벌어져."

"자네 등에서 많이 쉬어서 괜찮네."

"내 등이 편하기는 하지. 하하하!"

"사람도……."

가교일은 숨을 가쁘게 몰아쉬었다.

들락거리는 가슴 위로 떨리는 살들이 보였다.

"마교로 간 자들… 이 한 소행일세. 아마 천추성에 있는 자들은… 잡으러 온 것일 테고."

"마교로 간 자들? 천추성에 있는 자들? 그게 무슨 소린가?"

"세외삼천에 변고가 생긴 듯하네. 반도들이 마교로 간 것 같고, 그들을 잡으러 다른 자들이 나온 게 분명하네."

말은 간단명료한데 눈빛은 무척이나 많은 얘기를 담고 있었다. 일군 일곱이 죽은 얘기보다 세외삼천의 얘기를 먼저 꺼낸 데에는 이유가 있을 것이다.

"그러니까 자네 말은 우리와 마교의 싸움에 저들이 긴 것이 아니라, 저들의 문제에 우리가 끼어들었다는 말인가?"

"후후후, 신법만 좋아진 게 아니라 머리도 좋아진 것 같군."

가교일은 아픈 와중에도 진심을 담아 칭찬했다.

"……."

"왜 그러나?"

가교일의 질문에 종명기는 대답하지 않고 계속해서 빤히 쳐다봤다. 그러더니 뭔가 대단한 결심을 한 사람처럼 신중하게 물었다.

"이보게, 한 가지만 물음세. 이건 정말 궁금해서 묻는 건데… 전에는 내가 정말로 그렇게 머리가 나빴나?"

"헛… 윽! 큭큭큭."

가교일은 상처 부위가 벌어져서 지독한 고통이 느껴짐에도 진지한 표정의 종명기가 전해주는 웃음을 쉽게 잊을 수가 없었다.

멋진 농담이 아닐 수 없었다.

가교일의 한번 터진 웃음은 좀체 멈춰지지 않았다.

그때였다.

바스락—

"……!"

웃음소리가 컸던가?

멀지 않은 곳에서 인기척이 들렸다.

종명기는 재빨리 가교일을 가리며 일어나서 공세를 취했다.

"종 일건님이신가요?"

맑은 여인의 목소리.

그 음성 뒤로 세 사람이 모습을 드러냈다.

창희소와 예명, 옥서시였다.

"내가 종 일건은 맞는데 누구시죠?"

"아, 잘 찾았네요. 그럼 뒤에 계신 분은 청양 지부에 먼저 가셨던 일군 중 한 분이시겠네요? 생존자는 저분 혼자뿐인가요?"

급하게 질문을 연속해서 던지는 창희소를 보며 종명기는 인상을 찌푸렸다.

"내 질문에 먼저 대답을 하시오. 소저는 누구시오?"

"천추성 청양 지부에 세외삼천의 무공을 사용하는 사람들이 있다고 해서 달려오는 길이에요."

"세외삼천! 쿨럭… 쿨럭쿨럭!"

대화를 듣고만 있던 가교일이 기침을 심하게 했다.

"이보게, 괜찮은가?"

종명기는 가교일의 창백한 얼굴이 더욱 창백해지자 급히 기도를 터주었다.

"쿨럭쿨럭… 헥… 괘, 괜찮네……."

창희소는 가교일의 부르짖는 소리에 절로 흥분할 수밖에

없었다. 세외삼천에서 나온 사람이라고는 그녀와 그녀의 쌍둥이 여동생 외에는 없으므로.

"희령이를 보셨나요?"

"희, 희령? 쿨럭쿨럭……."

창희소는 천천히 면사를 풀었다.

"커헙!"

갑자기 가교일이 놀란 눈으로 경악성을 터뜨렸다.

저 얼굴!

자신을 발로 짓이기던 얼굴이었다.

창희소는 이미 예상하고 있었다는 듯이 깊은 한숨을 내쉬었다.

"하아, 희령이가 기어코 일을 저질렀네요."

'저 표정을 어디까지 믿어야 하지? 옷을 보니 분명히 다른 사람인 것 같은데…….'

한 가지 다른 점이 있다면, 음지명과 하영영 대신에 창희소의 곁에는 예명과 옥서시가 있었다. 그제야 창희소가 창희령이 아님을 깨달았다.

"쿨럭… 그들, 당신의 여동생과 다른 두 명이 한 짓은 엄청난 것이었소."

"세 사람이었다고요?"

"그들도 세외삼천에서 나왔다고 하더군."

가교일의 대답에 창희소와 나란히 서 있던 예명과 옥서시의 눈빛에 이채가 발해졌다.

"축융단과 빙궁에서도?"

창희소의 질문에 예명과 옥서시가 고개를 미미하게 끄덕였다.

가교일은 이내 허탈한 웃음을 흘렸다.

"허허, 쿨럭… 세외삼천의 내부 문제 때문에 천추성의 일군 여덟이 노리갯감이 됐군. 허허허, 마교와 천추성이 이용을 당한 거야."

"그들은 아직도 청양 지부에 있나요?"

창희소는 가교일의 허탈한 말을 모른 척하며 창희령 등의 소재를 물었다. 마치 대답을 해주면 곧장 찾아가기라도 할 기세였다.

그러나 과연 그들을 상대할 수 있을까?

가교일의 생각이었다.

그때, 창희소와 예명, 옥서시의 시선이 일제히 한곳으로 돌아갔다.

"누가 오는군요. 오십 장 밖에서 빠르게 움직… 사십 장… 벌써? 굉장한 고수가 오고 있어요."

"나도 귀 있어."

지금까지 나서지 않던 옥서시가 하얀 살결을 드러내며 자세를 취했다.

촤악— 촤악—

'제길…….'

갈피독의 귀에 나뭇잎 스치는 소리가 유난히 크게 들렸다. 화를 내는 이유는, 자신보다 앞서서 보법을 펼치는 등천화의 주위에선 아무런 소리도 나지 않기 때문이었다.

신법도 아닌 보법을 펼치면서도 나뭇잎을 거의 건드리지도 않고 달리고 있었다. 아니, 갈피독의 눈에는 나뭇잎이 알아서 피해주고 있는 것처럼 보였다.

더 화딱지가 나는 것!

등천화의 등에는 창희령이 업혀 있다는 것이다.

그의 입에서 절로 욕이 나올 수밖에 없었다.

"야, 너! 다친 거 맞아? 이거 기가 막혀서 말도 안 나오네. 벌써 얼마나 달려왔는데 나가자빠지기는커녕 점점 더 빨라지는 거야?"

갈피독의 신경질에 등천화는 뒤를 돌아봤다.

땀이 비 오듯이 쏟아지고 있었다.

"무슨 일 있으세요?"

"못 들었으면 됐어."

"쉴까요?"

갈피독이 뭔가 못마땅한 것이 분명했다.

그러나 위한다고 한 쉬자는 말은 하지 말았어야 했다. 그 말은 곧 갈피독의 자존심을 건드려 바짝 약이 오르게 만들었기 때문이다.

쉬악—

갈피독은 등천화가 잠시 속도를 늦춘 것을 틈타 곧장 추월하며 소리쳤다.

"쉬긴 뭘 쉬어! 먼저 갈 테니 알아서 쫓아와!"

"어? 같이 가세요!"

등천화는 재빨리 자보를 최대한의 보폭으로 펼쳐 그의 뒤를 쫓아갔다.

이럴 때 아쉬운 소리라도 한마디 하면 오죽 좋겠는가마는, 그런 것을 등천화가 알 리 없었다. 아니, 오히려 달리기 시합이라도 하려는 줄 알고 신이 나서 더욱 속도를 높이고 있었다.

삐질.

갈피독의 관자놀이 근처에 있는 혈관이 툭 불거지며 땀방울이 흘러내렸다.

'젠장! 빌어먹을! 젠장!'

어느새 두 사람의 거리가 살짝 좁혀지고 있었다.

갈피독은 괜한 짓을 한 것 같아 후회가 몰려왔지만, 기왕 이렇게 된 상황이라면 깨버리기로 했다. 지옥명강을 좀 더 끌어올렸다.

막 눈앞을 가리고 있던 나뭇잎을 통과했을 때,

"헛!"

갈피독의 입에서 경악성이 터져 나왔다.

숲을 헤치고 나오자 범상치 않아 보이는 자들이 싸울 태세를 취하고 있었다. 달리는 것에 너무 치중하는 바람에 앞쪽을 살필 겨를이 없었던 것이다.

지옥팔보를 멈추기에는 너무 늦어버렸다.

"비켜라! 잡것들!"

츠르릇—

그의 양손에서 푸른빛이 빠져나오며 그대로 사람들을 쓸어갔다.

그러나 '흥!' 하는 여인의 콧방귀 소리와 함께 갈피독을 향해 세 가닥의 서로 다른 진기가 다가왔다.

쿠콰쾅!

"웃!"

생각보다 엄청난 반탄력에 의해 그는 허공에서 개구리가 배를 드러내고 누운 형태로 떠 있게 됐다.

덕분에 땅에 있는 자들의 생김새가 눈에 들어왔다.

황당하게 새파란 여자 둘에 남자 하나가 보였다.

셋 모두 결코 삼십을 넘긴 자가 없었다.

"으아아아아! 미치고 환장하겠구먼!"

갈피독의 발작이 일어나기 바로 직전,

"어, 창 소저?"

등천화의 어리둥절한 목소리.

갑작스런 폭음을 듣고 서둘러 나오자마자 창희소와 두 눈이 딱 마주친 것이다.

그러나 창희소는 자신의 등에 있잖은가?

"엄……."

눈앞의 창희소와 등에 업고 있는 창희령이 쌍둥이란 것을 까맣게 모르고 있는 등천화로서는 당연한 반응이었다.

"등 소협?"

창희소는 이런 장소에서 등천화를 만날 줄은 상상도 하지 못했다.

등천화는 창희소를 빤히 쳐다보다가 말을 건넸다.

"창 소저… 맞나요? 그… 명극섬이란 사람과… 종리세가……."

"맞아요. 제가 창희소예요."

"엄… 그럼 이 소저는 누구죠?"

등천화는 창희령을 조심스럽게 내려놓았다.

"희령아!"

등천화가 창희령을 땅에 내려놓자마자 창희소는 창희령의 이름을 부르짖으며 쏜살같이 날아왔다.

"이게 어떻게 된 일이죠? 청양 지부에 있다던 희령이가 왜 이런 꼴을 하고 있죠? 등 소협이 왜 이 아이를 업고 있냐고요?!"

눈을 부릅뜬 창희소가 등천화를 향해 소리쳤다.

이런 모습을 갈피독이 그냥 넘어갈 리 없었다.

안 그래도 자신의 공격을 어린것들이 막아서 화가 머리끝까지 솟은 그였다. 속으로 잘됐다고 여기며 그녀보다 더 큰 목소리로 버럭 소리를 질렀다.

"어린것이 돌았느냐! 구해줬으면 고맙다고나 할 것이지 뭘 그렇게 따져!"

"……!"

창희소의 전신에서 한기가 뿜어져 나왔다.

그 모습에 화를 내던 갈피독의 얼굴에 처음으로 웃음이 감돌았다.

"오호, 덤벼보겠다? 흐흐흐, 혼자서는 힘들 거야. 어이, 떨거지들! 함께 덤비는 게 어때?"

예명과 옥서시를 가리킨 말이었으나, 두 사람의 관심은 이미 갈피독을 떠나 있었다. 청양 지부에 창희령이 있었다면 두 사람이 찾는 자들 역시 그곳에 있을 확률이 아주 높기 때문이었다.

"등 소협, 누가 희령이를 이렇게 만든 거죠?"

창희소는 화를 억누르며 다시 한 번 등천화에게 물었다. 등천화의 입술이 막 벌어지려던 찰나, 세 사람의 행동에 빈정이 제대로 상한 갈피독이 먼저 말을 꺼냈다.

"헹! 누가 그랬는지 말해주면 당장 쫓아가서 죽일 것처럼 말을 하네?"

“당신이 아나요?”

“다, 당신? 으아아아!”

갈피독은 더 이상 참지 못하고 지옥명강을 일으켰다.

그러나 곧바로 이어진 창희소의 태도에 화를 누그러뜨려야 했다.

“부탁드려요. 누가 희령이를 이렇게 만들었는지 알려주세요.”

“내가 왜?”

“대협!”

“대협은 얼어 죽을. 금방 당신이라고 하고선.”

“위로 아흔아홉 명이 있는 사람이에요.”

“……?”

등천화의 목소리에 창희소는 급히 뒤를 돌아봤다.

“등 소협, 지금 뭐라고 하셨죠?”

“그분이 그렇게 말했어요. 자세한 건 안 물어봐서 잘 모르겠어요.”

‘안 물어봐서 잘 모르… 윽, 머리야.’

갈피독은 등천화의 대답에 잠시 뒷골을 잡는 표정을 짓고는 고개를 뒤로 젖혔다.

마교 서열 백위이자, 강호에서는 공포의 대명사로 통하는 백안마군을 저렇게 표현하는 자가 있을 줄은 꿈에도 생각지 못한 까닭이다.

"대협, 등 소협이 말하는 자가 누구죠?"

창희소는 갈피독에게 재차 물었다.

"백마!"

갈피독은 신경질적으로 소리쳤다.

"예?"

"백마 중 백안마군이라고! 어이구, 머리야! 기가 막혀서 말도 안 나오네."

"백… 마……."

창희소는 언제고 마교에서 서열이란 무의미하다는 엄마의 말을 떠올렸다. 그만큼 백마의 실력이 뛰어나다는 뜻이었다.

아직까지 한마디도 하지 않고 있는 예명과 옥서시는 조금 전 부딪쳤던 갈피독의 손속을 잊지 못하고 은근히 내공을 끌어 모으고 있었다.

그런 두 사람의 기운을 못 느낄 갈피독이 아니었다.

오히려 두 사람이 손을 쓰길 바라는 그이기에 모른 척 기다리고 있었다.

모두의 시선이 분산되어 있었기에 그 누구도 가교일과 창희령을 신경 쓰지 않았다. 아니, 고수가 무려 다섯 명이나 있는 곳이기에 암습이란 것 자체를 생각하지 않은 것이다.

그러나 가교일은 똑바로 지켜볼 수 있었다.

그림자가 눈만 뜨고 있는 창희령을 향해 다가가고 있었다. 동료를 죽인 원수나 다름없는 여인을 위해 알려줘야 하는가?

가교일의 고민은 오래가지 않았다.

"쿨럭쿨럭… 조심!"

휙.

창희령과 가장 가까운 곳에 있던 창희소의 고개가 돌려지자마자 신형이 사라졌다.

푸욱—!

창희령은 가교일의 표정을 읽고서 위기를 알았다.

가교일의 눈동자가 점점 커지는 것을 보고 죽음을 각오해야 했다.

그러나 소리만 들릴 뿐 몸속을 파고드는 차가운 느낌이 없었다.

"……?"

창희령의 검은 눈동자가 옆으로 돌아갔다.

"……!"

눈이 돌아가기 전에 그녀의 얼굴로 따뜻한 액체 한 방울이 떨어졌다.

뚝.

광대뼈 위로 떨어진 액체가 스르르 미끄러졌다.

'붉다…….'

망막을 가리며 아직도 흘러내리는 액체.

피였다.

"희령아……."

그녀의 귀에 창희소의 목소리가 번졌다.

붉은 세상과 잔인한 상상을 하도록 만드는 목소리.

‘아아… 언니… 미… 안… 해.’

뚝.

이번엔 창희령의 눈에서 눈물이 한 방울 떨어졌다.

누가 좀 도와줘!

목소리가 나오지 않았다.

창희소의 상태가 어떤지는 모르지만 말을 더 이상 하지 못하는 것으로 보아 상당히 심각한 것이 분명했다.

목소리가 나오지 않는 것이 이렇게 답답할 줄이야!

으아아!

누가 내 목소리 좀 듣고서 언니를 도와줘!

뚝, 뚝.

깜빡, 깜빡.

얼굴로 떨어지는 두 번의 감각과 그에 따라 움직이는 눈꺼풀.

붉은 세상이 원래의 세상으로 돌아왔다.

“흐흐흥, 이로써 다 처리한 건가?”

‘……!’

창희령의 귀로 소름 끼치는 목소리가 들렸다.

처리했다고 한다. 의식할 새도 없이 그녀의 눈에서 눈물이 흘렀다.

털썩.

‘으아… 아아아! 어어어… 어어어!’

언니의 뒷모습.

짐승의 손톱이 지나간 것처럼 잔인한 상처들이 보였다. 그 중앙에 뻥 뚫린 공간. 바닥으로 붉은 물이 빠져나왔다.

“이건 또 뭐지? 쌍둥이?”

구의걸은 그제야 창희령을 발견하곤 자신의 손에 죽은 창희소의 시체를 발로 돌아 눕혔다. 그리고는 도망갈 생각은 않고 장내를 죽 훑었다.

“너무 그렇게들 보지 말라구. 너희들은 죽이지 않을 테니까. 아! 당신이 낭왕인가? 흐흐흥, 조심하는 게 좋을 거야. 백안마군께서 벼르고 있으니까.”

갈피독을 손가락만 살짝 굽혀서 가리킨 구의걸은 뭐가 그렇게 좋은지 몸까지 비틀며 웃었다.

갈피독이 반응을 보이려고 할 때, 창희령의 알아들을 수 없는 음성이 들렸다.

“어… 어어… 누… 누… 누… 으으! 어어… 어어어!”

언니를 부르려고 마지막 남은 힘까지 다 쏟아 부을 모양이다. 창희령은 이내 혼절하고 말았다.

갈피독은 창희령의 오열에 혀를 한 번 차고는 구의걸을 향해 욕을 퍼부었다.

“야, 이 새끼야! 그 실력을 갖고 치사하게 암습이냐? 재수

없게 생긴 놈이 딱 생긴 대로 노는군. 잔말 말고 백안마군도 함께 왔는지만 말해."

"흐흐흥! 백안마군께서 오셨으면 벌써 네 목은 무형염화창에 의해 잘려지지 않았을까?"

구의걸은 여전히 이죽거렸다.

"그러서? 백안마군도 없는데 뭘 믿고 아직도 도망을 안 가나? 상당히 위험해진 거 안 보여? 잡히기 전에 도망가. 잡히면 아주 짓이겨 버릴 테니까."

갈피독의 협박에 구의걸은 혀로 이빨 아래를 훑으며 생각하는 표정을 지었다.

"흐흐흥, 그냥 가려고 했는데… 같잖은 협박에 일단은 보답을 해야겠는걸? 좋아, 한두 명만 더 죽이고 가야겠다. 어디… 누구부터 죽여줄까……."

"한두 명 더?"

갈피독은 구익걸의 어처구니없는 자신감에 콧방귀로 찬사를 보냈다.

"왜 웃지?"

"네가 백안마군 정도의 실력을 지녔다면 몰라도 이젠 도망치는 것도 힘들게 됐다."

"백안마군 정도의 실력이면 더 있어도 된다는 뜻인가? 흐흐흥, 그럼 몇 명 더 죽이고 시간 좀 남으면 놀다가 가야겠는데?"

“……!”

갈피독은 구의걸의 실력은 인정했다.

창회소를 죽인 수법이 대단히 뛰어났기 때문이다.

어쩌면 구의걸의 태도로 봐서 정말 백안마군 이상의 실력을 지녔을지도.

쉭.

갈피독의 시야를 흩뜨리며 무언가가 눈에 잡히지 않을 정도의 속도로 구의걸을 향해 움직였다.

짝—!

“힉!”

구의걸은 얼굴을 감싸며 황급히 뒤로 물러섰다.

“누, 누구냐?!”

이들 중에 경이적인 신법의 고수가 있을 줄은 꿈에도 몰랐다.

언제 공격이 이어질지 모르는 심각한 상황.

그러나 그 기가 막힌 순간은 이어지지 않았다.

무방비 상태로 서 있는 그의 뺨을 때린 등천화는 노려만 보고 있었다.

문득, 구의걸의 머릿속에 떠오르는 것.

‘엇! 그러고 보니 뺨이 아프지 않네?

그의 뺨을 때릴 정도면 등천화는 엄청난 무공의 소유자여야 했다. 하지만 어떻게 이토록 멀쩡할 수가 있는 것인가?

구의걸은 금방 결론을 내렸다.

눈앞의 화난 표정을 짓고 있는 얼치기는 무공을 사용하지 않고서 자신의 뺨을 때린 것이다.

"흐흐흥, 무공을 사용하지 않고서… 아니, 아니지. 무공이라고는 신법밖에 모른다고 해야 하는 건가? 하마터면 홀딱 속아넘어갈 뻔했구나. 크흐흐흥!"

구의걸은 콧소리 요란한 웃음을 터뜨렸다.

등천화는 고개를 가로저었다.

절레절레.

"흐흐흥, 격장지계를 사용하고 싶은 모양인데, 이미 수를 봤으니 어쩌나?"

그때였다.

"죽엇!"

서릿발 가득한 눈을 한 옥서시가 양손을 하얗게 만들고 공격을 가해왔다.

쩌저저적—

그녀가 지나간 자리는 하얀 얼음으로 뒤덮였다.

"흐흥! 빙궁 따위의 무공은 꺼져!"

콰!

옥서시의 빙백수는 안타깝게도 구의걸의 근처에 가기도 전에 튕겨지고 말았다.

찌르르—

“……!”

구의걸은 손이 저려왔지만, 눈앞에 등천화가 있다는 생각을 하고서 최대한 표정을 감추었다.

마교의 가문 중 한곳 마제육가의 일개 가전무공인 혈뢰구류 중 일초식에 불과한 혈운풍의 위력이 이 정도였다.

충돌로 인해 옥서시는 허공에서 중심을 잡지 못하고 바닥으로 떨어졌다.

“괜찮아요?”

그녀를 받아 든 사람은 구의걸의 곁에 있던 등천화였다. 그 모습에 구의걸은 기가 막힌 표정으로 자신의 앞을 돌아봤다.

“허!”

분명히 금방까지 자신의 앞에 있던 등천화가 사라지고 없었다.

기분 나쁠 정도로 빠른 놈이었다.

그런 그의 귀에 등천화가 할 수 있는 최고의 욕이 흘러나왔다.

“당신… 정말 나쁜 사람이오.”

“뭐?”

구의걸은 등천화의 입에서 저런 멍청하고 어이없는 말이 나올 줄은 상상도 하지 못했다.

그러나 등천화를 조금이라도 알고 있는 사람은 그 말이 등천화가 할 수 있는 최고의 욕이라는 것을 잘 알고 있었다. 물론 그래봐야 혼절한 창희령과 갈피독 정도였지만.

"푸하! 최고다! 네 말대로 저놈은 정말 나쁜 놈이다! 푸하 하하!"

갈피독은 낭왕으로서의 체면도 다 내던지고 한참을 웃었다. 등천화의 한마디는 정말이지, 잊을 수 없는 통쾌함을 선사해 주었다.

그러나 이 좋은 기분은 금방 깨지고 말았다.

그의 기분을 방해하는 기운이 둘씩이나 뒤에서 느껴졌기 때문이다. 뒤를 돌아보자 이번엔 예명과 옥서시가 함께 나서고 있었다.

"이번엔 내가 손을 쓰겠소."

"흥! 나는 빚지고는 못살아. 내가 할 거야."

갈피독은 옥서시의 말투에서 하영영이란 빙궁의 여고수를 쉽게 떠올릴 수 있었다. 말투가 판에 박은 것처럼 똑같았다. 일단은 둘을 타일러야 했다.

"어이, 너희 둘. 기세는 좋은데 저 싸움에 끼어들 생각이면 그만두는 것이 좋을 거야."

두 사람의 행동이 얼마나 무모한지 갈피독은 이미 청양 지부에서 본 후였다. 자신이라면 몰라도 예명과 옥서시가 나서는 건 하등의 도움이 되질 못하는 상황이었다.

예명과 음지명, 하영영과 옥서시.

이들의 실력은 비슷할 것이다.

청양 지부에서는 창희령이 가세한 상황에서 백안마군을
당해내지 못했다. 구의걸의 실력이 백안마군보다는 못하다
고 해도 이들 둘로는 어림도 없는 상대임은 분명했다.

"괜히 저 녀석 귀찮게 하지 말고 조용히 쉬고 있어. 안 그
러면 반쯤 벌거벗은 여자와 검은 옷을 입은 남자처럼 된다."

말을 마친 갈피독이 굳이 지옥명강을 일으키지 않아도 두
사람은 움직일 수 없었다. 이미 가교일의 입을 통해 세외삼천
에 변고가 일어났음을 알았다.

대상을 알고 있는 두 사람이었다.

음지명과 하영영일 것이다.

"숙부는 어떻게 됐소?"

"이모는요?"

막 타오르려던 두 사람의 투기가 질문으로 옮겨졌다.

"뭐야? 아직 모르고 있었던 거야? 두 사람은 죽었다. 뭘 전
해달라고 하던데, 그건 저 녀석이 갖고 있고."

"수, 숙부께서… 돌아가셨… 그럴 리가 없어. 그분이 아
아……!"

예명은 끝까지 말을 잇지 못했다.

음지명이 무엇을 답답해하는지, 왜 그렇게 강한 사람이 되
려고 했는지 다 알고 있었다. 그래서 예명은 물론이고 축융단
주 예적이 그토록 말린 것이다.

"마교가 정말 일을 저지르고 말았구나. 아버지를 끌어들였

어. 아버지를……."

망연자실하기는 옥서시도 마찬가지였다.

빙궁의 천 년 비밀이 곧 열리게 될 시점에 이런 일이 벌어지다니!

"시체는? 이모의 시체는 어디 있죠?"

옥서시는 다급하게 외치다 입을 다물었다.

당연히 하영영의 시체는 청양 지부에 있으리라.

'흥분하면 안 된다. 내가 이모의 시체에 관심을 갖는다는 걸 알면 더 이상하게 보여. 차분히 마음을 가라앉히자.'

예명과 옥서시의 절망도 모른 채 갈피독은 조용해진 두 사람 덕분에 편해질 수 있었다.

"그렇게 조용해야 저 녀석의 싸움을 구경 좀 하지."

휘류류—

기이한 소리가 곧바로 들려왔고, 갈피독이 직접 경험했던 그 이상한 회오리가 보였다.

'어, 그것과 다르네?'

이전에 봤던 회오리가 아니었다.

뭐랄까, 작았다.

압축해서 꾹꾹 눌러 담은 것처럼.

"저, 저……."

갈피독은 손을 들어 어딘가를 가리켰다.

　　　　　＊　　　　　　＊　　　　　　＊

“구의걸이란 놈은 어디 있느냐?”

“떠날 때부터 없었습니다.”

“보고도 없이 갔다고?”

백안마군은 눈에 백태 낀 노인으로 되돌아와 있었다. 하지만 외모가 바뀌었다고 해서 그의 신분이 변하는 것은 아니었다. 아니, 오히려 더욱 두려움을 느끼게 했다.

“제 생각으로는…….”

“말해봐.”

“세외삼천에서 나온 자들을 처리하러 간 김에 유령신보와 낭왕도 죽일 생각을 한 모양입니다.”

“…….”

충분히 가능성이 있는 얘기였다.

마교 서열 백위가 죽이지 못한 놈들을 구의걸이 죽였다는 건 마제육가로서는 더없이 좋은 사건이 아닐 수 없을 것이다.

그러나 백안마군의 생각은 달랐다.

‘유령신보를 얕잡아 본 건 사실이지만 그렇다고 방심한 건 아니었다. 낭왕이 끼어들지 않았으면 오히려 더 기가 막힌 상황이 연출됐겠지.’

무형염화창으로 분명히 회오리를 갈랐다. 하나 그것을 온전한 백안마군의 힘만으로 했다고 보기엔 무리가 있었다.

'낭왕이 나서는 걸 보고서 완성되지 않은 수법을 사용한 것일 수도……'

백안마군은 여기까지 생각을 하다가 갑자기 고개를 흔들었다. 생각이 그렇더라도 모든 방향은 그를 위해 존재한다는 것을 잊으면 안 되는 것이다.

"우리는 교로 돌아간다."

"저희만 말입니까?"

혈포사신은 자신도 모르게 반문을 하고는 화들짝 놀라 큰 소리로 '존명!' 을 외쳤다.

"구의결도 한번 당해보면 알게 될 거야. 마제육가의 형제들이 뭔가를 꾸미고 있는 모양이지만, 뜻대로 안 돼서 어떡한다? 크하하하!"

"……?"

혈포사신은 백안마군의 알 수 없는 말을 어떻게든 해석해 보려 했으나 앞뒤 내용이 없는 결론만 가지고는 해석이 불가능했다.

백안마군의 혼잣말은 마교의 움직임과 연관이 있었다. 갈피독을 끌어들여 지금까지 백안마군이 했던 역할을 전해주고, 백안마군은 본연의 자리인 백마의 자리를 지키려 했다.

그러나 갈피독이 이를 거부했으니 당분간은 지금의 자리를 고수해야 했다. 총단에서 멀어지고 있다는 생각은 더 이상 불안하지 않았다.

등천화란 기묘한 녀석의 등장으로 다시금 승부욕에 불이 당겨진 까닭이다.

'유령신보, 또 보자꾸나. 크크큭.'

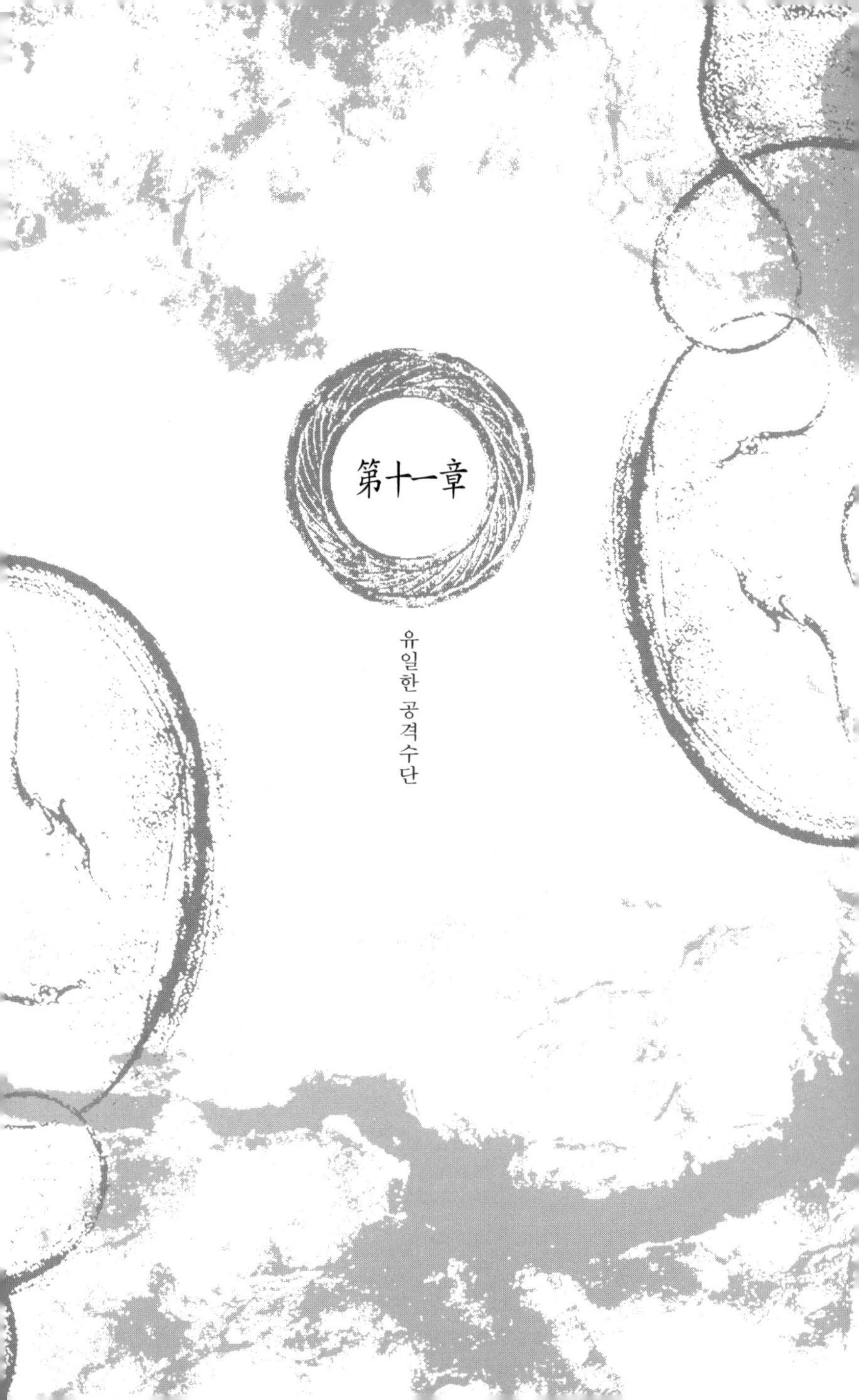

第十一章

유일한 공격수단

步法無敵

등천화가 창희소의 죽음을 보며 든 생각은 '죽으면 걷지
못한다'였다.

걸을 수 있는 길이 완전히 끊이져 비리는데 무슨 수로 다시
걸을 수 있겠는가?

바닥을 적시는 붉은 선혈이 자꾸만 침이 마르고 가슴을 아
리게 만들었다.

싸움터에서 지나치며 수도 없이 봐온 색깔이었으나, 지금
은 완전히 다르게 받아들여지고 있었다.

머리를 긁어보고 코를 문질러 봐도 마음이 진정되지 않았
다. 그런 와중에 구의걸이란 사내가 옥서시까지 죽이려 하자

참을 수가 없었다.

더구나 창희소를 죽일 때처럼 야비하게 숨어서 무언가를 만들고 있었다. 뻔히 보였다. 뒤쪽에 커다란 길을 숨겨놓고 곁가지 같은 좁은 길을 만들고 있었다.

구의걸은 혈뢰구류 중 혈잠뢰라는 수법을 펼치기 위해 내공을 끌어 모으고 있었다. 암경을 사용하는 무공이기에 상대가 알아차려서는 곤란했다. 하지만 등천화는 이미 모두 보고 있었다.

등천화는 최대한 발에 힘을 주어 땅과 마찰을 일으켰다.

휘류류—

단단히 화가 난 것이다.

소용돌이는 일어나자마자 두 개, 세 개로 늘어났다.

발바닥에 느껴지는 진동.

등천화는 그것들 위에서 음보를 펼치며 몸을 이동하는 척하다가 갑자기 무서운 속도로 차보를 펼쳐 앞쪽으로 흐르려는 공기를 뒤쪽으로 잡아당겼다.

화욱—

등천화의 움직임은 거기서 멈추지 않았다.

당겨온 거대한 공기를 발밑에서 자라고 있는 회오리와 부딪치게 했다.

위로 올라오는 바람과 옆으로 퍼지려는 바람이 만났다. 이 두 형태의 바람은 만나자마자 공멸하기는커녕 무섭게 융합됐다.

두 바람을 만들어낸 등천화의 동작은 우스꽝스럽게 보일 수도 있었다. 하지만 이 우스꽝스러운 동작은 이어지지 않고 멈췄다.

톱니바퀴처럼 서로 얽힌 회오리는 용의 이빨처럼 구의걸을 향해 입을 벌렸다.

쿠르르르―

구의걸은 자신을 향해 다가오는 세 개의 회오리를 향해 움켜쥐는 시늉을 했다.

퍽! 퍽! 퍽!

전력을 다한 혈잠뢰의 힘이 회오리들을 깨뜨렸으나, 찌르르한 충격이 손으로 전해졌다.

'지금의 방어로 너는 내가 공격을 막았다고 여길 것이다. 하지만… 나는 네놈의 공격 안에다 혈잠뢰를 실어서 보냈다. 자, 어떻게 막을 테냐? 응? 흐흥, 흐흐흥!'

구의걸은 곧 등천화가 몸이 터져 죽을 것을 확신했다. 그 모습을 보고 한껏 비웃어줄 것이다.

스르르―

'……?'

전혀 눈치를 못 챘을 거라 확신했던 구의걸의 얼굴이 살짝 일그러졌다. 공격을 하던 등천화가 갑자기 자세를 바꿨다. 마치 혈잠뢰의 보이지 않는 힘을 느낀 것처럼 방어라도 하려는 듯했다.

구의걸의 예상은 옳았다.

등천화가 처음으로 여섯 번째 보법 완운보를 펼치기 시작했기 때문이다.

음자삼차파가 자유로운 보법에 속한다면 여섯 번째 보법부터는 정형화된 형식의 틀 속에서 만들어지는 보법이라 할 수 있었다.

부드러워서, 너무나 부드러워서 함부로 펼치기엔 너무 힘든 보법. 언제 사용해야 할지 모르던 등천화를 구의걸의 혈잠뢰란 암경이 일깨워 준 것이다.

스스— 웃— 스숫—

혈잠뢰가 붉은 눈을 한 악마처럼 혀를 날름거리며 다가가자, 등천화는 무언가에 떠밀리듯이 미끄러졌다… 싶은 순간, 어느새 회전과 함께 전진했다.

'익!'

구의걸은 끝났다고 여기다 갑자기 미꾸라지처럼 빠져나가는 등천화를 보며 손을 움켜쥐었다. 하지만 아직 끝난 것은 아니었다. 혈잠뢰가 등천화의 몸을 감싸고 있는 동안은 빠져나올 수 없을 테니까.

스르륵— 스윽—

구의걸은 진땀을 흘리며 등천화를 노려보고 있었고, 등천화는 굳은 얼굴과는 어울리지 않게 기묘한 자세로 움직였다.

이상한 대결.

뒤쪽에선 대결에 집중하면서도 이해할 수 없는 표정들을 짓고 있었다.

"뭐지? 저렇게 흐느적거리는 녀석을 왜 못 잡고 멍하니 서 있지?"

예명은 자신도 모르게 입을 열었다.

지금 두 사람의 싸움이 얼마나 치열한지 모르기에 할 수 있는 생각이었다.

갈피독이 혼잣말로 탄성을 질렀다.

"기가 막힐 노릇이군. 백안마군과 싸우다 다친 녀석이 몸을 회복한 것도 모자라 실력까지 더 높아진 건가?"

"백마와 싸웠다고요? 저 얼빵이가?"

깜짝 놀란 예명이 되물었다.

"얼빵? 넌 저 녀석을 아느냐?"

"약간 안다고 할 수 있소."

"뭐, 백안마군과 싸울 때 나도 한몫 거들긴 했지만, 결과적으로는 저 녀석이 싸운 거나 마찬가지지."

"……."

예명이 멍한 표정을 지었다.

그러자 갈피독은 아차 싶은 표정이 됐다.

"아! 물론 내 도움이 없었으면 그 자리를 벗어나긴 힘들……."

갈피독은 왠지 한 번 말한 걸 다시 하려니 자신이 무척 추

잡스럽게 느껴졌다. 헛기침을 한 번 하고는 입을 다물었다.

예명은 갈피독의 말로 백안마군이란 자가 얼마나 강할지 짐작할 수 있었다.

그런 자에 못지않다는 구의걸.

그의 표정이 등천화에 의해 시시각각 바뀌고 있었다.

하지만!

저런 실력을 가진 녀석이 왜 천홍루에선 자신의 말에 꼼짝도 못하고 그렇게 당하고만 있었단 말인가?

"지금 뭐 하는 거야?!"

옥서시는 등천화의 싸우는 방식이 마음에 안 드는지 짜증을 냈다.

"쩝. 화낼 것 없다, 빙궁의 계집아. 저 싸움이 저래 보여도 지금 두 사람은 장난 아니게 괴로울걸? 더구나 이런 말 하기는 쪽팔리지만, 저 녀석의 보법은 지옥팔보로도 어쩌지 못한 보법이야."

갈피독이 처음으로 장난스럽지 않은 음성으로 말했다. 하나 두 사람은 지옥팔보란 말을 듣는 순간 안색이 딱딱하게 굳었다.

"지, 지옥팔보라면… 낭왕?!"

"낭왕!"

세외삼천에는 속하지 않지만 그 이름값만큼은 사해까지 퍼져 있는 것이 낭왕이란 칭호였다.

두 사람은 갈피독을 놀란 눈으로 쳐다보다가 등천화를 향해 다시 시선을 돌렸다.

예명은 기가 막혀 입도 다물지 못했다.

낭왕조차 인정하는 자가 왜 자신에게 그렇게 설설 기었느냐 말이다!

등천화를 지켜보는 눈은 예명 등의 뒤쪽에도 있었다.

바로 종명기와 가교일이었다.

두 사람은 자신들의 실력이 이토록 별 볼일 없다는 것을 처음 알았다.

"이보게, 교일. 이번엔 낭왕이라는군. 하하하! 등 소형제는 정말 알 수 없는 사람이야."

"쿨럭… 기억… 하나… 우리가… 장용 지부를……."

"알고말고. 걷지도 못하는 어린애들을 마구 죽인다고 하자 등 소형제가 규칙을 유인했잖은가. 저 재수없게 생긴 놈, 임자 만나 거지."

"임자… 누가… 만난 건… 지는 곧… 알게 되겠지……."

가교일의 생각은 종명기와 정반대였다.

등천화는 지금까지 공격을 한 번도 하지 않았다.

저 작은 소용돌이들이 구의걸을 공격하는 것처럼 보이지만, 실제로는 방어를 하다가 우연히 만들어진 현상일지도 모른다는 생각 때문이었다.

'저자는 이미 등 소형제의 약점을 간파하고 있다.'

구의걸의 눈이 등천화의 발에서 떨어지지 않은 채 움직이지 않고 있었다. 만약 구의걸의 행동이 가교일의 예상과 같은 이유라면 등천화는 지금 몹시 위험한 상황을 맞이한 것이다.

'움직이게, 등 소형제. 보법에 아무리 자신이 있다고 해도 저 정도의 고수가 순간적으로 움직이면 잡히게 돼 있어.'

궁수가 과녁을 겨냥하는 시간은 길어서도 짧아서도 안 된다. 눈으로 본 후에 손을 놓으면 늦는다. 눈과 손, 아니, 몸 전체가 하나가 되었을 때에야 목표를 맞힐 수가 있는 것이다.

이 이론은 비단 궁을 사용하는 사람들에만 국한된 것이 아니라, 무기를 사용하는 사람이라면 누구나 반드시 지켜야 하는 일종의 원리였다.

구의걸은 별스럽지도 않은 등천화의 동작에 도저히 눈을 뗄 수가 없었다. 호신강기로 몸을 보호하고 있었고, 언제든 다음 공격을 위해 집중하고 있었다.

등천화의 약점은 눈에 뻔히 보였다.

저 물 흐르듯이 움직이는 발만 멈추게 하면 어떤 식이든 반응을 보일 것이고, 그 순간을 파고들면 된다. 물론 성공하기 위해서는 한 번도 쉬지 않고 움직이는 등천화의 움직임을 봉쇄해야 했다.

'내공은 없는 것이 분명한데 전혀 지치질 않아. 어떻게 저럴 수가 있지? 천마무고의 어떤 비급에도 저런 식으로 운용되

는 무공은 없었다.'

구의걸은 형 구조백의 도움으로 천마서고를 들어갔다 나왔다. 마조육가의 어른들이 일러준 무공을 익히는 틈틈이 상당한 양의 무공비급을 외우고 나왔다.

그 덕분에 이십대 후반의 마교 제자 중에서는 선두라 불리고 있었다. 백마와 싸워도 지지 않을 자신이 있는 이유도 그 때문이었다.

군이 차이를 따지면 내공이 낮다는 정도?

그 외에는 백마와 비교해도 자신있었다.

'앞… 옆으로… 반대… 윽, 다시 앞으로?

도대체가 등천화의 움직임은 멈출 기미를 보이지 않았다. 그렇다고 혈잠뢰를 먼저 거둘 수는 없었다. 그런 제약을 두지 않으면 또 무슨 일이 일어날지 몰랐다.

'그렇다면……'

혈잠뢰의 암경을 느슨하게 했다

그러나 당장 달려들 것이라 여겼던 등천화는 전혀 반응이 없었다. 일부러 허점을 보인 것이 무의미해졌다.

'가만, 일부러… 맞아준다? 흐흐흥, 그거야!'

구의걸의 머릿속에 번뜩이는 생각이 떠올랐다.

이미 등천화에게 뺨을 맞아본 그다.

내공이 실리지 않은 공격이라면 맞아도 손해날 일은 없었다.

되로 주고 말로 받으면 되는 것이다.

결정이 내려지자 구의걸은 혈잠뢰를 운용한 상태에서 양손을 붉게 물들였다.

멈추지 않으면 멈추게 하면 그만이다.

그의 양손으로 집중된 붉은 기운.

혈뢰구류 후반부 제일식 혈뇌우.

위력만 따지면 마교 내의 어떤 무공에도 밀리지 않는다고 확신했다. 물론 대성할 경우에 한해서 그렇다는 것이 문제이긴 하지만.

대성했을 경우에는 거리에 상관없이 적을 통구이로 만들 수 있는 위력이 나온다. 다시 말하면, 대성하지 못하면 반드시 육장이 서로 부딪쳐야 위력이 전달된다는 뜻이기도 했다.

구의걸은 등천화를 향해 빠르게 움직였다.

콰웃― 콰웃― 콰웃―

연속으로 손을 휘두르며 등천화의 발이든 뭐든 신체의 일부와 부딪칠 수만 있으면 확실히 죽일 수 있다고 생각했다.

등천화는 구의걸이 다가오는 것을 알기나 하는지, 여전히 구름을 밟듯이 이리저리 부드럽게 움직이고 있었다.

"죽엇!"

아무리 기기묘묘한 보법이라도 이렇게 가까운 거리라면 때리지 못하는 것이 이상했다.

막 그의 공격이 등천화의 몸에 닿으려 할 때였다.

등천화의 시선이 처음으로 그를 향했다.

스윽.

'헉! 이놈, 살의가 없음에도 어떻게 저런 위험한 눈을 가지고 있지?'

구의걸은 자신의 공격이 혹시 성공하지 못할지도 모른다는 생각을 아주 잠깐 하고 말았다.

'저건 또 무슨……'

콰콰콰―

언제 일으켰는지 음자삼차파의 회오리가 등천화의 발밑에서 확 일어났다. 그 회오리에 가려 등천화의 신형을 잠시 놓치고 말았다.

지금 놓치면 얼마나 기다려야 할지 몰랐다.

"어림없다!"

구의걸은 소리를 지르며 회오리를 뚫기 위해 붉은 뇌전의 비를 뿌려댔다.

콰콰쾅!

이 안에만 있다면 혈뇌우의 충격을 건디지 못하고 뛰쳐나올 것이다.

휙.

'나온다!'

구의걸의 예상은 적중했다.

등천화가 찢어지는 회오리 사이를 뚫고 땅과 수평을 이룬 자세로 튀어나왔다.

"죽어라!"

구의걸은 등천화의 얼굴을 향해 붉은 뇌전의 힘을 집중시켰다.

꾸둥!

가죽 공 터지는 소리의 열 배쯤 되는 음향이 터지고, 구의걸은 당황한 시선으로 등천화의 머리를 쳐다봐야 했다.

꽈득!

간단한 결과음.

"크억!"

한 사람의 안면이 광대뼈부터 함몰되어 좌우 대칭만으로도 재수없던 얼굴이 완전히 쳐다보기도 싫게 만들어지는 소리였다.

구의걸은 잔뜩 모았던 진기가 흩어지는 것을 느끼며 억지로 몸을 세웠다.

'저 거였냐? 그 이상한 동작들… 여유를 두지 말았어야 하는데… 여유를……'

등천화가 회오리를 만든 이유를 알았다. 그것은 결국 지금의 한 방을 위해 장치한 일종의 미끼였다.

다음에는 당하지 않겠다는 각오를 다질 때,

빠각!

이번엔 입 주위로 충격이 전해졌다.

“푸헥!”

입 안으로 들어간 이물감을 뱉어내려 했다.

그러나 ‘퍽’ 하는 소리와 함께 정수리에서 시작된 충격이 항문까지 내리꽂혔다.

스륵— 툭.

구의걸의 정수리와 하나가 됐던 등천화의 신형이 옆으로 떨어졌다. 아무리 구의걸이 자신의 양손에만 힘을 집중했다고 해도 전신을 감싸고 있던 호신강기는 무시할 수 없었다.

머리가 깨질 듯이 아파왔다.

징징징—

머릿속에서 난리가 났다.

등천화는 일어난 후에도 제대로 중심을 잡지 못했다.

멀리 입을 쩍 벌린 갈피독의 모습이 보였다.

갈피독 등 세 사람이 보기엔 기가 막히고 코가 막힐 장면을 연출한 등천화가 사람으로 보일 리가 없었다.

가장 걱정하며 지켜보던 가교일의 입가에 슬며시 미소가 담겼다.

‘내가 한 생각은 것은 기우였구나. 등 소형제가 움직이지 않을 때는 이유가 있는 거였어.’

종명기는 ‘역시 최고!’ 라며 난리가 아니었다.

가교일의 시선이 예명과 옥서시에게로 향했다.

그들 두 사람은 할 말을 잃고 있었다.

마교 서열 백위와 맞먹는다고 하는 자를 꺾었다.

등천화의 비틀거리는 모습이 오히려 정상으로 보일 지경이었다.

가교일의 시선이 마지막으로 닿은 곳.

"여차하면 나서려고 했던 거 알지?"

갈피독은 장난스러운 표정으로 등천화에게 다가가 머리를 툭 건드렸다.

그러나 등천화는 갈피독을 못 본 척 지나쳤다.

"어? 이, 이봐! 어이……."

등천화가 멈춰 선 곳은 종명기였다.

"종 일건님, 창 소저… 와 저 창 소저를 좀 부탁합니다. 지금 정신이 없어요."

"응? 아, 알겠네."

종명기는 등천화의 몸 상태가 안 좋음을 깨닫고 급히 창희령과 창희소의 시체를 양쪽 어깨에 멨다.

그 모습을 보고서야 등천화는 뒤로 돌아섰다.

누군가를 찾는 듯이 두리번거렸다.

황당하기 그지없는 행동이었으나 누구 한 사람도 말을 걸지는 못했다.

"저는 좀 달려야겠어요."

"자네, 괜찮은 건가?"

등천화는 종명기의 질문에 대답 대신 손으로 어딘가를 가리켰다.

종명기는 눈동자를 좌우로 돌리며 등천화의 행동을 알아내려 했지만 도저히 알 수가 없었다.

가교일이 나섰다.

"쿨럭… 저곳이… 천추성이냐는… 뜨, 뜻인 것 같은데……."

"마, 맞네. 저곳이 천추성이네."

종명기의 말에 등천화는 알겠다는 듯이 달려갔다.

쭉쭉 뻗어나가는 등천화의 보법을 구경하던 사람들은 침묵할 수밖에 없었으나, 유일하게 등천화의 몸 상태가 정상이 아니란 것을 알고 있는 갈피독만이 곧장 뒤를 따랐다.

"나머지는 니들이 알아서 하고, 나중에 천추성에서 보면 절도있게 인사하는 것 잊지 마라!"

두 사람이 사라지는 시간은 촌각밖에 걸리지 않았다.

장내에는 부상자 셋과 멀쩡한 사람 둘, 그리고 황당한 몰골로 등천화에세 머리를 받혀 죽은 구의걸의 시체만이 남아 있었다.

갈피독은 쏜살같이 달려가는 등천화를 아무 말 없이 쫓아갔다. 상처를 입으면 달려야 한다는 등천화의 말을 기억하고 있는 까닭이다.

등천화의 속도는 경이로울 지경이었다.

이전에 창희령을 업고서 달렸을 때도 쫓아가기 버거웠는데 지금은 혼자이니 당연히 더 빨랐다.

잘 달리다가 살짝 흔들리는 동작을 반복하던 등천화는 약 반 시진가량이 지나면서는 서서히 똑바로 보법을 펼치기 시작했다.

갈피독으로서는 당연히 숨이 턱까지 차오르는 것을 느낄 수밖에 없었다. 하지만 여기서 포기할 수는 없었다. 자존심 하나로 지금까지 살아온 그다.

"야, 이 날망아지 같은 놈아, 거기 서! 잘 뛰는 거 보니까 좀 나았겠구먼!"

"……."

등천화는 뒤를 돌아보고는 뭐라고 하려다 다시 달려나갔다. 백안마군의 태양백안마공에 맞은 명치 부근과 구의걸의 호신강기와 부딪친 머리가 아직도 화끈거렸다.

만약 몇 마디라도 더 나눴다가는 속에서 나오고 싶어 안달을 하는 내용물들이 한꺼번에 쏟아졌을지도 몰랐다.

한참을 달리자 그나마 속이 좀 가라앉기는 했지만 울렁거리고 머리가 띵하긴 마찬가지였다.

화를 냈다.

누군가의 길을 끊었다는 생각에 불안해서 가슴이 뛰었다.

갈피독의 고함 소리가 들린 것은 다시 반 시진 정도가 지났을 때였다.

"헥헥… 야… 야이… 야야야!"

고함을 치는 것조차 힘겨운 목소리에 등천화는 반응했다.

"왜 따라오세요?"

"니가… 니가……."

"예?"

"니가… 가잖냐. 그럼 나도… 가야지. 헥헥… 이, 이제는… 조, 좀… 괜찮냐……?"

갈피독도 알고 있었던 모양이다. 하지만 아직은 멈출 때가 아니었다. 앞으로 한 시진 정도는 더 달려야 했다. 그래야 회복이 될 것 같았다.

그러나 갈피독의 지친 목소리를 들으니 마음이 편치 않았다. 달리는 자세 그대로 발을 놀려 회오리를 만들어내서는 갈피독한테 날렸다.

등천화가 만들어낸 회오리는 신법을 펼쳐 날아오는 갈피독이 허공에서 한 번 더 도약할 수 있도록 만들어주었다.

"옳지!"

갈피독은 등천화의 수법에 감탄하며 자신을 따라오는 회오리를 상대로 장난을 치기 시작했다.

『보법무적』 2권 끝

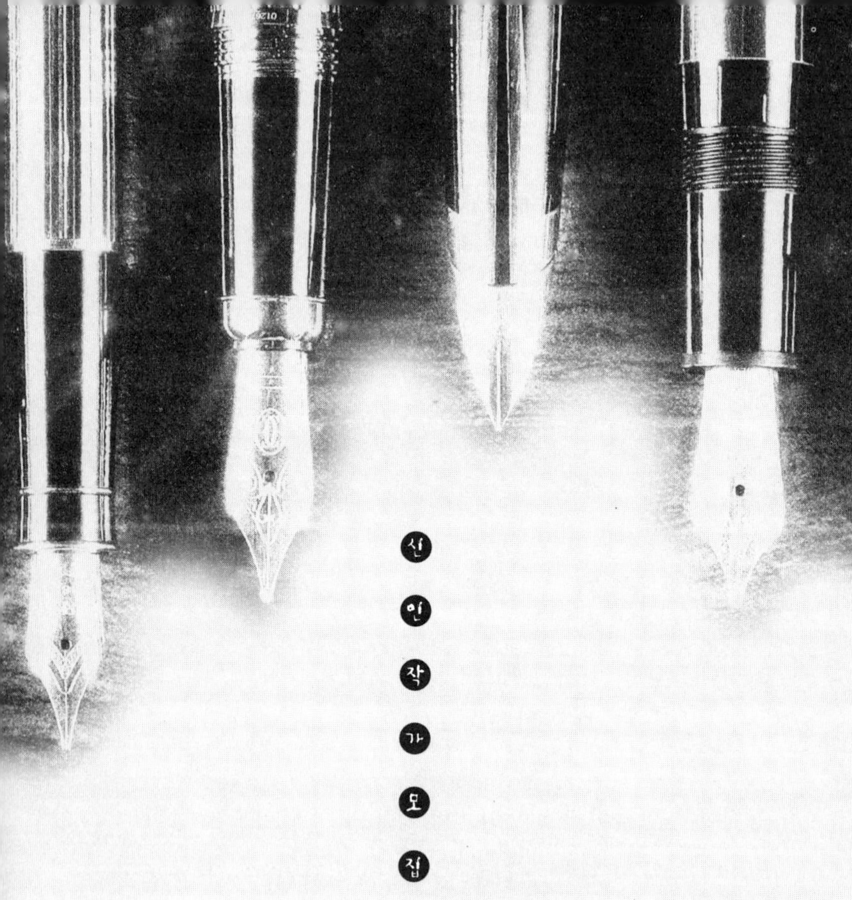

신

인

작

가

모

집

시작이 반이라고 했습니다.
작가의 길에 대한 보이지 않는 벽을 과감히 깨뜨리십시오!
청어람은 작가 지망생 여러분들의
멋진 방향타가 되어드리겠습니다.

저희 도서출판 청어람에서는
소설 신인 작가분들을 모집합니다.
판타지와 무협을 사랑하시는 분들의 많은 참여를 바랍니다.
소정의 원고(A4용지 150매)를 메일이나 우편으로 보내주시면
검토 후 출판 여부를 알려드리겠습니다.

주소:경기도 부천시 원미구 심곡1동 350-1 남성B/D 3F 우편번호420-011
TEL:032-656-4452 · FAX:032-656-4453
http://www.chungeoram.com
e-mail:chungeoram@chungeoram.com

지금 유전자가 말하는 사랑과 성의 관한 솔직 대담한 진실이 펼쳐집니다!

남편의 후광을 등에 업는 것은 까마귀와 인간뿐…

모두에게 바보 취급받던 독신 암컷이 단번에 인생대역전을 해서
서열 1위인 수컷의 아내 자리를 차지하게 될 수도 있다는 말입니다.
모든 여성이 이상형의 남자와 결혼할 수 있는 것은 아닙니다.
적당한 선에서 타협하여 적당한 사람과 결혼하지요.
하지만 솔직히 말해서 당연히 멋진 남자가 더 좋지 않겠습니까?
따라서 여성은 생각합니다.
'그럼 어떻게 하지? 유전자만이라면 가질 수 있어!'
그리하여 장기계획형이나 단기승부형과 같은 여러 가지 방법의
외도가 생겨나는 것입니다.
물론 모든 여성이 이를 실행에 옮기지는 않습니다.

하지만 기회가 있다면 어떨까요?
다른 조건과 이미 타협을 봤다면?
남편이 사소한 일은 눈치 못 채는 둔한 남자라면?
뭔가 유전자의 음모가 느껴지지 않습니까?

실패를 모르는 남자 선택법!
「내 남자친구는 왼손잡이」 법칙

어째서 여성은 왼손잡이 남성에게 마음이 끌리는 걸까요?

여기서 기억해야 할 것은 몸의 좌우와 뇌의 좌우는 원칙적으로 반대 관계라는 점입니다.
따라서 왼손잡이 남성은 우뇌가 발달했습니다.
발달했다는 사실이 왼손잡이를 통해 반영된 것입니다.

그리고 두 번째로 생각해야 할 것은 우뇌는 남성 호르몬의 일종인 테스토스테론에 의해 발달한다는 점입니다.
요약하자면 왼손잡이 남성은 우뇌가 발달했는데, 그것은 테스토스테론 수치가 높기 때문입니다.
그것은 다름 아닌 생식 능력이 높다는 것을 의미하지요.

「내 남자 친구는 왼손잡이」에 감춰진 의미는… 내 남자 친구는 생식 능력이 높아… 인 것입니다.

초등학생이 반드시 읽어야 할 좋은 책 49권

각 학년별로 초등학생이 반드시 읽어야할 좋은 책을
선정하여 통합논술의 기본이 되는 '올바른 독서법'을
일깨워 줍니다.

교과서와 함께하는
초등학교 통합논술

초등1학년 | 값 12,000원 / 초등2학년 | 값 9,500원 / 초등3학년 | 값 11,000원 / 초등4학년 | 값 9,500원 / 초등5학년 | 값 9,500원 / 초등6학년 | 값 11,000원

♣ 혼자 할 수 있어요.

엄마가 책 읽는 방법을 가르쳐 주어도 좋아요.
독서지도하는 선생님이 가르쳐 주어도 좋답니다.
"초등 교과서와 함께하는 **통합논술 시리즈**"는
아이 스스로 독서할 수 있도록 꾸며진 책이에요.
엄마와 선생님은 요령만 가르쳐 주시면 된답니다.

♣ 교과서의 중요한 내용이 총정리되어 있어요.

각 학년별로 중요한 교과 내용이 함께 수록되어 있어요.
초등학생은 교과서 내용을 충실하게 공부해야 합니다.
아울러 그와 병행한 독서가 대단히 중요하지요.
"초등 교과서와 함께하는 **통합논술 시리즈**"는
두가지 방법 모두 알려준답니다.

♣ 이 책은 훌륭하신 선생님들이 함께 쓰신 책이랍니다.

동화작가 선생님들이 쓰셨어요. 소설가 선생님도 쓰셨답니다.
국어 논술독서지도 선생님들도 함께 쓰셨지요.
"초등 교과서와 함께하는 **통합논술 시리즈**"는
엄마의 마음으로 모든 선생님들이 함께 꾸민 책이랍니다.

입소문을 통해 아는 분은 다 알고 계십니다!
올 한해 공인중개사 최고의 화제작!

1~2권 합본 | 이용훈 지음
3~4권 합본 | 이용훈 지음
5~6권 합본 | 이용훈 지음
용어해설 | 이용훈 지음

수험생 기본 필독서
만화 공인중개사

제목 : 만화공인중개사 쓰신 분에게 감사드립니다.

학원을 두 달 다녔어요. 근데 과연 그 숫자 외우기 그런 게 몇 문제나 나올까 생각을 했어요.
아니라는 생각이 드네요. 학원강의를 뒤로하고 서점을 갔어요. 내 머리에 가장 이해될 수 있는
책이 없나 하구요. 거기서 만화를 발견했어요. 무조건 세 번 봤어요. 3개월 걸렸어요. 문제집을 보라고
했는데 그건 시행을 못했어요. 근데 합격을 했네요.
어떻게 감사의 말을 해야 될지……
도서관에서 만화책 들고 다니니까 사람들이 비웃더라구요. 만화책으로 공인중개사를 공부한다고
미친 사람처럼 보더라구요. 근데 그거 다 감수하고 했던 내가 자랑스럽습니다.
어떻게 감사의 말을 해야 할지… 정말 감사합니다.
부디 행복하세요. 제 나이 41살에 좋은 스승을 만난 것 같습니다.
엎드려 감사드립니다.

–본사 홈페이지에 독자분이 올린 메일 中 에서 발췌–